DIOS NO ESTÁ MUERTO 2

UN NOVELIZACIÓN POR

TRAVIS THRASHER

TYNDALE HOUSE PUBLISHERS, INC.
CAROL STREAM, ILLINOIS, EE. UU.

Visite Tyndale en Internet: www.tyndaleespanol.com y www.BibliaNTV.com.

Visite el sitio web de Travis Thrasher: www.travisthrasher.com.

Para más información acerca de la película *God's Not Dead 2*, visite
www.godsnotdeadthemovie.com.

TYNDALE y el logotipo de la pluma son marcas registradas de Tyndale House Publishers, Inc.

Dios no está muerto 2

© 2016 por Pure Flix Entertainment, LLC. Todos los derechos reservados.

Originalmente publicado en inglés en el 2016 como *God's Not Dead 2* por Tyndale House
Publishers, Inc., con ISBN 978-1-4964-1361-1.

Publicado en asociación con la agencia literaria Working Title Agency, WTA Services, LLC,
Franklin, TN.

Diseño: Dean H. Renninger

Traducción al español: Adriana Powell Traducciones

El texto del Padre Nuestro ha sido tomado de LA BIBLIA DE LAS AMERICAS®, © 1986,
1995, 1997 por The Lockman Foundation. Usado con permiso.

El texto bíblico sin otra indicación ha sido tomado de la *Santa Biblia*, Nueva Traducción
Viviente, © Tyndale House Foundation, 2010. Usado con permiso de Tyndale House Publishers,
Inc., 351 Executive Dr., Carol Stream, IL 60188, Estados Unidos de América. Todos los derechos
reservados.

Dios no está muerto 2 es una obra ficticia. Donde aparecen personas, eventos, establecimientos,
organizaciones o escenarios reales, son usados de manera ficticia. Todos los otros elementos de la
novela son productos de la imaginación del autor.

ISBN 978-1-4964-1964-4

Impreso en Estados Unidos de América
Printed in the United States of America

22   21   20   19   18   17   16
7   6   5   4   3   2   1

No necesariamente estamos dudando que
Dios hará lo mejor para nosotros: nos estamos
preguntando cuán doloroso resultará lo mejor.

—C. S. LEWIS EN UNA CARTA AL REVERENDO
PETER BIDE, 29 DE ABRIL DE 1959

Hoy tú eres la ley. Eres la ley. No algún libro. No los
abogados. No una estatua de mármol ni la utilería
de la corte. Ya ves, esos no son más que símbolos de
nuestro deseo de ser justos. Son [...] son, en realidad,
una oración. Una ferviente y atemorizada oración.

—FRANK GALVIN EN *El veredicto*

Estoy solo y desarmado, asustado y sin
experiencia, pero tengo razón.

—RUDY BAYLOR EN *Legítima defensa*

POR UN MOMENTO, Amy Ryan no se puede mover.

Mira su celular, el que cometió el error de revisar un momento antes de salir del estacionamiento. El breve mensaje publicado por una amiga en Facebook le atraviesa el corazón y la obliga a detenerse, aunque el aire acondicionado ni siquiera ha comenzado a refrescar su Prius.

El mensaje la traslada al año anterior, a todo lo ocurrido, a lugares de dolor y de paz.

¿Por qué publicaría alguien ese mensaje justamente *hoy*?

Las cuatro palabras ya no la tranquilizan. Le generan interrogantes y curiosidad: precisamente aquello sobre lo que ha construido su vida y su carrera profesional. Ser inquisitiva es un rasgo necesario para una periodista y bloguera. Pero esas preguntas vienen de otro lugar, un lugar que muy pocos llegan a percibir.

Suspira y deja a un lado el teléfono, mirando el destello del sol que se refleja en el capó de su coche. Ahí está otra vez esa sensación inquietante, como una nota dejada sobre el mostrador que le recuerda las cosas que debe hacer. Sencillamente, no parece ser capaz de leerla.

En vez de eso, una voz resuena en su cabeza, un recuerdo mental de una conversación que tuvo un año atrás, cuando intentaba encontrar una cita de la que pudiera burlarse en Internet. Pero en lugar de eso, estas palabras se le habían pegado.

«Todo esto es temporal: el dinero, el éxito, incluso la vida es temporal. Jesús: eso es lo eterno».

Había sido un sentimiento tonto en boca de alguien igualmente ridículo. Así lo había considerado ella entonces. Pero la verdad detrás de esa afirmación se pondría de manifiesto ese día y en los días siguientes.

Dios no está muerto.

Muchos habían pronunciado esas palabras, haciendo de ellas su mantra, enviándolas por mensaje de texto o correo electrónico a todos sus conocidos. Publicándolas en las redes sociales, como lo acababa de hacer la amiga de Amy en Facebook.

Pero eso fue el año anterior. Y desde entonces, mucho ha cambiado.

¿Cambiará Dios?

Amy no lo sabe. Tiene miedo de preguntárselo... porque ha comenzado a pensar que él sí puede hacerlo.

O, lo que es peor, quizás algunas veces él simplemente decide seguir adelante.

2

LA VIDA TIENE UNA curiosa manera de humillarnos. Nos hace sentir que somos parte de una elaborada broma, pero no nos da a conocer el desenlace.

Estoy de pie frente a la puerta, sujetando mi maletín que todavía tiene el mismo aspecto que cuando me lo regalaron hace diez años. El Capitán está a un metro de mí, sentado en su silla de ruedas, simplemente observándome. Nadie jamás me ha dicho cómo es que este hombre anciano y arrugado obtuvo el sobrenombre de «Capitán» y, francamente, nunca me he ocupado de averiguarlo. La primera vez que vi esos ojos amargados observarme de esa manera, lo saludé con un comentario ligero. Me arrojó un libro a la cabeza. Esa fue la última vez que intenté siquiera hablar con él.

Se oyen pasos en la puerta, y aparece la enfermera Kate.

—Está lista para recibirlo, señor Endler.

Asiento y sonrío por la formalidad en la voz de Kate, luego le echo una última mirada al Capitán. Parece preparado para salir en cualquier momento con algo áspero al estilo Willie Nelson como: *Te voy a tumbar aunque esté atado a esta silla.* Y, para ser sincero, apuesto a que lo haría. Decido entrar a la habitación.

En cuanto entro, oigo a Pat Sajak diciendo:

—Una *R.*

Recuerdo, no hace tanto, durante los malos tiempos, cuando miraba mucho *Wheel of Fortune* y me burlaba abiertamente del hombre que se dedicaba a eso como medio de vida. Supongo que estaba enojado porque Pat tenía un empleo. En aquel tiempo, siempre estaba enojado. Ahora miro la pantalla y pienso que Pat debe ser el hombre más afortunado de la tierra. Bien pagado por hacer esa cosa tan común mientras conoce gente nueva cada día y contempla a la bella Vanna White «abrir» las letras.

—Buenos días, señorita Archer —digo al acercarme a la mujer sentada en su cama.

Tiene ochenta y cinco años, y sujeta dos animales de peluche entre los brazos. Un oso panda blanco y negro y una gatita rosada. Tiene los ojos muy abiertos, y no parpadean cuando me siento en una silla al lado de su cama.

—Soy Tom Endler —digo—, su abogado.

Evelyn Archer me echa una mirada tan poco acogedora como la del Capitán. Estoy acostumbrado a eso, y sé que su expresión se ablandará mientras más tiempo pase aquí.

—Así que tiene su panda *y* su gatita esta vez —digo con el tono que usaría con un niño de cuatro años—. ¿Cómo se llaman?

Sus ojos se vuelven hacia el televisor. Miro la pantalla y veo que

4

se aproxima un momento dramático. Alguien perdió su turno. Hay mucho en juego. Totalmente emocionante.

—Creo que me gusta más el panda —le digo con el tono más calmado que puedo exhibir.

Sus manos estrechan los animales y, cuando lo hace, observo que sus brazos están cubiertos por un pijama que ya no le queda. Es como si se marchitara un poco más cada vez que la veo.

—No se preocupe, no me los llevaré —le aseguro.

Se inclina hacia atrás y, al hacerlo, su frágil cuerpo parece hundirse en su cama reclinada y en su interminable capa de sábanas. Me pongo de pie y tomo una almohada de una cómoda, luego se la muestro y la coloco cuidadosamente de manera que ayude a Evelyn a enderezarse.

—Ahí... ¿está mejor así?

—¿Qué hace usted? —dice ásperamente.

—Soy abogado —le explico.

—Detesto a los abogados.

—Soy de los buenos.

—Entonces ya sé que está mintiendo. No hay abogados buenos.

Me río ante su actitud. Me encanta. Nunca estoy seguro de si está tratando de ser graciosa o no, pero no importa. *Tienes razón, pequeña y dulce dama. Efectivamente hay abogados que no son buenos. Muchos de ellos.*

Le lleva cierto tiempo ablandarse un poco. Pero siempre lo hace. La última vez que estuve aquí, me quedé media hora más para escucharla hablar sobre los buenos viejos tiempos. Su memoria del último año en la preparatoria es increíble. Daba detalles del aroma de algunas cosas, el aspecto del cabello de alguien, de cuán corta era su falda de porrista, lo bien que se veían sus piernas. Me hubiera gustado grabar sus relatos. Sonaban demasiado buenos para ser ciertos.

—¿Se trata de Bob? ¿Qué hizo esta vez?

—No se trata de Bob —le afirmo—. No tiene que preocuparse por él.

Veo que su mano se mueve y tiembla. Es una pena que alguien tan fuerte con el tiempo se convierta en poco más que huesos nerviosos cubiertos de piel descolorida. Sus ojos marrón oscuro me miran otra vez, con escepticismo, de modo que la tranquilizo.

—Sigue viviendo con Stanley.

La sola mención del nombre suaviza todo en ella. Está a salvo nuevamente. Y puede confiar en mí porque pocos saben acerca de Stanley. Es el hermano de Bob, con el que solía quedarse en ocasiones.

Ya hemos pasado por esto; por lo tanto, no me sorprende ni me intriga.

—Pensaba sentarme aquí y anotar algunos detalles para los archivos.

Coloco el maletín sobre mis rodillas y lo abro. En realidad, *intento* abrirlo, pero me lleva algunos segundos. Ella no presta atención mientras que finalmente lo abro a la fuerza y aparecen un montón de carpetas con muchas páginas en ellas. Espero que se fije en los archivos.

—¿Qué es todo eso?

Asiento con la cabeza, sosteniendo las carpetas con ambas manos.

—Esto es su testamento.

—No tengo un testamento.

—Bueno, eso es justamente lo que estamos haciendo.

—¿Para qué es el testamento? ¿Fue Bob quien se lo pidió?

—No. Él ya no forma parte de su vida.

—No tengo hijos. Ninguno que deba recibir algo. ¿Me oye? Ambos me abandonaron. Mi hijo se fue por trabajo. Mi hija sencillamente se fue. Creo que está con alguien. Con un hombre. *Viviendo* con un hombre.

—Esto es solamente por precaución. Es solo una formalidad.

—¿Está por sacarme de aquí? —pregunta con voz frágil pero obstinada.

—No, señora —digo—. Está segura aquí en Lake Village.

—¿Dónde es eso?

—Es este lugar.

Lake Village es una residencia para la vida asistida. Evelyn ha estado aquí los últimos dos años. La observo mientras clava esa mirada severa y firme sobre la cara atractiva de Pat Sajak. Sé que él siempre le ha gustado a ella. Simplemente, jamás lo ha admitido en público.

Con la pila de papeles sobre las rodillas, comienzo a hacer preguntas, y con cada una, ella comienza a abrirse como una de esas letras que revela Vanna White. En poco tiempo, puedo ver la palabra con todas sus letras.

Me gustaría resolver el enigma, Pat. ¿Es abuela *la palabra?*

Por supuesto que lo es.

No es una palabra larga, y de hecho no tuve que intentar adivinarla. Sencillamente tuve que hacer el papel de abogado en esta farsa para que ella se sintiera segura y finalmente se abriera. Al menos un poco.

Todavía hay ciertas partes de mi abuela que siguen allí. La demencia senil se ha llevado la mayor parte de su recuerdo de mí y del resto de su familia. Pero hay momentos que vuelven como ráfagas de viento sobre un lago. En ocasiones, ella habla de recuerdos de su infancia. Otras veces, habla de su esposo abusivo o de sus dos hijos. Los mejores momentos son aquellos en que puedo vislumbrar algo de la vida de mi madre. A veces, puedo ver y oír a mamá cuando Evelyn la recuerda. Sin embargo, todo el tiempo, soy simplemente un abogado con quien habla.

Claro que esa no es una mentira. Soy, efectivamente, un abogado, y sé cuánto los detestaban mi abuela y mi madre. Pero esa es una de las muchas razones por las que decidí serlo.

A veces, uno sigue los pasos de su padre para pintar un cuadro mejor que el que él dejó.

Esa es la respuesta fácil a la pregunta de por qué elegí esta profesión, la que he usado en forma un tanto excesiva cada vez que relato mi historia. Pero por ahora, sentado en esta silla con papeles sin sentido sobre las rodillas y un maletín en desuso en el piso, estoy escuchando a mi abuela relatar algunas de sus historias. Cada vez que vengo a Lake Village, ella me sorprende con algunas nuevas.

Experimento un extraño sentido de santuario en las tardes de visita como esta.

Cuando me retiro una hora más tarde, no beso ni abrazo a mi abuela ni hago nada inusual. Sencillamente, le sonrío, anhelando y esperando que en algún lugar en el fondo de ese complicado universo al que llamamos cerebro pudiera haber un destello de recuerdo. Estoy esperando el día que llegue ese recuerdo y su rostro se ilumine al decir: «Tommy». Hoy no es ese día.

Me dirijo hacia fuera, y veo al Capitán observándome como si fuera algún tipo de monitor en el corredor. Esta vez, sí le sonrío porque la visita fue buena. Él permanece sombrío e impenetrable.

Una vez afuera, en la tarde inusualmente cálida de abril, reviso mi celular. Zumbó un par de veces cuando estaba en la habitación.

Me he acostumbrado a los números 1-800 que llaman alrededor de la misma hora del día. Bancos y compañías de tarjetas de crédito. Juraría que Banana Republic me llama por una tarjeta de crédito que no he utilizado en diez años. Se puede cortar la tarjeta, pero la deuda permanece vigente. Y a las empresas no les gusta que uno se salte un pago.

Resulta que ambos números tienen nombres conectados a ellos. Uno me genera curiosidad. El otro me pone inquieto.

Escucho el primer mensaje de voz: «Hola Tom. Soy Len. Llámame. Tengo un posible caso para ti. Uno bien controvertido. Un asunto de separación entre iglesia y estado. Una maestra fue suspendida por hablar de Jesús. Sé que eres un hombre religioso, por eso te llamé».

Oigo una risa unos segundos antes de que se corte el mensaje.

Len Haegger es un director regional de UniServ, una repartición de la Asociación Educativa de Arkansas que se enfoca en los derechos y la representación de los maestros. Su zona abarca gran parte del occidente de Arkansas, incluyendo nuestra pequeña y hermosa ciudad de Hope Springs. Cuando los asuntos de alguna escuela pasan por encima y van más allá de la jurisdicción del gremio de maestros, se involucra la AEA, y entra en acción UniServ. La mayoría de los casos que termino tomando para el gremio provienen de Len. Muchos son casos que se me asignan sencillamente porque estoy contratado, pero este podría ser algo diferente.

Antes de procesar plenamente lo dicho por Len, aparece el siguiente mensaje, y oigo la voz de mi padre. «¿Has oído las noticias? Frederick acaba de convertirse en socio de Merrick & Roach. Dudo que sigas en contacto con tus antiguos compañeros escolares, así es que quería hacértelo saber».

Es lo único que dice. Nada de hola, ni hasta luego o algo parecido. Solo me clava un tenedor en la parte de atrás de la cabeza.

¿Será Merrick, Roach & Carlson? ¿O el apellido de Frederick irá en medio?

Debería ser Merrick, Roach & Rata.

Todavía recuerdo la primera vez que vi a Frederick Carlson III en la Universidad de Stanford. Era el mejor ejemplo de un abogado engreído y turbio para quien todo es cuestión de dinero.

A veces, quisiera tener la memoria borrosa de mi abuela. Sé que este es uno de esos momentos no tan buenos de la vida, en el que uno desea ser anciano y sufrir de demencia senil. Vaya que *ese* es un sentir enorgullecedor. Pero, en este momento, siento que la opción es o eso o ponerme terriblemente furioso.

No puedo negar la ironía aquí; es como un libro de dieta sobre el mostrador de una tienda de rosquillas. Todo este asunto de la iglesia y el estado y una maestra que habla de Jesús. Una maestra a quien ahora se supone debo representar. Sé todo sobre Jesús. Me han enseñado mucho, especialmente un hombre con el que no soporto estar más de cinco minutos.

Es triste tener que decir que odio a alguien; mucho más triste decir que es mi padre. Pero he perdido a mi madre, y a veces creo que en verdad fue él quien la envió a la tumba. Mis lecciones sobre Jesús y Dios y el infierno y el pecado y todas esas cosas buenas vienen de George Endler, mi padre, también mi principal crítico desde que todo eso ocurrió. Desde que mi carrera... dio un giro.

A papá le encantaría saber sobre este caso.

Miro mi celular. No tengo dudas de que responderé al primer llamado e ignoraré el segundo. Eso no significa que ambos no me perseguirán más tarde esta noche cuando intente conciliar el sueño.

No hay abogados buenos.

Tal vez mi abuela tenga razón. George Endler con seguridad no lo es. Tampoco Frederick Carlson III mismo.

¿Y qué hay de ti, Thomas? ¿Te consideras un abogado bueno?

A medida que más edad tengo, parece que menos lo sé.

Eso es lo que creo que significa la sabiduría.

No se trata de saber en qué consistirá la culminación de la broma de tu vida.

No.

La sabiduría consiste en ser paciente, y en saber que la culminación nunca llegará.

3

¿DÓNDE ESTÁS?

Amy no responde al mensaje de texto. Posiblemente sea el número doscientos que ha dejado pasar. Cada vez los recibe con más y más frecuencia, lo cual la deja pensando en qué estará pasando con Marc. Pero ella sabe que eso es exactamente lo que él quiere.

Estoy viva y bien, y él quiere volver a la forma en que estaban las cosas antes.

Solo quiero hablar.

No es el enojo lo que hace que ella no responda. Es la claridad. Es el recuerdo de esos días y esas noches luchando sola con el cáncer. Sola, por su cuenta, sin nadie más, con su soledad.

Me he convertido en una balada country.

Su ex —el siempre exitoso, siempre pendiente de sí mismo, Marc Shelley, de la renombrada firma de corredores Donaldson & Donaldson— es demasiado profesional para comenzar a cantar country. Pero ahora que Amy sigue en pie y, después de todo, no ha muerto, parece que a él le está cambiando la tonada.

Dejando a un lado las metáforas tontas, Amy no puede olvidar la respuesta seca de Marc cuando ella le informó que tenía cáncer. Había estado demasiado ocupado hablándole de su ascenso a socio de la firma. Cuando ella le contó lo del cáncer, él de hecho ignoró el tema para seguir compartiendo sus buenas noticias.

—¿Eso no podía esperar hasta mañana? —tuvo la audacia de decir.

Tal vez contárselo a él podía esperar, pero el cáncer no esperaba. Ni un segundo.

La noticia no tardó en penetrar, incluso a través de la dura cabeza de Marc. Se habían sentado a la mesa en uno de esos restaurantes caros, de cuatro estrellas, donde siempre cenaban. Marc ni siquiera había pedido su bebida. La decisión no le tomó mucho tiempo. Ninguna de las decisiones de Marc demoraba.

—Mira, la pasamos bien —dijo Marc—. Fuiste mi novia atractiva con una carrera chic aunque no tan provechosa económicamente. Yo fui un novio encantador, exitoso y con movilidad social ascendente. Estuvimos juntos porque *cada uno* sacaba de nuestra relación lo que necesitaba. Fue bueno... no, fue *estupendo*. Pero ahora... se acabó.

Amy casi se sintió más aturdida por la reacción de Marc que por la noticia del cáncer mismo.

—¿Sabes que puedo morir? —intentó hacerle comprender.

—Sí, y lo lamento. Pero no pienso estar ahí para verlo.

Después de eso, él sencillamente salió del restaurante y de su vida.

Amy ahora logra comprender todas las cosas que no vio antes. Es fácil ser persuadido por una cara atractiva e ingresos interminables. Por la idea de ser esa pareja que todos envidiarían. De vivir en un pequeño mundo propio.

Pero ese pequeño mundo fue creado para una sola persona: Marc Shelley.

¿Por lo menos podrías hablarme?

En el silencio de su pequeño departamento, Amy simplemente observa la pantalla de su celular. El solo hecho de pensar en llamarlo le parece ridículo. Pero estar solo, lleno de preguntas y ansiedad, predispone a cualquiera al desastre. La soledad genera que una persona haga el ridículo.

No pienso estar ahí para verlo.

Eso le dijo.

Ha sido lindo compartir tu tiempo, tu energía y tu afecto, pero lamento no poder compartir tu dolor y tu partida.

Amy deja el teléfono sobre el mostrador de la cocina y se dirige al dormitorio. Puede estar desesperada por tener a alguien en su vida ahora, pero no está desquiciada.

Dios le permitió vivir por algún motivo que no comprende. Pero está lo suficientemente lúcida como para saber que no la salvó para Marc.

4

LA OFICINA HUELE A un local de McDonald's. Juro que les ponen algún aroma especial a las papas fritas para marcar siempre su presencia, incluso un par de horas después de haberlas comido. Len Haegger está sentado frente a mí, la carpeta abierta sobre su escritorio y apenas visible entre las pilas de papeles e informes. Veo un certificado sobre la pared con la imagen de una manzana: es el logo de la Asociación Educativa de Arkansas.

—Se llama Grace Wesley —dice Len, leyendo el archivo—. Veintiocho años de edad. Vive y se ocupa de su abuelo de ochenta y tantos años. Profesora de historia en la preparatoria Martin Luther King Jr. durante los últimos seis años. Fue elegida profesora del año el año pasado.

La cara regordeta de Len me echa una mirada que dice: «Ahora entiendo». Asiento y sonrío, pero no estoy totalmente seguro a qué estoy reaccionando.

—Estaba en clase hablando de Gandhi y Martin Luther King Jr., y luego terminó informalmente en un pasaje bíblico y algunos pensamientos sobre la fe cristiana.

—¿Qué tipo de pensamientos? —pregunto.

Len encuentra otra página sobre su escritorio y me la alcanza.

—Este es el mensaje de texto inicial que envió uno de los alumnos.

Observo la fotocopia que reproduce una serie de textos de ida y vuelta.

La señorita Wesley acaba de decir algo como que Jesús es el espíritu y Gandhi el método.

¿Por qué estás mensajeando en clase?

Obviamente, el mensaje de respuesta viene de algún padre.

Solo digo, ¿esto es una clase o una iglesia?

¿Qué más dijo?

Dijo algo sobre Jesús, quien dijo en el Evangelio de Mateo: amar a todo el mundo y estar en el cielo y *shake it off*.

¿Realmente dijo todo eso?

No la canción de Taylor Swift. Pero sí.

—Este estudiante parece realmente ofendido —opino yo.

—Conocemos al chico, le gusta hacerse el payaso. Pero su madre puso este mensaje en Facebook, y no pasó una hora antes de que explotara.

Me alcanza otra fotocopia, esta vez de una página de Facebook. Es la típica frase casual con una larga lista de comentarios abajo.

No puedo creer que la profesora de historia de mi hijo ande hablando de Jesús y el Evangelio de Mateo en clase. #SePasaDeLaRaya.

—¿La gente no se da cuenta de que Facebook no es el lugar adecuado para publicar un *hashtag*? —pregunto, intentando poner algo de humor.

Len me mira como si acabara de entonar el himno nacional danés. En danés. Sigo echando un vistazo a la página y leyendo algunos de los comentarios.

¿Fue la señorita Wesley?

¿Te lo envió Zack?

No tiene nada de malo hablar de Jesús, fue una figura histórica, ¿qué hay de malo en eso?

La iglesia y el Estado, búscalo.

Le devuelvo la fotocopia a Len.

—¿Así que la suspendieron por esto?

—Unos veinte comentarios más abajo, hay uno que sobresale. Solamente dice, en mayúsculas: "ABSOLUTAMENTE INACEPTABLE". Es uno de esos padres que *amamos*.

—¿Y qué dijo la profesora?

—Admitió todo. Dijo que había respondido a una pregunta sobre las enseñanzas de Jesús. Pero que estaba dentro del contexto de la lección que estaba enseñando.

—¿Cuándo ocurrió esto? —pregunto.

—Hace un par de semanas. La pelota viene dando vueltas desde entonces. El administrador y el abogado de la escuela se involucraron. La junta se la mandó a la AEA, y así me llegó a mí. Intentamos hablar con los padres y la profesora, pero ninguno se echó atrás. Por eso te llamé.

—Y como siempre, Len, te lo agradezco.

Se ríe.

—Sí, sé que te gusta padecer con estos casos difíciles.

—No. Es mi colega con quien estoy padeciendo —digo bromeando a medias.

Len solamente asiente. Conoce a la otra mitad de mi firma.

—¿Y cómo anda Roger?

—Es el mismo Roger de siempre.

—Por eso vuelvo siempre al mismo Tom de siempre con estos casos.

—La profesora tiene que aceptar que la represente —le recuerdo.

Se rasca la parte de atrás de la cabeza, poniendo en peligro el poco cabello que le queda.

—Sí, pero, vamos. ¿Quién le va a decir que no a Thomas Endler, procurador judicial?

—Comienzas a sonar como mi padre.

—Vamos... escucha, ¿cuándo podemos acordar un encuentro con la señorita Wesley?

—Bueno, no puedo reunirme esta noche para cenar —respondo.

—¿Tienes una gran cita?

Lo miro y dejo escapar un suspiro.

—En realidad sí, pero no estoy seguro de que la llamaría "gran" cita.

—¿Quieres enviarme un informe después del asunto? —dice, riendo nuevamente.

—Sí. Serás el primero en quien piense cuando termine la cita.

—Buscaré algún momento en que la profesora esté disponible. Pero la cosa es así, Tom. Esto puede ser noticia. ¿Te importaría estar en el centro de un posible circo mediático? —Su expresión se vuelve seria otra vez.

Me encojo de hombros, en señal informal de que todo está bien.

—Soy bueno en eso de decir frases llamativas que suenan

interesantes pero que, en realidad, no significan nada cuando las analizas.

Suelta otra risa. Creo que le caigo bien a Len porque siempre le doy motivos para reírse.

—¿Lo haces conmigo también? —pregunta.

—¿Contigo? Vamos... Cuando alguien pone un patrón tan elevado como tú, no hay razón justificable para intentar siquiera ir más allá.

Le lleva un momento captar esta linda pieza de sinsentido; luego sacude la cabeza.

—¿Vas a utilizar ese material esta noche?

—Espero no tener que hacerlo.

5

$28.439,32

Amy observa la cuenta médica que acaba de abrir, y se siente un poco mareada. $28.439,32 es el total *después* de recibir la ayuda económica que solicitó.

Me pregunto a qué corresponden los treinta y dos centavos.

Desliza la factura entre una pila de boletas que guarda en la carpeta roja titulada *Cuentas médicas*. Se pregunta si debería haber elegido otro color. Celeste, tal vez. O rosado. Algo un poco más pacífico y esperanzador. No rojo sangre.

Amy no tiene el tiempo ni la energía para dedicarse a ese montón de cuentas y facturas y registros. Sabía desde el principio que el seguro solamente cubriría algunos de los gastos, incluso apenas una parte de esos ridículos cargos por la quimio. Ella misma les dio la autorización para intentar un tratamiento más agresivo. Eso, claro está, también implicó un gasto mayor.

Eso sucedió cuando suponía que Marc regresaría y estaría con ella. Cuando pensaba que la vida le seguiría dando todo en bandeja de plata como siempre lo había hecho. Ella no sabía que la suerte finalmente la abandonaría.

Pero todavía estoy viva, ¿no es así?

Tal vez es afortunada, o sencillamente tiene suerte. Amy no está segura. Solo sabe de todas las oraciones que hizo a Dios cuando luchaba con el carcinoma ductal infiltrante triple negativo. Eso es lo que siempre le decía a la gente que ella padecía, ya que las tres palabras «cáncer de mama» habían dejado de tener significado a fuerza de ser comunes. Dios pudo haberle salvado la vida, pero también hubo muchas decisiones propias que ella se llevaba consigo. Como la decisión de someterse a una tumorectomía en lugar de una mastectomía.

¿Qué pensaba Dios de eso?

Amy sabe lo que piensa la mayoría de la gente. La mayoría de los que comentaron en su blog le dijeron que era una decisión equivocada; algunos citaban estadísticas médicas como argumento, otros se mostraron directamente odiosos sobre el tema, aseverando que era sencillamente un asunto de vanidad. Ella sabe que lidiar con los provocadores es parte del precio de tener un blog popular, pero algunos de esos comentarios todavía la dejan completamente aplastada.

Al abrir la nevera en busca de algo para el almuerzo, Amy decide que tiene más deseos de escribir que de comer. Su primer blog se llamó *The New Left*, y explotó en popularidad después de su serie de artículos que arremetían contra la familia Robertson de *Duck Dynasty*. La entrevista a Phil Robertson en *GQ*, que encabezó los titulares nacionales un par de años atrás, fue algo muy fácil en que echarse encima. Amy y *The New Left* repentinamente se volvieron un blog polémico que la gente compartía, discutía y hasta citaba.

La tapa del contenedor apto para microondas está difícil de abrir. Cuando finalmente lo consigue, Amy desea que hubiera permanecido cerrada. Una buena capa de moho cubre la salsa de espagueti. La vacía en el fregadero y enciende el triturador de desperdicios. El sonido retumbante le recuerda lo que hizo con su antiguo blog y todos los comentarios.

Se fueron. Todos. No los archivó ni nada parecido. Tal vez podría buscar a alguien que los recuperara de alguna forma, pero sabe que jamás lo hará. A pesar de algunos muy bien escritos, todos los artículos compartían un problema notorio: eran malvados. Algunos eran directamente despiadados. Como uno de los primeros artículos sobre Willie y Korie Robertson, la pareja de esposo y esposa que eran, y siguen siendo, de las personas más populares del programa.

«El idiota y su trofeo».

Pensar en ese título y las palabras que le siguieron todavía hace que Amy se encoja. Era demasiado fácil —de hecho, muy cómodo— pensar en Willie como un estúpido pueblerino de barba grande y cerebro pequeño. O pensar en su bella esposa como nada más que un florero de adorno que jamás pensaba o actuaba por sí misma. Después de entrevistarlos mientras entraban a la iglesia, no le costó nada sentarse a escribir un montón de palabras hirientes sobre ellos.

Eso no fue una entrevista, fue una emboscada.

Las últimas palabras de Willie ese día fueron: *«Eres bienvenida a unirte a nosotros».*

Amy sonrió y asintió y les dijo que estaba bien. Y lo creía. Pero no sabía lo no-tan-bien que estaba. Finalmente, muchos meses después, terminó comunicándose con los Robertson por Twitter, y aceptando la oferta de Willie.

No es que se uniera a ellos en alguna iglesia que estuvieran visitando para hablar. Fue hasta West Monroe y asistió a *su* iglesia. Fue allí donde Amy conoció a todo el clan Robertson, incluyendo al mismo Phil Robertson. No sabía si toda la familia sabía quién era ella. Parte de ella llegó a Luisiana preguntándose si algún periodista les había enviado a todos un correo electrónico diciendo: *Ella es la bloguera que hizo trizas a su familia y se burló especialmente de Phil; tengan cuidado.* Pero cualquier pensamiento así se evaporó unos momentos después de que fue recogida en el aeropuerto por Korie. Resultó ser que los Robertson eran gente real que estaba en el foco de la atención por un programa de televisión de entretenimiento. También eran empresarios y empresarias extraordinarios.

Amy se había ido de West Monroe no solamente vistiendo una camiseta Duck Commander con orgullo, sino como total y auténtica entusiasta del programa. Korie Robertson se convirtió en su nueva heroína, y sigue siéndolo. La combinación de sentido empresarial y clase de la mujer —combinado con su fe y sus responsabilidades como madre y esposa— son más que excepcionales.

Si pudiera ser la mitad de lo que es Korie, sería formidable.

El viaje a West Monroe consolidó el camino que ya había comenzado Amy, empezando por enfrentar el cáncer y la pérdida de Marc, y luego encontrar a Jesús en un concierto de Newsboys. Cuando llegó de vuelta a Hope Springs, Amy borró el blog con todo su contenido. El último vínculo con el alma cínica que solía ser había desaparecido.

Ya no existe *The New Left*. En su lugar, Amy fundó *Press Pink*, un sitio dedicado a su batalla con el cáncer de mama. Comenzó con firmeza, pero en las últimas dos semanas, no ha publicado nada.

Y ahora siente que algo está creciendo en ella, algo inquietante parecido a lo que encontró en el contenedor apto para microondas.

Comienza uno nuevo.

No llevaría más de cinco minutos abrir un nuevo blog. Obtener un tema de *WordPress*, organizar el servidor y comenzar a escribir.

Amy no tiene ningún deseo de obtener nuevos seguidores o aumentar el tráfico en Internet. Solamente quiere intentar descifrar los sentimientos que abriga. Las agitadas oleadas de duda que le fastidian continuamente el alma.

Hay algo que siempre ha hecho cuando las emociones de cada día intentan interferir con sus mañanas.

Escribir.

La ira y el desdén por la hipocresía de los cristianos y su fe habían impulsado *The New Left*. El temor —y el descubrimiento de la esperanza— mientras atravesaba el carcoma ductal infiltrante triple negativo había dado lugar a *Press Pink*.

¿Y ahora?

Amy toma una lata de papas fritas Pringles y regresa a la habitación familiar donde está el sillón y la pila de cinco libros sobre la mesa al costado. Se pregunta si alguien ha creado alguna vez un blog con solo un gran signo de interrogación. *El blog ¿?.* Con un artículo por día sobre cada pregunta que nunca recibe respuesta.

Podría comenzar preguntando por qué sigo aquí sola después de todo este tiempo.

Enciende el televisor. Las palabras de otros tendrán que llenar el silencio. Pero Amy sabe que no llenarán el vacío que siente en su interior.

Tal vez algunas personas sencillamente deben llevar bolsillos vacíos. Siempre esperando llenarlos, solo para comprender finalmente que están rasgados y no pueden tener algo en su interior.

6

LA RESUELTA MORENA que pasa por la puerta me mira, luego vuelve la vista y recorre la entrada del restaurante. Su vestido azul le ciñe la estrecha cintura con un cinto que combina con los tacones negros con correas alrededor de los tobillos. Intento no mirar boquiabierto, pero comprendo que es más atractiva todavía que la fotografía que mi colega me envió en un mensaje. Bastante alta, con largas piernas que admiro por un abrupto segundo.

Probablemente está buscando algo para admirar en ti.

No hay otra persona esperando aquí, de modo que se encamina hacia mí con una sonrisa amistosa.

—Debes ser Tom.

Pienso en media docena de comentarios de autocrítica, pero debo dejarlos a un lado.

—Sí. Megan, ¿verdad?

Repentinamente, he recurrido a una conversación de hombre cavernícola con frases de una sola palabra. Eso no le impide estrecharme la mano de una manera extrañamente formal.

—Acabo de recibir un mensaje de Shawn diciéndome que me porte bien —dice Megan.

Shawn es su primo, un viejo amigo mío. Fue su idea reunirnos porque ambos somos solteros y «haríamos una pareja perfecta».

—Es gracioso. Yo también acabo de recibir un mensaje suyo que dice: "Espero que Megan se porte bien contigo".

Su expresión inicial me indica que cree mi broma, de modo que sonrío y sacudo la cabeza. Estoy a punto de decir alguna cosa, pero la camarera, que parece tener unos dieciséis años, pregunta si estamos listos para ser atendidos.

He tenido varias primeras citas antes, y algunas de ellas fueron organizadas por otros, de modo que esta no está fuera de lo normal. Unos minutos después, sentados a una pequeña mesa al fondo del restaurante y ordenando nuestras bebidas, me siento completamente a gusto con Megan. No hay nada incómodo ni forzado en esta mujer. Sé que le llevo cinco años y que pronto cumplirá los treinta. Ese es uno de los motivos por el que Shawn decidió organizar el encuentro.

—Cortó con un sujeto con el que creía que se casaría —me contó Shawn hace una semana.

—Entonces, ¿seré el de la cita por despecho?

—No, ya se lo ha sacado de encima —respondió—. Ahora está lista para el señor Ideal.

Shawn es uno de esos soñadores que pasa por el sexto empleo de los últimos siete años. Ve un potencial en cosas que, a menudo, en realidad no lo tienen. Por supuesto, algunas veces hasta Shawn mismo comprende que en realidad no hay nada para hallar después de haber buscado cuidadosamente por largo tiempo.

Megan ni siquiera ha abierto su menú, lo que significa que yo tampoco. Eso no detiene el murmullo de mi estómago. He tenido hambre desde el momento que aspiré el aroma de las papas fritas de McDonald's en la oficina de Len más temprano. Afortunadamente, la música y la gente en el bar del restaurante de moda amortiguan el sonido de mis retortijones de hambre.

—Entonces, ¿cómo te ves en cinco años?

Su pregunta sale de la nada. Hemos estado hablando sobre la ciudad de Hope Springs y este restaurante relativamente nuevo y otras cosas menores como esas, de modo que la pregunta verdaderamente sale de la nada. Bien hubiera podido decir: «Disfruté realmente la lasaña que comí aquí la última vez, y ¿cuántos niños quisieras tener?»

—¿Qué es lo gracioso? —pregunta Megan antes de que yo pueda comenzar a balbucear las palabras de una respuesta que ni siquiera sé.

—Generalmente, no comienzo a hablar de mis planes para dentro de cinco años hasta después de la ensalada.

—Por lo menos hablas de ellos —dice con una mirada fija.

Al parecer, mi sarcasmo no se está percibiendo.

—Bueno, sí, no tengo problema en hablar de eso.

Puedo hablar prácticamente de cualquier cosa y, generalmente, puedo hacerlo bastante bien. Pero apenas conozco su nombre y no mucho más. ¿Ya pasamos a las metas a futuro?

Megan se ve muy cómoda hablando de las suyas.

—Hago una lista cada mes, no al comienzo del año como las estereotipadas determinaciones de Año Nuevo que la gente abandonará inevitablemente diez días después de hacerlas. —Bebe un sorbo de vino, y deja la copa a un lado.

Todo esto ocurre en el tiempo que me tarda respirar una vez.

—Miro con ojos críticos cada meta todos los meses para ver cómo luce mi camino y cómo se presenta la trayectoria.

Cuando oigo la palabra *trayectoria*, pienso en los planetas en el espacio. No pienso en mí ni en mi futuro.

—Lo más importante que tengo en mente ahora es participar en el maratón de Boston. Es en unas cuantas semanas.

Me muestro sorprendido, pero se le ve en forma como para un maratón. Mi cuerpo está listo como para participar de una competencia de Xbox.

Durante un rato, habla del entrenamiento que implica prepararse para un maratón. Ha participado en varios maratones parciales y en otros dos completos. Calificó para el de Boston al primer intento. Finalmente, con un obligado «¿Tú corres?», me da la oportunidad de hablar.

—No. Pero pago un gimnasio al que no voy todos los meses. Me da tranquilidad saber que puedo ir a hacer ejercicio cuando sea que quiera. Lo cual significa que nunca sucede.

Su seria expresión no se relaja. Ni siquiera un poco.

—Hay una frase que dijo el general Patton que yo me repito cada vez que corro. "Nunca dejes que el cuerpo le diga a la mente lo que debe hacer. El cuerpo siempre se dará por vencido".

—¿Patton dijo eso? —pregunto—. Es realmente motivador para ti.

Y un poco aterrador para mí.

Del maratón, Megan pasa a hablar de la línea de prendas de la boutique y de la tienda que posee y dirige. La creó mientras estudiaba en la universidad como una tienda en Internet llamada Trimm:

—Con dos *emes* —dice.

El negocio floreció, y la tienda de cemento y ladrillo es el resultado natural del éxito del negocio, aunque la mayoría de sus ventas siguen siendo de compradoras en Internet. Su meta es vender la compañía en los próximos años.

Mi meta es ordenar la próxima vez que aparezca la camarera a preguntarnos qué quisiéramos comer. Ella ya lo ha hecho dos veces.

—El problema de tener esas maravillosas listas es que tiendo a enfocarme demasiado en ellas y entonces fácilmente monopolizo la conversación porque hay mucho de qué hablar —dice ella—. Así que, háblame de tus esperanzas y sueños para el futuro.

Su perfil a la luz naranja del restaurante parece tan esculpido como el tallado en una lámpara de calabaza.

—Generalmente, cuando pienso en el futuro, estoy tratando de encontrar la próxima oportunidad para pedir que me preparen un burrito.

Soy el único que ríe sonoramente. En realidad, soy el único que siquiera sonríe. No digo que mis bromas del burrito sean muy inteligentes ni graciosas, pero aun así, solo estoy tratando de relajar el ánimo. De relajar cualquier cosa. Megan parece tener un ancla que la sujeta a la tierra, y ninguna cantidad de pequeños globos de color que Pixar pudiera crear le levantarían los pies de la tierra.

Una película animada de Pixar le vendría bien.

Cuando finalmente conseguimos ordenar la comida y ella dice uno de esos «Quiero la lasaña sin queso o los tallarines y sin salsa», cosas que llevan cinco minutos de explicación, entorna los ojos en gesto de fastidio diciendo:

—Generalmente, no soy *tan* mala cuando pido pollo.

Tiene autoconsciencia. Lo admito. Pero es extraño: mientras

más tiempo paso con ella, lo menos atractiva me parece esta mujer. Y verdaderamente es bastante bella cuando uno la mira.

—¿Les sirvo más agua? —pregunta otro camarero.

Una vez lleno el vaso, Megan lo levanta y lo estudia.

—¿Sabes que la mayoría de nosotros damos esto por sentado? —dice, mirándome con los ojos brillantes.

—¿Cenar fuera de casa? —digo, un poco desconcertado.

—El agua.

Asiento. *¿Ahora pasamos al agua?*

—Este verano, iré en un viaje de servicio con un equipo de Lifewater Internacional. ¿Has oído de ellos? Hace algunos años, un amigo se involucró, y me sentí tan inspirada por ellos que desde entonces el 5 por ciento de todas mis ventas en Trimm va a los esfuerzos de Lifewater. Este es el tercer viaje que haré con ellos. Es una organización realmente asombrosa que intenta ayudar a los afectados por la crisis mundial del agua y las condiciones sanitarias. Algo que damos por sentado en la linda burbuja en que vivimos.

Asiento y pienso en beber un sorbo de agua, pero esta vez lo pienso dos veces.

El viejo yo podría haber estado a la altura de esta mujer. Seguramente habría cambiado de tema más de una vez, pero al menos podría haber ofrecido algunas ideas sobre planes, sueños y visión. Pero ahora me siento totalmente fuera de estado.

Megan quiere cambiar el mundo. Yo ni siquiera puedo cambiar el aceite de mi coche.

—Háblame de tu firma —dice la señorita «quiero el pollo sin la carne de ave» mientras come pequeñas cantidades de arroz.

Me siento tentado a decir: «¿Qué firma?», pero entonces me doy cuenta de que está hablando de Roger y de mí.

Ah, sí. Nuestra firma de abogados. Tagliano & Endler.

«¿Tagliano y Endler? Eso suena a un taller de reparación de coches que lava dinero para la mafia. O a una muy mala pareja de lucha libre».

Eso es lo que dijo mi maravilloso padre la primera vez que oyó el nombre.

Ciertamente, no es una Merrick & Roach.

—Mi "colega" no encaja precisamente en la definición —le digo a Megan.

Descubro que tengo esta maravillosa libertad de no tener que impresionarla. Está demasiado lejos para poder ser impresionada. Es algo así como un corredor de larga distancia en las olimpíadas que está por aventajar por una vuelta a un atleta inferior.

—¿Por qué no? —pregunta.

—No hace mucho, llegó a un punto en el que ya no le interesa. Ganó un importante caso de seguros que lo dejó con un lindo cheque. Y también con mucha apatía.

Ella asiente.

—Yo llego solo hasta cierto punto en mi vida con los que solo reciben, ¿sabes? Finalmente, decido que ya no pueden seguir aprovechándose. Entonces corto la cuerda.

Asiento y sonrío y actúo como si esta fuera la primera vez en mi vida que escucho algo así. La realidad es que Roger sigue dando; paga más alquiler que yo. No se está aprovechando de mí. No es así. Podría decir que está arruinando mi reputación, pero yo lo hice mucho más de lo que él jamás podría hacerlo.

—No dudes en rodearte de ganadores, Tom.

Gracias por compartir tus secretos para el éxito. ¿Me cobrarás por ellos?

La velada finalmente termina con un cordial y agradable adiós en el estacionamiento del restaurante. Me da su tarjeta de presentación y me pide que la llame alguna vez. Reconozco que está siendo honesta, pero también siento la total y absoluta falta de romance en el aire. Este bien podría haber sido el primer encuentro con un cliente.

Algo me trae a la memoria la reunión que tuve más temprano con Len, y la profesora que tal vez termine representando. Reviso mi celular. Como esperaba, tengo un correo de Len.

¡Espero que mientras escribo esto, te estés enamorando! Solo quería darte los detalles de la reunión con Grace Wesley. Estará disponible mañana a las dos. ¿Podrías encontrarte con ella en Evelyn's Espresso en la avenida Wilmette? Gracias.

Respondo rápidamente para que sepa que estoy de acuerdo.

Esta noche, cené con una corredora de maratón que tiene un negocio exitoso y coopera con el mundo, y evidentemente está interesada en encontrar pareja. El título de abogado seguramente captó su atención, pero luego conoció al hombre real, quien no se adecúa precisamente al perfil.

Solía hacerlo, Megan. Pero ese sujeto no te habría gustado en absoluto.

Tengo curiosidad por saber cómo será la tal Grace Wesley. Ya me hice un cuadro mental.

No es un retrato muy atractivo.

Pero es trabajo.

Mientras conduzco camino a casa, pienso en esa pregunta inicial que me asusta más de lo que me había dado cuenta. *«Entonces, ¿cómo te ves de aquí a cinco años?»*

No podía ser honesto y decirle la verdad.

Tengo dificultad para imaginar cómo será el mes que viene, mucho más dentro de cinco años.

Mientras conduzco por la ruta, veo el centro comercial con el restaurante mexicano llamado Habanero Grill. Aunque acabo de cenar, me invade un leve impulso de detenerme y pedir un burrito. Decido seguir, por ahora. Pero mañana, me aguarda la esperanza y el sueño del maravilloso burrito de dos kilos y cuarto.

Dicen que hay que soñar en grande, ¿no es así?

7

LA HORA PASADA EN LA TIENDA Goodwill resultó en dos bolsas de artículos, prendas de vestir en su mayoría. La cuenta final fue treinta y cinco dólares. Amy sabe que tiene alrededor de seis conjuntos para combinar entre las cosas que compró. No es que tenga un puesto corporativo de mucha presión para el que tenga que lucir refinada y profesional, pero de todos modos le gusta estar a la moda para su papel de tiempo completo como periodista y su empleo de horario reducido como asistente administrativa de un fonoaudiólogo.

Al momento de dejar las bolsas en el asiento trasero de su coche, oye la notificación de un mensaje de texto entrante en el celular. Toca la pantalla y ve que es de su sobrina.

Hola, mira esto: youtube.com/marlene0173

Amy se acomoda en el asiento de conductor, fuera del resplandor del sol, para ver mejor el video.

El enlace muestra lo que parece ser un video tomado por un celular, probablemente perteneciente a Marlene. Hay una muchacha de pie en la acera, con un trozo de cinta de embalar plateada que le cubre la boca. Sostiene un letrero que Amy tiene que esforzarse por leer:

No tengo voz

Hay varios estudiantes a su alrededor, evidentemente apoyándola. Seguramente, es la preparatoria Martin Luther King Jr., donde asiste Marlene.

El video se sacude cuando el celular gira para mostrar una figura de traje que se aproxima. Amy reconoce a la persona. Es Ruth Kinney, la directora de la preparatoria MLK: una mujer con la que nadie quisiera tener problemas. Amy entrevistó a la directora Kinney en su blog anterior un par de años atrás. Sabe que la mujer está orgullosa de ser una directora mujer, y es franca respecto a lo que implica romper con los estereotipos para llegar a esa posición.

—Brooke, tienes que terminar con esto —le dice Kinney a la muchacha con la cinta de embalar en la boca.

La estudiante no reacciona. La directora no solo se muestra molesta. Una expresión de indignación llena su rostro.

—Es la última vez que te lo digo, Brooke. Si no terminas con esto ahora, habrá consecuencias.

Kinney mira a la cámara con una expresión que parece decir: *Y si sigues filmando, habrá consecuencias también para ti.*

—En realidad, no creo que las haya.

Amy reconoce inmediatamente la voz de su sobrina.

¿Qué estás haciendo, Marlene?

—Estamos en la acera, que es propiedad pública —continúa la voz de la muchacha—. Mi padre es abogado.

Alguien en el trasfondo comienza a cantar:

—Oh, no, ella no se irá.

Otros, incluyendo a Marlene, se unen.

La directora mira al grupo y a la cámara dirigida hacia ella, con una expresión penetrante e imperturbable, y luego se encamina hacia la escuela. Los estudiantes reunidos aplauden y gritan su apoyo mientras el video termina con ese momento de triunfo.

Amy no logra entender qué está sucediendo. Pasa nuevamente el video en busca de claves, especialmente en la muchacha que protesta, quien aparentemente se llama Brooke. Pero no logra descubrir nada más. Entonces le llama a Marlene, quien responde la llamada como si la hubiera estado esperando.

—Hola, tía Amy.

—Buenos días, Marlene. Qué video me has enviado. ¿Qué está pasando?

—¿Recuerdas a mi amiga Brooke?

—Creo que sí. —Amy recuerda haberse cruzado con Marlene y su amiga la última vez que estuvo en casa de su hermana. Las muchachas parecían dos flores luminosas que se podían sostener una en cada mano. Su sobrina una margarita y la amiga una rosa—. ¿Era ella la del video?

—Sí. Metió a una profesora en problemas porque le hizo una pregunta sobre Jesús en clase, y la profesora le respondió. Ahora, los padres de Brooke están demandando a la profesora, cosa que Brooke no quiere que hagan, pero lo están haciendo, y le han prohibido hablar del tema. Ni siquiera nos permiten hacer una nota para el periódico de la escuela.

Algunas palabras resuenan en la cabeza de Amy. *Problema. Pregunta. Jesús. Ni siquiera permiten.*

—¿Hay alguna posibilidad de que me encuentre con ella?

—¿La profesora?

—No, Brooke.

8

RESI ESCOGE UN MOMENTO verdaderamente malo para atravesar la puerta de mi casa y salir corriendo calle abajo. También yo escogí un mal momento para andar sin zapatos. No tengo otra opción que saltar tras la perra en calcetines. Tal vez deba alegrarme porque ahora tengo una excusa completamente legítima para comprar un par de reemplazo en Kohl's; estos con toda seguridad tendrán agujeros cuando termine la persecución. Aunque debo alcanzarla pronto; mi reunión con la profesora que se supone debo representar es en veinte minutos.

Estoy corriendo a toda velocidad por la acera a un par de casas más allá de la mía cuando Resi salta a la calle. Afortunadamente, no se ven autos en el vecindario. Pero sí veo a Florence de pie junto a su buzón de cartas, con el mismo atuendo de siempre. La bata gris y las pantuflas. La saludo con la mano, pero ella simplemente me mira fijamente como siempre.

Juro que no se ha quitado esa bata desde el día que se retiró años atrás, cuando yo solía visitar a mamá en esta casa, en la que ahora vivo y que estoy tratando de encontrar la manera de no perder en una ejecución hipotecaria.

Resi parece ser lo suficientemente inteligente como para mantenerse alejada de Florence. La pequeña perra es un cruce entre una ovejera Shetland y un Pomerano. Conozco las diferentes personalidades de cada uno, pero Resi es una perra especial, y lo ha sido desde el momento que la encontré.

Eso hace menos difíciles los episodios como este.

—Resi, ven aquí.

No sirve gritar. Probablemente logre que aumente la velocidad.

Apuro el paso, y pienso en la noche anterior y mi cita con la Mujer Maravilla de los maratones. Apostaría cualquier cosa que mi estilo para correr no la impresionaría.

Apuesto que tampoco es amante de los perros.

No es que hubiera estado buscando un perro. Es lo último que realmente quería o necesitaba en mi vida. Pero una tarde, cuando salía de los tribunales en Hope Springs, vi un coche deportivo de dos puertas pasar a toda velocidad y a una bola marrón claro salir despedida por la ventana del conductor. Tardé una fracción de segundo en comprender que era un perro siendo arrojado desde el coche.

Fue como si hubiera visto un accidente automovilístico a nueve metros frente a mí. En realidad, fue peor. Uno no ve claramente a las personas en el interior de un coche, y ellas por lo menos están algo protegidas por el metal y el acero que conducen.

No, eso fue mucho peor. Ver al animal volar y aterrizar de

costado sobre el duro cemento y luego oír ese aullido escalofriante me dejó inmóvil y sin poder actuar por un momento. Luego corrí a su lado mientras intentaba sin éxito ponerse de pie y moverse.

—Resi, vamos —digo en tono menos enérgico. Está comenzando a cansarse ahora, así que le estoy dando alcance.

Recuerdo haber sentido dos cosas cuando alcé en mis brazos a la descartada perra. La primera fue dolor por ver a un animal *literalmente* arrojado como una lata de gaseosa vacía. La otra fue furia. El coche deportivo ya había desaparecido, pero juro que casi intenté perseguirlo como lo estoy haciendo ahora con Resi. Probablemente es mejor que no lo haya hecho. Me habrían arrestado si hubiera alcanzado al conductor.

Llevé a la perra a la veterinaria más cercana. Afortunadamente, solo tenía una pata quebrada y un par de costillas fracturadas. Pero la veterinaria descubrió en el animal algo peor que el hecho de haber sido arrojada por la ventana de un coche. Descubrió que la perra había sufrido terribles abusos. La veterinaria incluso me lanzó un par de miradas sospechosas después de examinar al animal. Yo ya le había relatado la historia, pero tuve que convencerla de que la perra ni siquiera me pertenecía.

—Supongo entonces que usted no fuma, ¿verdad? —preguntó la veterinaria.

La miré y le aseguré que no fumaba, preguntándome qué tendría eso que ver.

—Al dueño tiene que haberle gustado apagar sus cigarrillos en ella.

Y se podía adivinar. La perra había intentado morderme varias veces cuando la llevaba en brazos; trataba de hacer lo mismo con la veterinaria.

—Da la impresión de haber sido terriblemente maltratada.

Probablemente tiene dos años, así que quién sabe cuánto tiempo estuvo ocurriendo.

Todo eso ocurrió algunos meses atrás. Ese día comenzó mi compañía con una perra a la que llamé Resi, la que prácticamente alcancé ahora.

Un vehículo se detiene en la intersección más adelante, y Resi se voltea y comienza a correr en dirección a mí. Hasta el día de hoy, detesta los vehículos.

—¿Qué estás haciendo? —le pregunto mientras la levanto.

Pesa bastante más que la primera vez que la alcé. Está en una dieta regular para volverse consentida. No quiero que se enferme ni nada parecido, pero creo que me excedo con las golosinas para perros.

Nos encaminamos de regreso a casa, y me encuentro hablándole como siempre:

—¿Estás tratando de decirme que debo hacer ejercicio o algo así? Ni siquiera tengo tiempo para darme una ducha ahora.

Esos ojos redondos y confiados me miran. Todavía no le gusta la gente, pero estoy seguro de que Resi me quiere de verdad.

Ya en casa, repongo su provisión de agua, y luego le doy una golosina.

Estás recompensando a una perra que acaba de tratar de escapar.

Sé que Resi no estaba escapando. Solo estaba ejercitando esa nerviosa energía que posee. Lo comprendo. Creo que a veces yo siento lo mismo. Es que encuentro otras maneras de expresarlo.

El reloj de pared me indica que tengo cinco minutos para llegar a la reunión en la cafetería que queda a quince minutos.

—Quieres que pierda una clienta potencial, ¿verdad?

Resi se queda quieta observándome. Juro que entiende cada una de mis palabras.

Subo al coche y salgo velozmente hacia el lugar del encuentro. Me doy cuenta de que básicamente es otro trabajo que *tengo* que tener. No es como que le llueven los trabajos a los maravillosos Tagliano, Endler & Asociados. De modo que no es una buena primera impresión llegar tarde. Y transpirado. Y disperso.

Vuelve a ser Tom Endler, el tipo sereno, calmo y controlado.

Intento poner mi cabeza en orden. Sencillamente, no soy tan resistente como mi perra. Por eso la llamé Resi. La abreviatura de *resistente*. Así es mi perra. Es una luchadora.

Tal vez estoy buscando a alguien que luche por mí. Que me ayude a ponerme de pie después de haber sido arrojado afuera por la gran ventana de la vida.

Mi celular empieza a sonar cinco minutos antes de entrar a Evelyn's Espresso. Repaso la puerta con la mirada, y ni siquiera tengo que ver el teléfono en su mano para reconocer a Grace. Verdaderamente tiene aspecto de profesora, pero la imagino en una clase llena de niños de jardín de infantes en lugar de adolescentes. Me figuro que las muchachas la encuentran parecida a Elsa de *Frozen* y que los varones le dicen que es bonita.

Estudiantes con suerte. Nunca tuve una profesora de historia a la que me interesara mirar.

—¿Grace? —pregunto cuando se acerca.

—¿Es usted...?

Tal vez el hecho de que aún tengo en la mano el celular al que acaba de llamar hace más obvia mi identificación. Claro que no se lo digo. Caigo en la cuenta de que esta es la segunda vez en menos de veinticuatro horas que una mujer parece desilusionada después de conocerme en persona.

—Tom Endler —digo, extendiendo la mano—. El abogado que su gremio le asignó.

Su apretón de manos es menos de hembra-alfa que el que recibí anoche de Megan. En realidad, el apretón refleja más la inseguridad que envuelve el rostro de Grace.

—No *parece* un abogado —dice.

—Gracias —respondo—. Debería ver el maletín que llevo conmigo en aquellos momentos en que siento que realmente necesito parecer un abogado.

—No estoy segura de haberlo dicho como un cumplido.

—Estoy decidido a tomarlo como uno —digo con el destello de una sonrisa.

Observo que esa sonrisa solía funcionar mucho mejor años atrás.

—No he pedido nada todavía —digo—. Pensé que tendría que esperarla.

—¿Debo pagar lo suyo? ¿Es así como funciona eso?

—No, por favor. Es a mi cuenta. Solo necesito algo fresco.

Compro un café helado mientras Grace pide algún tipo de café con una descripción de ocho palabras. Nos sentamos a una mesa, y la observo mientras organiza sus cosas. Tiene el celular justo frente a ella y junto al café perfectamente ubicado en el centro de la servilleta cuadrada sobre la mesa. Yo casi derramo el mío cuando lo coloco sobre la mesa.

—¿Trabaja en el centro? —pregunta Grace con voz agradable y calmada, apenas audible por encima del gentío de la tarde.

—Sí.

No le pregunto si se refiere a mi oficina, que está en la parte de atrás de mi casa. Bueno, en realidad, la casa de mi madre, en la que estoy viviendo.

—Entonces estoy segura que se ha enterado de todo lo que pasó.

Asiento y bebo un sorbo de café. No he dejado de transpirar desde la corrida con Resi.

—Pero tal vez *usted* pueda contarme todo lo que ha ocurrido —digo—. Su versión.

—¿Mi versión? —pregunta. Los ojos que se encuentran con los míos no coinciden con su agradable y dulce exterior—. Solo hay una versión de lo que ocurrió. La versión honesta.

—Por supuesto —digo.

—Estábamos discutiendo sobre Mahatma Gandhi y el doctor Martin Luther King Jr., y analizando la idea de la resistencia no violenta en mi clase. Con toda la violencia que hay en nuestro país actualmente, pensé que tendría sentido hablar sobre lo que Gandhi y Martin Luther King Jr. hicieron.

—¿Entonces insertó a Jesús en la conversación?

—No. Estaba hablando acerca de lo que hace que la no violencia sea tan radical, y que es un compromiso inquebrantable de ser no violento como enfoque inicial y en respuesta a la persecución que podría seguir. Ahí fue que una de mis estudiantes, una joven llamada Brooke Thawley, hizo una pregunta relacionada con eso.

—Sobre Jesús —agrego.

Grace asiente sin expresar ningún intento de defenderse.

—Brooke preguntó si eso fue lo que Jesús quiso decir cuando dijo que debíamos amar a nuestros enemigos. De manera que yo dije: "Sí, eso es exactamente lo que quiso decir".

—¿Y lo dijo exactamente así?

—Bueno, no. No exactamente. En la entrevista con la directora y el superintendente, expliqué las palabras precisas. ¿Las ha visto?

Recuerda, es profesora, tonto. Seguro que es mucho más despierta que tú.

—Sí, por supuesto. Solo quiero escuchar su explicación.

—Estuve de acuerdo con ella, y dije que el autor del Evangelio de Mateo registra que Jesús dijo eso. Compartí el versículo bíblico donde aparece. Agregué que el doctor King lo confirmó al describir su inspiración en las Escrituras y al decir que "Cristo aportó el espíritu y la motivación, mientras que Gandhi aportó el método".

Ya veo cómo eso pudo atraer la atención de algunos en la escuela.

—Entonces, ¿quién envió los mensajes de texto y se quejó?

—No lo sé —afirma Grace—. Solo sé que uno de los estudiantes comenzó a provocarme, solo para irritarme o alborotar la clase. Le dije que tanto Jesús como el doctor King habían sido asesinados por sus acciones y que ambos comenzaron movimientos que sobreviven hasta la actualidad, aunque ambos pagaron el mayor precio por el compromiso con sus ideales.

—¿Pasaron mucho tiempo discutiendo eso?

Grace sacude la cabeza diciendo:

—No fue una discusión, señor Endler.

Hago una mueca.

—Por favor, ese es mi padre. Yo soy Tom.

—Posiblemente, pasamos otro par de minutos hablando de eso. Pero eso fue todo. No mucho después de eso, la directora Kinney pidió hablar conmigo. Siempre me pregunté cómo podía hacer que algo tuviera un efecto viral. Es solo que nunca pensé que sería algo como esto.

—Yo creo que todos estamos a una decisión tonta de perder el control de nuestra vida. —De repente, me doy cuenta de cómo pudo haber sonado eso—. No es que lo que usted haya hecho sea tonto, solo estoy diciendo...

—Comprendo.

Junta las manos, y observo la ausencia de un anillo de

matrimonio. Yo ya sabía que no era casada, pero es que estos días no puedo dejar de observar esas cosas. No siempre fui así, pero es que nunca tuve treinta y cinco años antes de mi último cumpleaños.

—Entonces, ¿cómo escalaron las cosas desde la conversación en el aula hasta nosotros dos conversando aquí?

—Eso es algo que deberá preguntarle a los padres que me están demandando. Ocurre que justamente son los padres de Brooke, el señor y la señora Thawley.

—¿Y qué acerca de las conversaciones iniciales con la directora y el superintendente? —pregunto—. ¿Cómo fueron?

—Reaccionaron ante una situación que se estaba inflando. Admití enseguida que había respondido a la pregunta de una estudiante. También afirmé que la pregunta de la estudiante y mi respuesta involucraban las enseñanzas de Jesús en el contexto de la discusión de la clase.

—El contexto puede ser una de esas zonas grises en la vida.

—No había nada gris en esto.

No hay un vestigio de duda en su rostro ni en su tono. Me siento como el gracioso de la clase al que reprenden por hacer un comentario tonto.

—Perdón —dice Grace suspirando y mirando la mesa un momento—. Todavía no sé bien cómo esto llegó a este punto.

—Está bien, se requiere de mucho esfuerzo para ofenderme. Cuénteme la conversación con el superintendente.

—Le pidieron al abogado de la escuela que se sentara con nosotros por los aspectos legales. Un profesor colega que es el representante del gremio también estaba presente. Querían escuchar mi lado de las cosas. La palabra *supuestamente* surgió varias veces.

Afirmaciones "supuestamente" hechas por Jesús. Como si yo estuviera citando al autor de un crimen.

—Pero efectivamente citó la Biblia, ¿correcto? —pregunto.

—Sí, y seguramente eso fue lo que no les gustó. Incluso mi representante del gremio no podía creer que realmente lo hubiera hecho. Es por eso que pasó a la junta, y es por eso que usted está aquí ahora.

Ya no tengo gotas de sudor en la frente, pero puedo ver algunas similares en el vaso de mi café helado. No hay suficiente tiempo en el día para que le diga todas *mis* razones para estar sentado frente a ella ahora.

—Dígame entonces, Tom, ¿ha defendido a muchos docentes en asuntos disciplinarios?

—No. Usted será la primera. Solamente he trabajado con quejas básicas y asuntos procesados por encima y fuera de la jurisdicción del gremio. Asuntos pesados como cobertura de seguros o problemas de salarios.

Veo que eso solamente aumenta su visible preocupación.

—Honestamente, mi especialidad original era el derecho penal. Acababa de ser contratado hace un par de años por la oficina de defensoría pública. Hice unos cambios en mi carrera y en... bueno, en todo.

—¿Derecho penal? —dice incrédula—. Yo no soy un delincuente.

—No esté tan segura de eso. —Suelto una risa, pero es evidente que no le causa gracia —. Este tipo de caso hace que todos se sientan incómodos. La junta escolar, los profesores, los padres... hace que todos se sientan guácala.

—¿"Guácala"? ¿Es ese un término que utiliza con frecuencia en la corte?

Hay cierto tipo de fuego cortés y encantador subyacente en ella. Sonrío y comprendo su pulla.

—¿Tiene una palabra mejor para eso?

No dice nada mientras toma la taza de café con ambas manos y mira por la ventana a la distancia.

—Mira, Grace, voy a ser sincero contigo. Nadie quiere tu caso. *Nadie.* Yo conozco la realidad de mi situación. Puedo ser muy honesto sobre ella. Tomé este caso porque soy el hombre bajo en una escalera donde la antigüedad significa todo. Si por algún motivo no me apruebas, no necesitas aceptar que te represente, pero quedarás sola.

Esa mirada ansiosa vuelve a enfrentarme. Sonrío y trato de asegurarme de que comprenda que no la estoy intimidando. Estoy siendo completamente honesto.

—Estás en libertad de contratar a tu propio abogado, y pagarle de tu propio bolsillo, pero la ley educativa no es precisamente una especialidad común.

—Pero tampoco es una especialidad *suya.*

—He estado en el mundo de la educación toda mi vida —le aclaro—. En cuanto a la ley educativa, en estos últimos años he estado en proceso de dominarla.

Un empresario entra a Evelyn's Espresso y pasa junto a nuestra mesa, echando una mirada distraída a Grace. Está de traje y corbata y, posiblemente, hizo un millón de dólares solo esta mañana. Grace lo nota, luego vuelve a mirarme, perdida en sus pensamientos.

Está sopesando todas sus opciones y descubriendo que no son tantas. Un traje Armani que pasa justo a nuestro lado probablemente no es una posibilidad realista para alguien como ella.

—Mira, tengo buenas noticias —le digo.

Grace no me cree.

—¿Qué?

—No me gusta perder —explico—. Y escucha: estoy dispuesto a luchar por ti.

—¿Es usted un creyente?

Eso me sobresalta.

—¿Un qué?

—Un creyente. Ya sabe, en Dios.

Creo en muchas cosas, Grace. Pero justo en eso, no.

—¿Quieres decir si soy cristiano? No, pero escucha, creo que es una ventaja.

—¿Defender a alguien en quien no cree? —dice, y su voz parece suavizarse mientras formula la pregunta.

—Defender a alguien como *tú*.

—¿En qué sentido es una ventaja?

—¿Quieres saber algo que nuestro mundo realmente *ama*? La pasión. Y puedo ver al simplemente estar sentado aquí y al leer el informe que eres una persona apasionada por lo que crees. Admitámoslo: es por eso que estás en problemas en primer lugar.

—Estoy en problemas porque cité a Jesús en el contexto de una conversación, en el contexto de una pregunta formulada por una estudiante. Puedo ser apasionada, señor End... *Tom*, pero, en este caso, estaba hablando como profesora de historia titulada. También tengo pasión por la historia.

Asiento y agito la mano.

—Sí, sí, lo sé. Entiendo. Pero esa pasión, y acabas de evidenciarla claramente, puede cegarte a las realidades del procedimiento.

—¿Y eso es algo *bueno*? —pregunta.

—En mi ámbito, sí. He vivido mucho tiempo entre procedimientos. Quiero decir... si solo supieras.

—¿Así que quiere romperlos?

—No necesariamente. Quiero pensar creativamente. Me gusta la pasión. Y más que ninguna otra cosa, especialmente en los últimos años, me gusta luchar contra los sistemas y los poderes que encierran. Esas cosas no han sido amables conmigo.

Grace me estudia unos momentos, y luego dice:

—De acuerdo.

—¿De acuerdo qué?

—Estoy de acuerdo en que me representes.

—Bien —digo en un tono que indica que no tenía ninguna duda de que me aceptaría.

Por lo menos puedo intentar parecer seguro como lo haría cualquier otro abogado.

—¿Puedo hacerte una sola pregunta? —dice Grace.

—Claro.

—¿Te estás dejando la barba?

Tengo que pensarlo un momento; luego me toco el mentón, y recuerdo el descuido de mi cara.

—Todavía no lo he decidido.

Asiente, pero parece tener más para decir.

—¿No te gustan las barbas?

—Alguna vez salí con un hombre que se dejaba la barba en cada temporada. Era de Canadá, y los Edmonton Oilers... bueno, todo lo que puedo decir es que sé más de hockey que tú sabes de leyes.

—Entonces, no eres muy entusiasta de las barbas, ¿verdad?

—Simplemente, no soy muy entusiasta de mi ex. —Grace hace una mueca apretando sus labios, y luego levanta su café.

Debo admitir que ya estoy completamente del lado de esta mujer, no importa en qué lado particular pueda estar.

Siempre y cuando yo gane al final, eso es lo único que importa.

9

AMY PUEDE VER el impacto pocos segundos antes de que ocurra. Está de pie frente al mostrador, lista para pedir un café, cuando pone la vista en la veleidosa mujer que está delante de ella en la fila. La morena, perdida en su celular, levanta su mezcla de café helado y da un giro que termina impactando en el hombre alto que esperaba pacientemente detrás de ella. El hombre viste una camiseta blanca tipo polo, que Amy está segura que no volverá a usar. Una viscosa masa marrón aterriza sobre su pecho y comienza a gotear como si fuera una herida sangrienta de bala en una película.

—¡Oh, no! ¡Lo lamento mucho! ¡Es que se me está haciendo tarde! —dice la mujer lo suficientemente fuerte para que todos en el café la oigan.

El hombre se queda ahí con una expresión cómica, como si hubiera imaginado que eso ocurriría.

—Seguro que eso es caramelo líquido, ¿verdad? —le pregunta a la mujer.

—Sí. Caramel Bliss.

Amy observa mientras ambos buscan servilletas de papel. Uno de los mozos les alcanza una toalla.

La elegante joven detrás de la caja abre grandes los ojos y le sonríe a Amy, mostrando sus hoyuelos.

—¿Qué probabilidades hay de que ofrezca pagarle la cuenta de la tintorería? —pregunta la señorita hoyuelos.

—Diría que tres contra una —responde Amy. Pero la agotada mujer da la impresión de estar preparándose para abandonar el local.

—En realidad, diría que es totalmente improbable.

Amy ya ha cenado y está en su lugar nocturno favorito, lista para trabajar un poco. Aunque hay un Starbucks al que podría ir del otro lado del centro, prefiere Evelyn's Espresso. Es más pequeño y cálido, y se parece al vástago genético de una cafetería local y una librería independiente. Hay algo en eso de estar rodeada de gente, conversaciones, actividad y música de fondo que la hace sentir mucho mejor que estar sola. Puede trabajar mejor en un lugar así. A menudo se pone los audífonos para sofocar el ruido, pero, aun así, es bueno saber que está ahí.

Amy hace su pedido normal a una muchacha que parece seguidora de la moda, quien le cobra. Nunca ha visto a esa muchacha aquí. Amy la recordaría. Viste una camiseta enorme con mangas hasta los codos y en el frente tiene un diseño con las palabras *El estilo está en la mente* en forma de escalera. Un largo collar de piedras y una pulsera de cuero que le hace juego complementan el atuendo.

Cuando la muchacha le devuelve la tarjeta a Amy, comienza a sonar un celular con una canción pop. La camarera que está detrás de la caja toma su celular y le pide a Amy que la disculpe un momento. Todo cambia en la expresión de la muchacha a medida que escucha a alguien del otro lado del teléfono.

—¿A qué hora debo llevarte? —pregunta. Luego agrega rápidamente—: No, no, está bien, mamá. En serio.

La muchacha se acomoda los mechones de cabello oscuro que le caen en los hombros.

—Está bien. Estaré ahí. Bueno, debo irme. Te quiero.

Luego se vuelve hacia Amy y se disculpa.

—No te preocupes —dice Amy.

—Es mi madre. Es que... mañana comenzará la quimioterapia, y le dije... le prometí que la llevaría.

La muchacha se toma unos minutos para preparar el café latte de vainilla mediano de Amy, luego se lo entrega con una mirada preocupada en el rostro.

—Comprendo —dice Amy, devolviéndole la sonrisa—. Yo lo pasé. Todo va a salir bien.

La muchacha se obliga a sonreír en respuesta:

—¿Usted tuvo que llevar a su madre a recibir la quimio?

—En realidad, tuve que llevarme a mí misma —dice Amy—. Clínica Mayo. Unidad de oncología. Me habría gustado tener un chofer.

La muchacha queda helada, y se ve más afligida que la mujer que acaba de derramar su bebida sobre un pobre desconocido. Amy se siente repentinamente mal por ese último comentario, especialmente porque la habían tratado bien.

—Mira, está bien. Y honestamente, jamás habría hecho ese comentario trivial si no lo sintiera.

También es cierto. A veces, las cosas *sí* salían bien, de manera que era bueno contárselo a otros. Amy se había ganado ese derecho.

—¿Sabes qué? —dice Amy, mirando algo en el estante de vidrio junto a ella—. Creo que estoy con ánimo para el *brownie* de chocolate más grande que tengas.

Quince minutos más tarde, con la mitad del local de Evelyn's Espresso lleno y nadie entrando por la puerta, la seguidora de la moda se aproxima a la mesa de Amy.

—¿Cómo estuvo el *brownie*?

—El mejor que he probado en todo el año —dice Amy—. Tal vez de los diez mejores de mi vida.

—¡Eh! Bueno, sé que son caseros. La esposa del administrador los prepara desde cero todos los días.

—Dile que son asombrosos.

—Creo que se lo ha ganado —dice la muchacha—. La quimio es horrible, por lo que he oído.

—Así es.

—¿Puedo preguntarle...?

—Carcinoma ductal infiltrante triple negativo —responde Amy, sin necesidad de escuchar el resto de la pregunta—. Cáncer de mama.

—Lo lamento.

La muchacha se sienta en la silla frente a ella, y Amy comparte un poco de su historia. Tiene cuidado de no quejarse. Ha sido afortunada y está agradecida, y siempre necesita tenerlo en mente. Además, lo último que Amy quiere hacer es asustarla con historias de horror.

Cuanto más habla, más cómoda se siente con la muchacha. Adivina que tal vez está estudiando en la universidad, que quizás ni tenga veintiún años. La conversación pasa a un lugar natural: la pérdida del cabello después del comienzo de la quimio.

—Aquí tengo una buena fotografía de mí sin nada de cabello —dice Amy, mostrándole una de las fotografías tomadas en el hospital.

—Usted es hermosa —dice la muchacha.

—¿Te pagan por los cumplidos?

—No. Lo digo en serio. Algunas personas *no* se ven bien con la cabeza calva. A veces he visto actrices que se rapan la cabeza y no les queda bien, ¿sabe? A usted le sienta bien.

—Tengo una cabeza muy redonda —admite Amy, desplazando el dedo por el celular.

Ve una fotografía suya con el doctor Stevens. Él se ve como siempre, con una sonrisa despreocupada. Fue él quien le diagnosticó el cáncer.

Uno de los pocos que estuvo conmigo desde el comienzo y se mantuvo junto a mí.

Claro que ese era su trabajo, pero a Amy eso no le importa. Estuvo ahí, y eso es lo importante.

—Este es mi médico —dice, mostrándole la fotografía—. El doctor Stevens. Lo irónico de toda esta experiencia es que el hombre que me diagnosticó, me cuidó y creyó con todo el corazón que me sanaría... él murió de ELA a la semana siguiente que mi cáncer entró en remisión.

—¡Cielos! Lo lamento tanto. Qué gran pérdida.

—Era un hombre asombroso —dice Amy.

—Le ayudó a entrar en remisión. Y *remisión* es una palabra

hermosa. Significa que usted puede empezar a considerarse sobreviviente.

Palabras consoladoras de parte de una extraña que acaba de conocer. Más de lo que jamás recibió de Marc, un hombre con el que pasó seis meses, alguien a quien se entregó en cuerpo y en alma.

Alguien que no tenía absolutamente nada para dar cuando la realidad de la vida se presentó repentinamente.

—Estoy de acuerdo. Por cierto, soy Amy. ¿Cómo te llamas?

—Chelsea.

—Sé que tienes que trabajar, Chelsea. Muchas gracias.

—Claro —dice la muchacha con una mirada que le dice que no sabe de qué se le agradece.

Espero que sigas tan positiva.

—Cuéntale a tu madre sobre nuestra conversación —agrega Amy—. Espero que la anime.

Chelsea vuelve a su lugar detrás de la caja y, de repente, Amy experimenta un sentimiento familiar, como una presión que crece en su interior y necesita salir. Sabe que va a escribir. *Tiene* que escribir.

Le toma tres minutos abrir la página y poner el título. Ahora es el momento de comenzar otro viaje que no consiste en kilómetros, sino en palabras.

Esperando a Godot

Un blog de Amy Ryan

Me asombra la forma en que pensamos como seres humanos. Me fascina esa cosa misteriosa a la que llamamos fe.

Si han seguido mi blog por un tiempo, habrán visto el cambio radical que ocurrió dentro de mí. En una época, pasaba todo el tiempo escribiendo y burlándome de los seres humanos y su fe. Identificaba blancos populares y me proponía encontrar sus debilidades. No me costaba burlarme de los cristianos. Los hipócritas, los usureros, las celebridades. Pero luego... bueno, ya saben.

Luego me encontré luchando por mi vida. Mi perspectiva cambió. Mi nuevo blog repentinamente se enfocó en ese viaje. Durante esos momentos, sentía que estaba dispuesta a sujetarme de cualquier cosa, incluyendo a Dios. Aunque no creí realmente en él hasta ese momento, me convencí de que lo había sentido toda mi vida.

Pero ahora que la batalla está ganada, ahora que estoy oficialmente en REMISIÓN, me encuentro nuevamente cuestionándome todo, *hasta la existencia misma de Dios*. Me pregunto: si Dios está realmente ahí, ¿cómo se siente sobre mis dudas y mis cuestionamientos?

Recuerdo un curso de inglés en la universidad en el que estábamos estudiando *Esperando a Godot* de Samuel Beckett. Es una obra de teatro en la que unas personas están esperando a un personaje llamado Godot. Y eso es todo, en pocas palabras. Cualquiera puede tomar e interpretar la obra por sí mismo: cualquiera, desde los marxistas hasta los cristianos. Cuando la obra comenzó a ponerse en escena, Beckett se hizo famoso. Con el tiempo, Beckett dijo lo siguiente sobre la historia:

«El gran éxito de *Esperando a Godot* nació de un malentendido: la crítica y el público por igual estaban ocupados interpretando en términos alegóricos o simbólicos una obra que luchaba a cualquier precio por evitar la definición».

Vivimos en un mundo lleno de definiciones, ¿verdad? Comienza con nuestro nombre y con la familia a la que pertenecemos. Se construye a partir de ahí. Dónde vivimos. Qué hacemos en la vida. Quiénes son nuestros amigos. Cómo ocupamos nuestro tiempo. En qué creemos.

Creer.

Es extraño que me encuentre en una cafetería, no muy segura de cómo definir mi vida y mi fe. De manera que mis escritos serán publicados inmediata y efectivamente en este nuevo blog, utilizando la obra de Beckett como inspiración. Compartiré mi investigación personal sobre la existencia de Dios. Esta es mi historia en busca de la verdad.

No tengo idea alguna de cómo resultará todo. Solo espero descubrir algo.

O tal vez algo me descubrirá a mí.

10

—**ENTONCES,** ¿realmente quieres tomar un caso así?

Miro a Jack Fields, y sé que es una pregunta legítima. Lo conozco desde la época de la preparatoria. Lo he visto convertirse en policía, y él me ha visto convertirme en abogado. Desde que volví a Hope Springs, Jack y yo hemos logrado reunirnos así cada tantas semanas. Él trabaja casi siempre de noche, con turnos largos y luego un par de días libres. En este momento, son casi las once de la noche y hay mucha gente en Sweeney's Grill.

—Tampoco es que pueda decir que no tan fácilmente —le explico—. Al gremio o al pago.

—¿Acaso no te pagan aceptes o no un caso? —pregunta Jack.

—Técnicamente, sí. Puedo elegir los casos que tomo.

—Además, dijiste que esa mujer también puede elegir, ¿verdad?

—Técnicamente, sí, pero encararlo con otra persona significaría tener que pagar de su propio bolsillo.

—Entonces, ¿no tienes escapatoria?

Lo observo mientras termina la cena tardía que ordenó. Estoy cansado y me pregunto sobre el caso y tengo curiosidad de saber por qué mi amigo no quiere que lo tome.

—Sé que no es el siguiente juicio tipo O. J. Simpson, pero por lo menos es diferente a las cosas típicas en que he venido trabajando. Es un juicio real.

Jack está mirando el televisor que está en modo silencio en el programa de ESPN.

—Sí, lo sé. Pero...

—¿Pero qué?

Se encoge de hombros.

—Solo que me parece, no sé, que el caso está por debajo de lo que mereces.

Lo miro unos momentos, pensando en su comentario. Su cabeza rapada parece más rapada bajo el resplandor de la luz anaranjada del restaurante.

—Estoy viviendo en la casa de mi madre que está al borde de una ejecución hipotecaria. Mi abuela ni siquiera sabe quién soy. Mi padre se las arregla para hacerme sentir que todavía tengo quince años cada vez que hablamos, que es casi nunca. Paso mucho tiempo manejando asuntos de los docentes del gremio. Ayudando a organizarlos antes de que vayan a juicio. De modo que, ¿qué tipo de criterio usas para eso de "debajo de"?

—Solamente estoy hablando del tema. No suena a algo tuyo.

Toda esa cuestión religiosa. Ahora entiendo.

Me pregunto si Jack y yo hemos hablado al menos una vez sobre Dios y la fe desde que nos hicimos amigos. Creo que no. Sé lo que piensa. La niñez dura que lo llevó a hacerse policía también lo indujo a descartar todo lo que tuviera que ver con la fe. Eso está claro por los relatos que comparte y por los comentarios coloridos que agrega cuando lo hace.

—Creo que puedo ayudar a esa mujer a salir del problema —digo.

—A mí me parece que debería dejar de enseñar y ponerse a trabajar en la iglesia.

—Sí, bueno. —Hago una pausa, y pienso en Grace y nuestra conversación. También me veo a mí mismo algunos años atrás—. Definitivamente, el caso me viene bien en este capítulo de mi vida.

Jack gira en su asiento y me echa una mirada incrédula.

—¿"Este capítulo"? ¿Dices que hay un libro sobre ti? Apuesto a que es corto.

Pongo los ojos en blanco. Estamos acostumbrados a mostrarnos cariño por medio de bromas.

—No digo que los capítulos sean grandiosos, pero esto igual me viene bien —digo—. Me recuerda mi llamado de atención.

—¿Tu qué?

Como ya estoy hablando demasiado, decido contarle la historia.

—¿Viste la película *Veredicto Final*? —le pregunto.

Sacude la cabeza.

—No soy un hombre del cine. Salvo que haya balas y sangre.

—Es una película vieja, de los ochenta o algo así. El papel principal lo hace Paul Newman. Me dijeron que era un clásico de abogados, pero no lo vi hasta después de todo ese lío con el juez.

—¿Sí? ¿Una buena película, entonces?

Asiento.

—Sí, diría que sí. ¿Nunca has visto una película que te despierte o algo así? ¿A la vida? ¿Como cuando a un desvanecido le dan a aspirar sales aromáticas?

—Sí, *Caracortada*.

Su falta de seriedad no me impide continuar.

—Recuerdo haber estado mirando *Veredicto Final* y pensando... sí. Hay un momento en que el abogado, él es un desastre, y la primera vez que la vi, yo era él. Joven y muy diferente, pero aun así, un desastre. En determinado momento, él dice algo profundo. De repente, se ha encontrado a sí mismo.

—¿Qué dijo? —pregunta Jack, mirándome.

—Dice: "Tal vez pueda hacer algo bueno", y la cosa es que lo hace. Es magnífico. Es asombroso.

—Entonces, vas a defender a Dios —dice, tomando un sorbo de su bebida—. ¿En eso consiste que hagas algo bueno?

Sacudo la cabeza, poniendo los ojos en blanco.

—¿Por qué pincharle el globo a un niño?

—Solo estoy siendo honesto.

—Sí, yo también. Nunca dije que defendería a Dios. Tampoco se lo dije a ella. ¿Crees que tomo este caso para *eso*?

—No sé por qué estás tomando este caso.

—¿Sabes cuánta locura, cuánta basura total, hay en nuestro mundo actualmente?

La pregunta es una granada que acabo de arrojar sobre sus rodillas. Me mira absolutamente incrédulo de que siquiera haya hecho esa pregunta.

—Creo que veo bastante de eso todos los días. Un poco más que la gente como tú.

No hay cosa más irritante para Jack que uno cuestione la habilidad o el papel de un oficial de policía. Eso lo respeto. Pero también sé cómo captar su atención.

—Exactamente. Escucha, entiendo. Sé que ves eso todos los días. Y ahí está el asunto. Aquí hay una profesora que habla de Jesús. Y, ¡oh, no! Cita un pasaje de la Biblia. Horror de los horrores. El mundo está hecho un desastre, se cae a pedazos y se incendia, pero que Dios no permita que una profesora mencione a Jesús.

—Es un poco más que eso.

—¿Lo es? —digo—. No estoy defendiendo sus creencias. Pero francamente, ¿no deberíamos dedicar más tiempo a los pedófilos y a los terroristas y a la gente que hace cosas que sabemos que están mal?

—¿Estás diciendo que estás de acuerdo con ella?

—Estoy diciendo que tú no la arrestarías por hacer lo que hizo. ¿Verdad?

Se encoge de hombros.

—Tengo cosas más importantes que hacer.

—Ese es mi punto. Quiero decir, vamos... Mira, hay estudiantes que entran al aula con revólveres. Entonces, ¿por qué llevar a juicio a una profesora que trata de hacer lo mejor que puede con sus alumnos?

—Bueno, por lo menos da empleo a vagabundos como tú —dice Jack, sonriendo.

—Serías el peor consejero del mundo —respondo.

—No es verdad. Doy muy buenos consejos. Especialmente a algunos de esos idiotas que encierro.

—Eres tan compasivo.

—Esto es como lo que ocurrió en la Universidad de Hadleigh el año pasado. El estudiante en la clase que se negaba a decir que no hay Dios, y todo el mundo se levantó en armas por eso.

Recuerdo algo vagamente.

—¿El profesor que murió?

—Sí. El tipo finalmente cree, y luego muere por causa de un accidente. ¿Crees que Dios lo hizo?

—Este no es un debate sobre Dios. Es solamente un caso legal. *Y así lo mantendré.*

—¿*Solo* un caso legal? ¿Eso crees? ¿Así que para ti esto es algún asunto tipo *Matar un ruiseñor*? —pregunta Jack.

Me sorprende que sepa algo de ese libro y de la película.

—Tú también te estás poniendo a la altura de esos policías idiotas y pesados.

—No, no es así.

—Una profesora dijo algo de Jesús. A la escuela no le gustó, y perdió su trabajo. Hay derechos en juego aquí. De eso se trata esto.

—¿Así es que te convertirás en un gran seguidor de Jesús ahora?

—No —digo—. Pero creo que ella tiene el derecho de hablar de él.

—Los derechos son borrosos en estos tiempos —dice el policía—. Como muchas otras cosas.

—Sí. Por eso hay sujetos como yo. Para ayudar a encontrar algo de claridad.

—Y para cobrar en exceso por hacerlo.

Río y reconozco su punto.

—En mi vida anterior, efectivamente hacía eso. Pero hoy es otro día, amigo mío.

Jack asiente, y me echa esa mirada divertida que sé que se trae otro golpe.

—Mientras no me invites a la Escuela Bíblica del Vaticano cuando te conviertas.

Con amigos como este...

—No te preocupes.

La caminata a casa tarde en la noche me trae compañía. Son del tipo del que uno jamás puede librarse. Esos demonios de la duda.

No puedo dejar de preguntarme si la pobreza que siento al dar estos pasos en el vacío crea el ansia de algo más. ¿Acaso la soledad revela una verdadera necesidad de que alguien venga a llenar esos espacios vacíos?

Me doy cuenta de que he recorrido esta acera demasiadas veces.

He visto a estos árboles que penden sobre mí como dedos acusadores.

He cruzado estas intersecciones tantas veces como he pasado por alto las cruces en las iglesias que ignoro.

Pero ahora siento que este es un lugar en un mapa que yo no dibujé. Estoy cerca de algún tipo de destino donde no planeé llegar. Hay una reunión de la que ni siquiera pensé participar.

Pero sigo andando.

Grace merece algo mejor.

Una objeción del subconsciente. Muy a lo meta-John Grisham.

Ella merece más, tal como todos ellos.

Entonces oigo las voces que no se parecen a la mía en absoluto. Están en mi mente, pero no vienen de mi corazón ni de mi alma. Son de *él*.

Esta figura. Este oscuro nudo que me rodea el cuello y se tensa. Un juez y jurado y verdugo que se aleja con decretos sagrados.

Es impresionante la enorme angustia que puede generarte un padre, ¿verdad? Sé de eso. Soy consciente de eso. No es que no capte la disfunción y el absoluto deterioro de todo tipo de relación paternal normal. Así y todo... a veces la noche se vería mucho mejor sin esos bloques de oscuridad que se interponen en el camino.

Aunque tal vez es simplemente la realidad de que estoy harto, y lo harto que estoy destapa la carencia atascada en él.

Me siento inquieto, como si tuviera que ocurrir otra cosa. Como si todavía pudiera cambiar o hacer algo... cualquier cosa.

¿Qué harías tú, Tom? Dime. ¿Qué harías para llegar a la verdad absoluta?

Estoy al borde de la vereda, justo sobre la pista, cerca de la señal roja que me indica que me detenga, precisamente debajo de la lámpara labrada que arroja un poco de luz ahí. Me pregunto y luego, repentinamente, sé.

Sé lo que haría.

Eso me hace pensar en Grace. Parece que su nombre le queda bien. Parece ser un buen contraste para las cosas que oculto profundamente en mi interior.

Sé lo que necesito hacer.

Aspiro hondo y recorro la calle con la vista y, finalmente, miro hacia el cielo nocturno que alcanzo a vislumbrar entre los árboles.

Hay una posibilidad de superar este tiempo. Hay una posibilidad de esperar y ver algunos rayos de luz atravesándolo.

Tal vez este caso, tal vez Grace, pueden serlo.

11

BASTAN CINCO MINUTOS para que Amy sienta el peso del mundo en los hombros de Brooke Thawley. Algo le dice que no es solamente la situación en la escuela lo que afecta a Brooke. Seguramente hay más detrás de esa historia.

—Estás en tu penúltimo año de la preparatoria, ¿verdad?

La muchacha asiente mientras mastica una papa frita. Están sentadas en McDonald's con la comida que Amy compró, pero ninguna de las dos parece particularmente hambrienta.

—¿Te gusta la escuela?

—Estos días, no —dice Brooke.

—Estás en el equipo de porristas con Marlene, ¿verdad?

Otra afirmación con la cabeza.

—Sí. Y soy capitana del grupo de debate. Y estudiante de honor. Y reina del baile de bienvenida.

Enumera esas cosas como si fuera una lista de antecedentes penales.

—Una muchacha ocupada —dice Amy.

—Sí. Esa soy yo.

Es el tipo de muchacha que Amy solía detestar secretamente en la preparatoria. Una que parece tenerlo todo. Cabello oscuro largo, bonita sonrisa, piel perfecta, capacidades y un poco de casi todo.

Las apariencias engañan.

Es bueno que Brooke no esté actuando delante de ella.

—¿Te agradaba la profesora Wesley antes de todo esto?

—Sí —dice Brooke—. Todo el mundo la quiere. Sabe cómo hacer que su clase sea entretenida. Y me estaba ayudando con algunos problemas.

Amy espera antes de decir algo. Y Brooke, finalmente, continúa:

—Mi hermano mayor falleció hace un par de meses. Él estaba... *Carter* estaba en la universidad y tuvo un terrible accidente mientras conducía. Fue... devastador, para decirlo suavemente. Mis padres... bueno, parece como si la profesora Wesley fuera más comprensiva conmigo que otros.

—Lamento mucho todo eso —afirma Amy.

—Sí. Yo también. Mi padre me dijo: "Tenemos que seguir adelante". Como si me hubieran puesto una multa de tránsito o algo así. Es solo que... —La muchacha suspira y mira hacia la mesa donde está su sándwich de pollo.

—No puedo imaginar lo que están pasando ustedes.

—Marlene ha sido una amiga súper genial. Pero ni siquiera ella entiende del todo. Todo el tiempo, me invita a su casa y siempre está diciendo: "Dales tiempo a tus padres". Simplemente no los entiende. Mi madre está muy obsesionada con que yo ingrese a Stanford. *Todavía*. Después de todo lo que pasó. Yo ya no quiero ni pensar en ir a la universidad. Sinceramente.

Amy pensó inicialmente traer su grabadora digital al encuentro, pero ahora se alegra de no haberlo hecho. Esto no parece una entrevista. Está hablando con una joven que todavía está sufriendo el dolor de una pérdida terrible.

—¿Dices que la señorita Wesley te estaba ayudando?

—Sí. Pero nada grande ni oficial, ¿sabes? La vi en la cafetería, me senté con ella y tuvimos una conversación asombrosa. Eso fue pocos días antes del asunto en la clase, creo. Fue increíble. ¿Nunca te ha pasado que conoces a alguien y piensas repentinamente: "Me gustaría que *ella* fuera mi madre"?

Ahí está. La mano cruel de la ironía que aparece súbitamente y le da una cachetada en la cara a Amy.

—Si supieras... —dice Amy.

—Entonces entiendes. La señorita Wesley simplemente estuvo allí, escuchando y dejándome hablar de todo. Le expliqué a la señorita que mis padres habían superado completamente la muerte de Carter y querían que yo hiciera lo mismo. Dicen: "Se fue para siempre y no hay nada que podamos hacer". Son como dos drones suspendidos sobre mí diciéndome que debo seguir adelante. Pero sentí que todo en mi vida de pronto quedó de cabeza. Marlene parece la única amiga que no está centrada en sí misma.

—Es una muchacha fuerte —asiente Amy.

—Le dije a la señorita Wesley lo mismo que me *gustaría* decirles a mis padres... que lo único de lo que estoy segura es que jamás voy a volver a ver a mi hermano. Todos me han preguntado si hay algo que puedan hacer por mí. La verdad es que nadie puede hacer nada porque lo único que quiero ahora es cinco minutos para poder decirle a mi hermano lo que sentía por él.

Amy siente necesidad de compartir su propia historia con Brooke, pero se mantiene en silencio. Tal vez haya un momento y un lugar para eso. Pero no es este.

—La profesora Wesley me preguntó si Carter creía que había algo más después de la muerte. Para ser sincera, no lo sé. Tampoco sé si yo creo. Hablamos de eso. Dijo que es natural que todo el mundo piense en esas cosas, que es natural hacerse preguntas y tratar de hallar respuestas. Cuando le pregunté por qué nada parece molestarle, la señorita Wesley dijo, de la misma manera que siempre lo hace, que es Jesús quien le permite ser así.

—¿Fue entonces que comenzaron a debatir sobre la fe?

Brooke niega con la cabeza.

—No. No fue un gran debate ni nada. Cuando la señorita Wesley dijo eso en la cafetería, pareció algo natural. Como si hubiera dicho: "Sí. Así soy yo". Así que tenía muchas más preguntas para hacerle. No pensé... en realidad no se me hizo la gran cosa cuando le hice esa pregunta en clase. Supongo que debí haber tenido mucho más cuidado.

—¿Terminaste hablando con la directora o con algún otro?

Brooke asiente, el cabello oscuro se mueve hacia adelante y hacia atrás. Se anima un poco al pensar en eso.

—La directora Kinney me llamó a su oficina y me informó que la profesora Wesley había sido puesta bajo investigación disciplinaria y sus clases habían sido reasignadas y todo eso, y que yo no podía tener ningún contacto con ella. Ni dentro de la escuela, ni en ningún otro lugar. Había hablado con mis padres, quienes estuvieron de acuerdo con ella. Quedé anonadada, y pregunté: "¿No puedo opinar nada en esto?".

—¿Qué respondió?

—Con un sonoro y rotundo no —responde Brooke—. Dijo que yo no había hecho nada malo, y yo le dije que la señorita Wesley tampoco. Me sentí como una abogada representándola. Espero que encuentre alguno genial porque no hizo nada ilegal o impropio o lo que sea. La directora Kinney me indicó que no hablara de esto con nadie.

Amy asiente y levanta las cejas:

—Parece que realmente le hiciste caso.

—Nunca me ha gustado meterme en dificultades ni romper las reglas. Carter era así. Pero yo... no sé. Tal vez sea él quien me está susurrando estos pensamientos locos o algo. Solo sé que la señorita Wesley no hizo nada malo. Respondió una simple pregunta mía.

—¿Estas decidida a resistir? Eso fue lo que demostraste en la escuela.

—Produjo muchos titulares —dice Brooke, incapaz de ocultar su satisfacción—. Mis padres se sienten muy mortificados.

—¿Piensas hacer alguna otra cosa?

—Claro que sí. ¿Vas a ayudar a la señorita Wesley? ¿Escribirás algún artículo sobre ella, o algo así?

—Me gustaría hablar con ella, y tal vez compartir su historia —dice Amy.

—Fantástico.

—Te animaría, cuando se presente la oportunidad, a que digas la verdad.

Por un momento, la muchacha mira a su alrededor en el restaurante.

—Bueno, todo el mundo me aconseja que me haga a un lado.

—¿Qué te dice tu corazón?

Amy está segura de que no está preguntando nada que la joven no se haya preguntado a sí misma.

Es más fácil apurar un juicio que mantenerse firme en la fe. Amy lo sabe.

Ella solía ser de los que se apresuran a juzgar todo el tiempo.

12

«LO QUE PASA CONTIGO, Thomas, es que te pareces a uno de esos boxeadores rudimentarios que no tienen lugar en el ring, mucho menos para luchar contra un campeón. Pero eres tan persistente que finalmente derribas a tu oponente por pura y obstinada determinación».

El comentario del profesor Grover me persigue de vez en cuando. Solía pensar en eso todo el tiempo cuando tenía que comenzar a trepar una montaña. Incluso antes, cuando cada día me parecía como subir el monte Everest palmo a palmo, pensaba en ese comentario de mi primer año en la escuela de leyes. Era tanto un gran elogio como una crítica dura. Yo carecía del linaje y del lustre de los otros, pero, siguiendo la metáfora del profesor, verdaderamente podía descargar un puñetazo de nocaut.

Llevo tres horas investigando y me siento como si apenas

estuviera entrando en calor. Sigo en pantalones cortos y con la camiseta de Arctic Monkeys casi desteñida del todo. La cafetera está vacía, y las pocas hojuelas de cereal que se me escaparon ya están secas y pegadas al tazón. Esta es la gloria de trabajar en casa en lugar de ir a mi oficina y correr el riesgo de toparme con mi «socio». Estoy haciendo magia en mi MacBook; al menos, magia en mi mente.

«La clave no es saberlo todo, sino saber las cosas importantes».

Esta vez, no es el profesor Grover. A menudo oigo esta voz en mi cabeza, incluso cuando intento silenciarla permanentemente. Los padres son así, ¿verdad? De una u otra manera, tienes que escucharlos. Ya sea por odio o por amor, sus palabras siguen ahí.

Comencé por averiguar sobre Grace y ver qué podía encontrar en Internet. No estoy buscando hasta el último chisme en relación con este incidente, sino solo material en general sobre la profesora. Hago lo mismo con la directora de la escuela, luego averiguo todo lo que puedo sobre el superintendente y otros nombres mencionados en el informe que tengo. Incluso hallo la página de Facebook de la estudiante llamada Brooke que hizo la pregunta inicial.

Desde aquí, comienzo a irme por la tangente. De alguna manera, me encuentro mirando diversos artículos sobre el estudiante Jack, mencionado como el que tuvo una postura contra un profesor en la Universidad de Hadleigh el año pasado. Una postura que ganó. Hay mucha más cobertura de ese incidente del que me imaginaba, pero sé que hace un año todavía estaba ocupado con la muerte de mi madre y el gran cambio en mi vida. Estoy seguro de haber visto en alguna parte que alguien dijo, o publicó o escribió un mensaje de texto con *Dios no está muerto*, pero la última palabra de la frase todavía me sacude un poco.

Aquí va una pregunta, Dios. No se trata de si estás ahí arriba. Pero si realmente puedes leer la mente, entonces, ¿por qué te llevaste a mi madre en lugar de a mi padre?

Me topo con un artículo de blog escrito por el mismo estudiante, Josh Wheaton. El artículo está fechado algunas semanas atrás.

Un año después... Y Dios aún no está muerto
Por Josh Wheaton

Hace poco, alguien me preguntó si todavía creo que Dios no está muerto. Fue un desconocido que me reconoció en un aula. No estaba seguro de si él había estado en esa clase con el profesor Radisson o sencillamente me conocía por mis quince minutos de fama. Sonreí y le dije que todavía lo creía. «Creo que Dios me estaba probando para cosas más grandes en el futuro», dije.

Realmente lo creo. Es algo que he visto desplegarse en mi vida en el último año. Diferentes partes de mi vida parecen haber sido cortadas por algún misterioso juego de tijeras, mientras que otras partes parecen haber sido cosidas a mi corazón y a mi alma de tal manera que siento que jamás podrán desprenderse.

Siento que se me abren las puertas para algún tipo de ministerio. De qué tipo, no lo sé. Pero es el tipo de cosa donde tu meta no es llenar estadios de pie detrás de un podio. La meta es llenar la vida de otras personas, estando ahí y conectándose con ellas. Permitir que Jesús entre en su corazón y las llene de esperanza.

Ocurrieron tantas cosas en ese semestre del año pasado cuando decidí adoptar una postura. Fue muy simple, para ser sincero. No hice más que rechazar la afirmación de un profesor cuando dijo que «con nuestro permiso», saltaría directamente el «debate sin sentido» sobre la existencia de Dios para llegar a la conclusión de que «no hay Dios».

Solo que no obtuvo mi permiso antes de pedírmelo, ni el del resto de la clase, para escribir «Dios está muerto» sobre una hoja de papel y firmarla. Era su aula. Sus reglas, dijo. Pero yo no podía escribir ni firmar eso y, por lo tanto, debía defender mi postura.

Algo se inició ese día, y sé que yo no tuve nada que ver con eso. El Espíritu Santo se estaba moviendo en esa aula y en el campus de nuestra universidad. Sentí que Dios me daba fuerzas y valentía. Dios me dio sabiduría. Sé que no era la mía. No se trataba de mí. Un estudiante callado y amistoso de China llamado Martin Yip fue una prueba de eso. Martin era posiblemente el estudiante que menos esperaba que se uniera a mí en la postura que adopté en el aula del profesor Radisson.

Sin embargo, fue el primero en ponerse de pie y decir: «Dios no está muerto».

He obtenido un crédito inmerecido desde que ocurrió todo. Pero, para ser honesto, Martin es quien realmente inició la postura. Inspiró al resto de la clase a ponerse de pie con él.

Más que nada, vi a Dios obrando en la vida de mi amigo. A pesar de tener una familia que amenazó con cortar relaciones con él, a pesar de sus propias dudas personales, a pesar de que su cabeza lo instaba a hacer lo lógico, el corazón de Martin se abrió y permitió que Cristo entrara en él.

No es un cliché decir que aunque solo alcances a uno, has hecho algo que vale la pena.

Me inspiran los hombres que están comenzando las iglesias en Hechos 2, conectando personas que se aman entre sí, que luchan por llevar el mensaje de Cristo a la comunidad, que se reúnen regularmente a orar unos por otros y que capacitan a otros para hacer esas cosas. Así era la iglesia naciente, y yo creo que hay muchos lugares donde se pueden plantar esas iglesias.

No quiero tener que preocuparme por números y edificios y predicadores.

Pienso en Martin Yip poniéndose de pie y apoyándome. Veo el alcanzar a otros y ser parte de una comunidad en algún lugar de la oscuridad de este país.

Un año más tarde, Dios sigue vivo. Está más vivo en mi vida de lo que jamás estuvo. Todavía estudio en la universidad, pero ahora veo la senda que tengo por delante. Imagino diez años por el camino y a muchos otros Martin Yip que podrán sumarse. Dios me ha permitido inspirar a otros a adoptar una postura. No quiero dejar de hacerlo. Quiero seguir haciéndolo.

Mantente firme y pídele a Dios que te dé valor para seguir de pie.

Apago la pantalla y suspiro. La pasión del chico es admirable. Lo entiendo, y entiendo por qué tantos se reunieron a su alrededor. Pero el fervor es algo que se puede encontrar en todas partes hoy en día. Uno puede pensar en cualquier tipo de asunto o pasatiempo o creencia que quiera, y encontrará un grupo en Facebook al que sumarse. Segmentos de la sociedad que se juntan y se hacen sentir bien unos a otros.

Recorriendo con el cursor las respuestas, veo enlaces para muchos artículos que aparecieron en defensa de Wheaton, mientras que otros se burlan de él sin siquiera intentar ser sutiles. Un artículo a favor de Wheaton comienza con el título: «Nietzsche está vivo y bien (¡y está dando clases en tu patio trasero!)». Un artículo en contra de Wheaton comienzan con una afirmación grosera de que algunos jóvenes simplemente necesitan comenzar a tener citas.

Repasando el blog hacia arriba, repentinamente caigo en la cuenta de un nombre que leí. Martin Yip.

Lo conozco. Soy mentor de ese chico.

La próxima vez que lo vea, le voy a preguntar si continúa siendo amigo de Josh Wheaton.

Hago listas y notas como siempre lo he hecho. Haría falta alguien de la NASA para descifrar lo que significan en realidad. Tengo información sobre todos los que creo que se vinculan con el caso: cómo son, de dónde provienen. Todos los datos que pude obtener. Los pongo en cajas porque así es como la gente los percibirá. Si este caso va a juicio, cosa que lógicamente espero que no ocurra, entonces el jurado podrá utilizar eficazmente esas cajas.

Tomemos por ejemplo a la directora Ruth Kinney: bastan cinco minutos para hacerse una idea de ella.

La veo e instantáneamente pienso en una palabra: *impulso.* Probablemente ha querido dirigir toda su vida. No me molesto en investigar, pero apuesto a que es la hermana mayor de varios hermanos y hermanas a quienes ha estado dirigiendo siempre. Es una mujer atractiva que parece tener más de cuarenta años, pero que probablemente está cerca de los cincuenta. Observo que no ha seguido un camino tradicional para llegar a ser directora. Resulta que tiene una historia por detrás, ya que la mayor parte de su vida profesional tuvo lugar en el mundo financiero.

Un artículo con el que me topé —*USA Today*— trata del nuevo rostro de las directoras de preparatoria. Utilizan a Ruth Kinney como modelo de empresaria exitosa que decide devolver algo a la comunidad y los estudiantes.

«Había alcanzado un nivel de éxito con el que muchos estarían satisfechos, y aunque realmente estaba orgullosa de todos mis logros, sabía que había muchas más cosas que podía hacer —dice

Ruth en la entrevista de algunos años atrás—. Volví a pensar en la preparatoria a la que asistí en Hope Springs, en la naturaleza pujante de nuestra ciudad, en el espíritu de progreso de nuestro país que yo podría ayudar a incorporar a una institución sedienta de cambio y crecimiento».

Tiene clase, y es precisa y cautivadora. Así es la caja en la que pondría a la directora Ruth Kinney.

Pero hay más, ¿verdad?

La historia siempre tiene más para decir que las apariencias y los fragmentos de la entrevista; por lo tanto, sigo averiguando. Subo un poco el volumen del álbum de Thom Yorke que estoy escuchando en mi iTunes. Puedo oír los bajos profundos en los auriculares que no necesitan apagar ruidos circundantes en esta casa vacía, pero de todos modos lo hacen.

Se me ocurre una idea, y escribo: *Ruth Kinney, divorcio.*

Efectivamente, hay un documento técnico en un sitio web de Illinois donde figuran Ruth Donna Kinney y Niles Parker Davis en audiencias de divorcio. Está fechado hace siete años, un año antes de que Ruth decidiera abandonar el mundo financiero y entrar en la educación.

Sigo trabajando de esa manera, sabiendo que alguien en algún lugar probablemente está haciendo lo mismo conmigo. Escribiendo en Google: *Thomas William Endler*. Encontrarán mucho. Sobre mi carrera y mis padres y mi hermana y la historia de mi vida.

Resi cambia de posición en el sofá a mi lado, pasando de una bola comatosa a una simple posición de descanso.

Apuesto a que nadie sabe de ella. Ahí está. Algo que el mundo no sabe sobre Thomas Endler.

Tengo alrededor de veinte páginas de notas. Son municiones para la batalla que se avecina. Cuánto las necesitaré está por determinarse. Tiene algo de lindo actuar un poco como el antiguo Tom, ese sujeto hambriento que pensaba que podía afectar la vida de una persona convenciendo a otras.

Es irónico que ahora tenga que convencer a esas otras de que las creencias de una mujer son legítimas y aceptables.

Lo bueno es que no necesito incluirme en esa mezcla.

13

—**GRACIAS POR TOMARTE** el tiempo para hablar de lo que pasó en clase con la profesora Wesley.

El estudiante de nombre Legend parece estar a kilómetros de distancia. Amy piensa que su corte de cabello se parece a un trapeador de pisos. No está segura de si ese estilo sigue de moda, pero de todos modos sabe que en realidad ahora cualquier estilo va bien.

Para comenzar, ¿quién llamaría a su hijo Legend?

—¿Dónde están las cámaras? —pregunta el muchacho.

En lugar de reunirse en McDonald's, Legend quiso encontrarse con Amy a la salida de la escuela, en el Crownstone Buffet. Ya se ha servido una bandeja con casi cada uno de los tipos de comida del bufé, mientras que Amy está satisfecha con su refresco dietético.

—¿Cámaras? —pregunta Amy con genuina sorpresa—. Esta es solo una entrevista informal. Escribo un blog.

Los oscuros ojos la miran apenas un momento antes de dar una vuelta como si fueran un carrusel. Legend no parece nervioso, sino, más bien, completamente inseguro de en qué debería enfocarse.

—Querías hablar sobre lo que pasó en la clase de historia.

—Así es.

Parece haber una tecla de pausa, o más bien una tecla de silencio. Algo se desconecta mientras Legend engulle algunos bocados y luego sencillamente echa un vistazo en torno a la sala como si estuviera esperando a alguien.

¿Cómo puede este chico estar en un curso avanzado de historia?

—¿Puedes contarme exactamente lo que ocurrió? —pregunta Amy.

—Claro.

Amy espera mientras el chico engulle una cucharada de macarrones con queso. Legend parece satisfecho con su respuesta. Amy siempre se preguntó cómo sería comer en el Crownstone Buffet. Ahora puede tacharlo en la lista de cosas por experimentar que no tenía ganas de hacer nunca.

—Entonces, ¿quieres contarme lo que ocurrió? —pregunta finalmente—. En detalle.

—De acuerdo, sí. Estábamos hablando algo sobre Gandhi y Martin Luther y Oprah, y luego vino lo de Jesús.

—¿Te refieres a Martin Luther King, Jr.? —pregunta Amy.

—Sí, probablemente.

—¿Y realmente estaban hablando sobre Oprah?

Legend tiene una cucharada de ensalada de repollo que está por devorar.

—Creo que sí. Pero puedo estar equivocado.

Las clases de periodismo en la universidad no prepararon a Amy precisamente para reuniones del tipo «comida ilimitada» con adolescentes.

—¿Cómo surgió el tema de Jesús?

Legend levanta los ojos al cielorraso, y mientras espera, Amy comprende que esto fue una mala idea. Nunca se sabe cuándo una entrevista será un éxito, pero en muchos casos, resultan ser tiempo desperdiciado.

—Básicamente, es que Erik se estaba burlando de la señorita Wesley —dice Legend.

—¿Erik? —dice Amy, desconcertada.

—Sí.

—¿Quién es Erik?

—Ah, es el que hace reír a todos.

Amy asiente. Súbitamente, han logrado algo, aunque Legend no parece notarlo.

—¿Estaba tratando de hacer reír a todos en la clase?

—¿Quién?

Amy inclina un poco la cabeza, preguntándose si el chico está hablando en serio. *No puede ser tan tonto, ¿verdad?*

—Erik, el chico que hace reír a los demás. ¿Estaba tratando de hacer eso en la clase mientras la profesora Wesley hablaba de Jesús?

Legend baja de las nubes y vuelve a la mesa. Se termina un bocado de comida, y asiente con la cabeza.

—Sí. Se estaba portando como un tonto. Decía algo como: "Obviooo, soy un fumón, y no hay Jesús porque, ¿acaso no lo mataron? Obviooo".

Amy solo puede sonreír. Casi usa el horrible refrán del sartén hablándole al cazo, pero se refrena porque sabe que Legend probablemente nunca lo ha escuchado, y seguramente pensaría que estaba hablando literalmente de sartenes y cazos.

—A ese Erik, entonces, ¿no le agrada la profesora Wesley?

Legend sacude la cabeza y se ríe.

—¡Oh, no! La adora, piensa que es sexy.

—¿Entonces por qué estaba discutiendo?

Otra carcajada. Ahora Legend está dedicado a su pollo frito.

—Erik no estaba discutiendo con nadie. A Erik le gusta hacer comentarios estúpidos. La profesora Wesley siempre está haciendo buenos comentarios, pero a veces se hace un poco denso digerir todo eso. Erik dice algo que hace reír a la gente, y se acaba toda esa cosa tan seria.

Se acerca una mesera y pregunta si puede llevarse los platos de Legend. Sus *muchos* platos. Legend sencillamente asiente con la boca llena, y observa mientras sus platos vacíos desaparecen.

—Veo que tenías hambre —dice Amy.

—La comida gratis hace maravillas.

—La verdad hace más todavía.

Legend hace una leve sonrisa que indica que no sabe a qué se refiere. Hay algo parecido a una tarta crocante de manzana con la que está ocupado ahora.

—¿Qué tal está ese postre de manzana? —pregunta Amy.

—Grandioso.

—Bien. Legend, ahora escúchame.

El muchacho deja de masticar por un momento.

—Pero traga —dice Amy—. Por favor, traga. No sé hacer la maniobra de Heimlich.

—¿La qué?

Amy fuerza una sonrisa. *Está claro que no era este el estudiante que discutía la existencia de Dios en medio de la clase de historia.*

Para Legend, el cielo seguramente es una provisión interminable de comida pesada y grasosa. Y para Erik, la clase de historia debe ser simplemente un espacio para hacer reír a los compañeros.

—¿Tú no vas a comer nada? —pregunta Legend.

—Gracias. Creo que tú estás comiendo por ambos —dice Amy.

—Te lo estás perdiendo.

Lo curioso con las palabras de Legend es que Amy se descubre repitiéndolas unas horas más tarde. El joven, quien parece tener una buena carrera por delante como degustador de comida frita, de hecho la impresionó. Amy está pensando no tanto en lo que pasó en la clase, sino en lo que Legend dijo.

«Te lo estás perdiendo».

El chico tal vez nunca esté a la altura de su nombre, pero dijo algo.

Amy sabe que se está perdiendo muchas cosas esos días. Muy adentro, si es honesta, culpa de todo al cáncer. La asustó y la obligó a pedir ayuda, y la única persona que podía ayudarla, la única persona que ella *creía* que podía ayudarla, era Dios. Amy se pregunta si él realmente estuvo ahí, para comenzar. ¿O es que ella se debilitó y sencillamente corrió a aferrarse de lo primero que pudo?

Los artículos que solía escribir burlándose de los cristianos ocultaban varias creencias subyacentes. Una de ellas en la que antes creía firmemente era que la fe es solamente para las personas débiles. Aquellos que no tienen confianza en sí mismos con frecuencia recurren a algún tipo de poder místico para obtener un falso sentido de seguridad.

Pero tú sabes que no es así.

Le vienen a la mente una decena de nombres y rostros. Personas que están lejos de ser débiles. Por ejemplo, los Robertson. Los muchachos de la banda de Newsboys, cuyo concierto del año pasado había sido un punto de inflexión en su vida. Francis Chan, el pastor de California, a quien había conocido después de hacerle críticas feroces en Internet. Una empresaria que conoció poco tiempo atrás, un político, los padres de unos cuatrillizos.

Amy nunca se consideró débil tampoco. Hasta que supo que tenía cáncer y descubrió que estaba real y totalmente sola en el mundo.

En su celular, ella ve cómo va la vida de otras personas a través de las sonrisas en Instagram, los videos de niños en Facebook y los ingeniosos pensamientos en Twitter, y sabe que ella se está perdiendo algo, tal como dijo Legend. Se está perdiendo de vivir una vida. Al menos en su antiguo mundo cínico, tenía otros a su alrededor. Aunque fueran un novio egocéntrico o un conjunto de amigas pretenciosas..., seguían siendo gente a la que llamaba amigos.

Dale otra oportunidad a ella.

Esta vez, Amy decide efectivamente prestar atención a la voz que le viene diciendo eso hace meses. Encuentra el número y vuelve a llamar. Suena el mensaje de voz que sabe que va a recibir.

«Hola, ma. Sé que no terminamos muy bien la última vez que hablamos. Yo solo... lo lamento. ¿Puedo verte en algún momento? No para discutir, ni predicarte ni nada de eso. Simplemente, sería lindo. Házmelo saber. Gracias».

Seguramente hay miles de cosas que Amy se está perdiendo. Su madre, a pesar de la triste historia que la rodea, no debería ser una de ellas.

14

ME PREGUNTO CÓMO es que pusieron esta enorme mesa de conferencia en esta sala donde veo que es físicamente imposible hacerlo. Es asombroso que se tomaron todo ese esfuerzo cuando no han hecho absolutamente nada más para que esta sala se vea medianamente acogedora. Las paredes de blanco liso parecen piel pálida de la que uno se avergüenza cuando va a la playa. Las luces fluorescentes en el techo son similares a las que he visto al visitar la cárcel. El decorado es del estilo de… veamos, en realidad no hay un solo adorno ni una nota de color o de vida en ninguna parte. Salvo por la gente en esta mesa enorme que parece más adecuada para el elenco de *El señor de los anillos*.

—¿Alguna vez has estado aquí? —le pregunto a Grace.

—No. ¿Tú?

Uno de los brazos de su silla parece estar flojo, y me he estado divirtiendo observando cómo ella ha tratado de acomodarlo para que no se mueva.

—Sí. Me lo he figurado en mis pesadillas. ¿Estarán organizando un desfile en el medio de la mesa?

Ni siquiera necesitamos susurrar nuestra conversación ya que la otra decena de personas que se están preparando para la reunión están del otro lado de la mesa. Eso significa que están del otro lado de la sala. Esta no es una mesa de ping-pong. Es una cancha de tenis, y estoy esperando el primer saque.

La directora Kinney se sienta muy erguida con su carpeta de cuero frente a ella. El superintendente Winokur está junto a ella; su cabello ondulado hace juego con su traje gris. Me pregunto cuántas veces en su vida este hombre se ha puesto un traje. Demasiadas veces, supongo. Me pone un poco triste, pero no estoy muy seguro por qué. Tal vez un psicólogo podría aclarar algo, pero, por ahora, lo guardo como un pensamiento fortuito en esta celda de la sala de conferencias.

El abogado de la escuela está del otro lado de la directora Kinney. Ya me he cruzado antes con Bob Fessler. Es el tipo de persona que está absolutamente satisfecho de hacer lo que está haciendo, tratando de satisfacer a quienes necesitan que él los satisfaga. Su sonrisa es tan falsa como el aire de hombre duro que luce ahora. También viste de traje, y el solo ver la imagen me pone contento de no llevar uno yo.

Hay una diferencia entre ser profesional y elegante y ser uno de esos sujetos.

En mi cabeza suenan letras de canciones.

«Tú eres el que finge. ¿Qué pasaría si digo que jamás me rendiré?»
Grace se inclina hacia mí.

—¿En qué estás pensando?

Sonrío.

—La verdad es que estaba pensando en una canción de Foo Fighters.

Ella me devuelve una mirada inexpresiva.

—Ya sabes, Foo Fighters. Son la banda que...

—Sé quiénes son —dice Grace—. Enseño preparatoria.

—¿Es eso un prerrequisito para enseñar en la preparatoria? ¿La administración les entrega un manual de cultura pop o algo así?

—No, los alumnos lo hacen.

—Bueno, discúlpame —digo sonriendo—. Es que no te imagino acompañando a los Foo Fighters a todo volumen mientras conduces tu coche.

—Tampoco te figuro a ti fanático de Foo Fighters.

—¿No?

Grace entorna los ojos y finge estar pensado profundamente.

—No. Te figuro un tipo más sofisticado y moderno. Alguien que va a ver a Aquilo tocando en alguna sala pequeña el jueves por la noche.

Sé que me está tomando el pelo.

—¿Aquilo? ¿Es una banda real?

—Espera, ¿no has oído hablar de ellos? —dice, sacudiendo su linda cabeza—. Ah, sí es cierto, eres mayor.

Me río, y desde el otro lado de la sala recibo más de una mirada que parece objetar cualquier gesto de frivolidad en medio de este escenario.

La gente que rodea a la directora, al superintendente y al abogado son personas que no conozco personalmente. Grace conoce a algunos: cinco son profesores del gremio, algunos pertenecen al personal de la preparatoria Martin Luther King Jr. Un par tal vez sean de relleno para asegurarse de que todo el lado de la mesa frente a nosotros esté completo.

Una mujer desaliñada, que se parece un poco a Resi cuando la vi por primera vez arrojada por la ventana del coche, entra corriendo a la sala, dejando en claro que sabe que llega tarde. Las carpetas que lleva se desparraman sobre la mesa cuando las apoya.

—Es Liz Morris. Es la VP del gremio docente —dice Grace.

—La sigla *VP*, ¿representa algo que no sé en el gremio docente?

Grace pasa por alto mi sarcasmo.

—¿No debería estar sentada de nuestro lado?

Le hago una mirada que dice: *Deja de bromear.*

—Hoy no.

Casi espero que Winokur se ponga de pie y haga que alguien golpee con el martillo sobre esta mesa diciendo: *«Oíd, oíd...».*

En lugar de eso, el superintendente se aclara la garganta y llama a todo el mundo al orden con una voz grave a lo Charlton Heston:

—¿Supongo que la señorita Wesley sabe que esta junta tiene la autoridad de recomendar que se aplique cualquiera de una serie de acciones disciplinarias, incluyendo su despido?

Nada mejor que ir al grano, ¿verdad?

Veo que Grace está a punto de hablar, pero intervengo antes de que ella logre hacerlo.

—Lo sabe. Y la junta debe saber que en el caso de tal despido, el cual consideraríamos equivocado e injustificado, la señorita Wesley se reserva el derecho de indemnización.

Winokur se inclina hacia delante y me fulmina con la mirada. Súbitamente, tengo dieciséis años otra vez y estoy enfrentando a mi padre después de chocar el coche que no debí haber conducido.

—Hemos discutido con la señorita Wesley el asunto de la

política del distrito, al que admite haber incumplido en su clase de historia de cuarto año...

—Estoy seguro de que la señorita Wesley *no* reconoció haber incumplido ningún tipo de política del distrito escolar, sencillamente porque no había ninguna que pudiera haber incumplido —lo interrumpo.

Eso hace que el abogado intervenga:

—Hay directrices estatales y federales claramente establecidos para situaciones de aula como esta, señor Endler.

—Y es por eso que estamos todos aquí reunidos en esta pequeña sala, ¿correcto? Directrices para ocuparnos de la reputación de una profesora altamente respetada que ha estado separada de su trabajo por tres semanas y ha tenido que lidiar con repercusiones emocionales y financieras.

Las cuestiones económicas y emocionales nunca han surgido estando con Grace, pero por supuesto que son grandes, y de nuestro lado de la mesa, requieren una respuesta.

Bob Fessler da marcha atrás instantáneamente y pone esa malvada sonrisa estilo Jeremy Irons que me recuerda a Scar de *El rey león*.

—Seguramente habrá alguna manera de satisfacer a todas las partes en esta situación desagradable.

Otra vez esa palabra: *Satisfacer*. La caja en que puse al abogado de la escuela se llama: *Apaciguar*. Quiere asegurarse de que la escuela esté contenta, que la directora esté contenta, que su familia esté contenta, y que él esté contento y que todo simplemente desaparezca de la manera más prolija y ordenada.

Todos miran a Fessler cuando continúa:

—Todos podemos irnos sencillamente de aquí con una medida disciplinaria en el legajo de la señorita Wesley confirmando las objeciones de la junta a su conducta. Eso y una respuesta de la señorita Wesley reconociendo la impropiedad de sus acciones y pidiendo las debidas disculpas, junto con la promesa de no entrar en discusiones similares en el futuro.

No esperaba que Fessler llegara tan pronto ahí. No pensaba que sería tan fácil.

Ahora Grace puede volver a su clase con el cheque de su sueldo, Kinney puede volver a la ley y al orden, Fessler puede comprarse otro nuevo traje y yo puedo volver a seguir trabajando con el papeleo de educación.

Y no hay que molestar más a Dios.

Yo asiento.

—Tengo confianza en que sobre esa base podemos avanzar...

—No. —Grace me mira mientras lo dice. Luego se voltea al pelotón de despido del otro lado de la mesa—. No hice nada malo.

Bueno, eso fue breve...

—Pido un corto receso para hablar con mi clienta —digo en el tono más optimista que puedo.

Mi clienta que acaba de perder la cordura.

Me pongo de pie y espero a Grace, mirándola y no encontrando ningún rastro de arrepentimiento por sus palabras. Pasamos al estrecho pasillo fuera de la sala de conferencias, y río mientras sacudo la cabeza.

—¿*Entiendes* lo que está pasando ahí adentro, verdad? —pregunto, tratando de mantener la voz baja.

—Sí.

—Bien. Lo voy a resumir de la mejor manera posible. Aquí viene la parte donde dices que lo lamentas, me agradeces a mí, tu abogado, y vuelves al aula, retomas tu vida y sigues adelante. Nada de titulares, nada de problemas, ninguna gran historia.

—No puedo hacer eso.

De repente, imagino a Grace como uno de esos niños preco-
ces que parecen adorables y dulces, pero que hacen un berrinche
cuando no obtienen lo que quieren.

—¿Por qué no puedes hacerlo? —pregunto.

—Porque di una respuesta honesta a una pregunta legítima en
un escenario donde soy responsable de hablar sobre hechos reales.

Asiento para no maldecir. El mundo está lleno de gente a la que
nada puede importarle menos que los hechos reales. Ocurre que
estoy representando a una a la que efectivamente sí le importan.

—Grace, no conviene que hagas esto. Es una decisión equivocada.

Ella no va a retroceder.

—¿Lo es? Prefiero estar del lado de Dios y ser juzgada por el
mundo que estar con el mundo y ser juzgada por Dios. No tengo
miedo de decir la palabra *Jesús*.

Me quedo ahí un momento, sin saber verdaderamente qué
decir. Este no es un debate político. No soy Tom Brokaw aquí.
Soy su abogado.

Y cree realmente en todo aquello.

Dejo escapar un suspiro.

—Bien, entonces.

Cuando volvemos a sentarnos frente a la severidad en los rostros que nos miran, tengo la sensación de que ya saben lo que ha
decidido Grace. Fessler parece tener una expresión petulante que
le envuelve la cabeza como una toalla caliente. Realmente detesto
tener que hacer lo que voy a hacer.

—Aunque la señorita Wesley pide disculpas por los inconve-
nientes que generaron sus acciones, *mantiene sus declaraciones* y no
se retracta ni desdice de su posición en su totalidad ni en partes.

El «Que conste» del superintendente Winokur suena más como un juez que dice: «Cuélguenlos».

Hace una pausa para ver si tengo algo para decir, pero no tengo. Realmente no puedo pensar en nada para decir. Había pensado que tendría que convencerlos de darle a Grace una oportunidad, no a la inversa.

—No habiendo opción, entonces —continúa Winokur—, esta junta recomienda mantener la suspensión, sin pago de haberes, en espera de una posterior revisión por una corte con jurisdicción competente, que determinará si la señorita Wesley violó los lineamientos locales, estatales o federales. Este proceso se pospone.

Grace se inclina hacia mí:

—¿Eso es todo?

—Sí, básicamente. Por ahora.

Hay conversaciones por lo bajo del otro lado de la sala.

Me pongo de pie y espero que Grace salga primero. Al acercarnos a la puerta, Fessler me llama. Le explico a Grace que demoraré unos minutos.

—Este no es todavía el momento para un acuerdo conciliatorio —digo, tratando de hacer una broma para aliviar mi tensión.

—¿Ella sabe lo que está haciendo?

—Piensa que lo sabe.

—¿Le explicaste la realidad de la situación?

—Sí, lo hice, y gracias por tu atenta consideración —le digo.

—¿Sabes que ya nos hemos puesto en contacto con la ACLU? —dice—. No están nada interesados en nombrar al distrito escolar como codemandado. Estará completamente sola en esto.

La única cosa sorprendente es que Fessler me lo está anticipando. Asiento y finjo estar pensando por un momento.

—¿Puedo simplemente...?. Bueno, es un poco incómodo, pero, ¿puedo hacerte una pregunta? —digo.

—Sí.

—¿Qué es la ACLU?

—Es la Unión Americana de Libertades...

Le tarda como dos segundos comprender que me estoy burlando un poco de él.

—¿Sabe tu clienta la manera trivial en que estás manejando esto?

—No hay absolutamente nada trivial en el tratamiento al que la señorita Wesley está siendo sometida, ni en su compromiso con los estudiantes y con la preparatoria Martin Luther King Jr. Siempre trato a la persona con la que estoy hablando con el respeto que ella misma trae a la conversación.

Fessler ignora mi afirmación mientras observa a los personajes que pasan a nuestro lado.

—La ACLU ha estado esperando entrar en un caso como este —dice de manera que solamente yo puedo escucharlo.

—Apuesto a que tú no.

—Este no será mi caso. Van a mandar a los peces gordos para esto.

Y con eso, me deja solo en la sala. Vuelvo a mirar la inmensa mesa de conferencias, preguntándome cuánto costará moverla.

¿Por dónde comenzaría a intentarlo siquiera?

15

SE SIENTAN EN UN BANCO en el parque, frente a los juegos donde algunas madres del vecindario vigilan a sus niños. Amy y Mina no tienen hijos. Ninguna de las dos tiene novio siquiera. Sin embargo, están muy unidas entre sí por dos de esas relaciones. Mina es la hermana de Marc. También es la exnovia del doctor Jeffrey Radisson, profesor de filosofía ahora fallecido que estuvo en el centro de la catástrofe el año anterior en la Universidad de Hadleigh.

—Necesitaba hablar con alguien —le dice Amy a la hermosa mujer a la que aún no puede llamar del todo amiga íntima—. Gracias por venir.

—Has sido muy amable conmigo en el último año. Especialmente considerando que mi hermano se portó tan mal contigo.

—Todavía me parece casi imposible que seas su hermana. Por supuesto, ustedes se parecen. Ambos tienen el mismo maravilloso ADN.

La amable sonrisa hace que Amy se sienta cómoda como para compartir todo. Sabe que Mina ha pasado un tiempo difícil este último año.

—¿Has visto a Marc últimamente? —pregunta Amy.

—No, ¿por qué?

—Ha estado tratando de ponerse en contacto conmigo.

—No me sorprende. Creo que la última sucesión de novias le ha mostrado que no es fácil encontrar mujeres asombrosas como tú.

Amy se ríe.

—Ese no es el adjetivo que yo usaría para describirme a mí misma.

—¿Estás pensando hablar con él, o verlo?

—Estoy intentando no hacerlo, y espero poder lograrlo.

—Bien —dice Mina—. Amo a mi hermano. Y nunca cortaré los lazos con él, pero es un idiota. Y también un egoísta. Amy lo sabe por experiencia propia, pero también sabe que Marc abandonó a su hermana después de que falleció su madre. Ese fue finalmente el motivo por el que Amy se vinculó con Mina. Fue al funeral a ofrecer sus condolencias, y terminó ayudando a Mina con algunas cosas que Marc debía haber hecho. Marc apenas estuvo para el velorio y el servicio fúnebre. Una semana después, Mina llamó a Amy. Esta mujer había pasado por muchas cosas en poco tiempo.

Primero muere su exnovio, y luego pierde a su madre.

La única manera en que Mina pudo superarlo fue con la fe.

—¿Puedo hacerte una pregunta?

—Claro —dice Mina por encima del sonido de las risas de los niños en el fondo.

—Una vez me dijiste... ¿recuerdas cuando te preparé esa espantosa comida que me dio demasiada vergüenza como para compartirla contigo?

Mina tiene puestos unos lentes de sol, pero Amy puede ver la diversión en todo su rostro.

—En lugar de eso, trajiste pizza.

—No me había dado cuenta de lo cuidadosa que eras con lo que comes.

—¿Estás bromeando? —pregunta Mina—. Finalmente, me lo comí todo. Me sentí un poco mal, pero aun así lo hice. Cuando uno es soltero, no necesita preocuparse demasiado por las calorías.

—O cuando estás saliendo con alguien que realmente se preocupa por ti —agrega Amy—. Por la persona real que solo puede verse cuando se deja de lado el exterior.

—¿Hay algún hombre así?

—No estoy segura —dice Amy con toda honestidad—. Siempre espero encontrar uno.

—Yo también.

—Recuerdo haberte preguntado cómo te manejabas después de que murió el profesor Radisson y falleció tu madre. No podía entender cómo te mantenías alegre.

Mina mira hacia los juegos.

—No estaba alegre todo el tiempo. Todavía extraño mucho a mi madre. Pienso en ella todos los días.

Igual que yo. La diferencia es que mi madre todavía vive.

—Recuerdo haberme encontrado con ese pastor, Dave. Un hombre maravilloso. Como de los que hablábamos recién. Alguien que puede ver tu verdadero ser. Yo la estaba pasando muy difícil, y él me ayudó a entender más sobre Dios en ese período.

—¿De qué iglesia es pastor?

—De la Iglesia del Redentor. En realidad, lo conocí después de esa desastrosa cena en la que Jeffrey actuó tan mal. Fue la primera vez que vi qué clase de hombre era realmente. Yo me sentía muy herida, y ese pastor apareció de la nada. Al comienzo, pensé que intentaba conquistarme en la cafetería. Nos sentamos a hablar y me hizo algunas preguntas, y luego compartió sus ideas.

—¿Así que no es que tú fuiste a buscarlo?

—No, pero ¿crees que encontrarlo fue algo accidental? El pastor Dave me preguntó si creía que Dios es incapaz de cometer errores. Le dije que eso creía. Él me dijo: ¿No te parece que tiene sentido, entonces, que si Dios nos hizo a su imagen y semejanza, eso demuestra que se interesa por nosotros? Dijo que Dios muestra esa preocupación en el hecho increíble de permitir que su Hijo muriera por mi pecado. Me preguntó si también creía en eso, y le dije que sí. Luego dijo: "¿A quién le importa entonces lo que piense tu novio?". Eso me tomó por sorpresa, pero él agregó...

Amy no está segura de si Mina solo está reflexionando o si tiene un nudo en la garganta, pero no es lo importante. El viento sopla sobre ellas, y Mina suspira.

—Me dijo que si yo creo todo eso, entonces tengo que creer que mi valor es incalculable. *Incalculable*. He pensado en eso todos los días desde entonces. A veces me cuesta creerlo.

—Cuéntame de eso —pide Amy.

—El pastor Dave dijo que era un concepto sencillo, pero no tan fácil de aceptar o entender. Me dijo que para la persona equivocada, yo nunca tendría ningún valor. Pero para la persona correcta, significaré todo.

El recuerdo de Marc aparece nuevamente en la cabeza de Amy.

—Las dos elegimos a la persona equivocada, ¿verdad? —dice.

—Sí —dice Mina—. Y lo que más lamento es que una de ellas es mi pariente.

Amy usa su mejor entonación sureña cuando repite el conocido refrán: «Puedes elegir a tus amigos, pero vaya que no puedes elegir a tu familia. Siguen siendo tus parientes ya sea que lo reconozcas o no, y te harán ver como un tonto si no lo haces».

—Sé que debería saberlo, pero ¿quién dijo eso?

—Harper Lee. Debería decir, más bien, Jem, en *Matar un ruiseñor*.

—Un gran libro.

Amy mira a los niños que se columpian en los juegos; sus bicicletas y triciclos están estacionados por ahí. Unos niños mayores están sentados en los escalones de una estructura que tiene dos toboganes, un puente que se mece y dos torres. Dejan que pase el tiempo como si les sobrara. Seguramente deseando crecer y poder hacer sus propias cosas como adultos.

—Quisiera volver a ser joven —dice Amy.

—*Eres* joven.

—No, me refiero a ser una niña. Estaba en quinto o sexto grado cuando leí *Matar un ruiseñor*. Recuerdo que quería crecer para escribir así. Para contar historias increíblemente conmovedoras como Harper Lee.

—Y terminaste siendo escritora.

—Sí —dice Amy con un suspiro—. No estoy segura de poder llamarlo así. Ridiculizar gente en un blog no es algo que pueda realmente llamarse escribir.

—¿Alguna vez has escrito ficción?

—No. Al ir creciendo, el sueño sencillamente parecía tan...

Es como cuando me imagino conociendo al hombre correcto. O incluso la forma en que he comenzado a pensar en Dios. Es decir, que están demasiado lejos. Solo son cosas en mi imaginación. Ese es mi problema. Uno de los *muchos* problemas con los que he estado lidiando. Pienso que tal vez sea bueno intentar ver al pastor con el que hablaste.

Mina le toma la mano y se la estrecha. Súbitamente, es un poco extraño sentir el tacto de alguien más cuando no se ha tenido por mucho tiempo.

—Me alegro de que hayas venido a hablar conmigo —dice Mina—. Sí, sería bueno que también pudieras hablar con el pastor Dave. Pero tienes que saber esto: Dios te escuchará. Puede parecer que no, pero lo hará. La primera vez que nos vimos, el pastor me dijo que a los ojos de Dios, soy su hija hermosa. Sé que tu padre los abandonó cuando eran niños, así que es difícil poner a Dios en el papel de padre, pero lo es. Es el Padre perfecto.

—Debo pasar más tiempo contigo —dice Amy.

Mina todavía le sujeta la mano. No parece forzado en lo más mínimo.

—Cuando solía hablar con amigos sobre asuntos como estos, lo único que hacían era criticar a mi padre y decir tonterías y convertir todo en un horrible melodrama —comenta Amy—. Es extraño ver el mundo, o tratar de verlo, desde un punto de vista espiritual. Te hace pensar en todas las cosas de otra manera.

—Creo que eso es el Espíritu. Es casi mágico, descubrir que Dios habla por medio de su Palabra y de su gente y que de alguna manera obra en ti.

Amy no responde porque todavía no está segura de que Dios esté haciendo algo en y a través de ella.

Quiero creer que Dios puede, pero no lo sé.

Les llegan los ecos de las risas y los gritos de los niños. Amy añora la niñez porque entonces era más fácil creer. El mundo no te ha dado tantas desilusiones, y tampoco te has decepcionado a ti misma todavía. El cielo no está cubierto de todas esas nubes cargadas de remordimiento sobre tu cabeza. Simplemente ves el azul interminable y crees que todo es posible.

Dios, permíteme volver a ser niña.

16

ENCUENTRO LA CASA DE Grace en una de las calles laterales a diez minutos del centro de Hope Springs. Enormes arces bloquean la débil luz del cielo cuando me bajo del coche y me aseguro de que el mapa de Google en mi celular me informe que es el lugar correcto. Soy el rey del GPS que me dirige a pleno campo cuando se supone que debo ir al edificio de la municipalidad.

Camino unos pasos por la acera antes de oír una voz suave que me llama.

—Aquí arriba.

Hay escalones que conducen a un descanso de madera alumbrada por dos lámparas, una a cada lado de la puerta principal. Veo el contorno de Grace observándome mientras los trepo.

—Encontraste la dirección —dice.

—Sí. Después de haber conocido a dos familias. Un poco incómodo entrar a sus casas. Pero, finalmente... aquí estoy.

111

Noto que el cabello rubio le adorna el cuello sobre los hombros, pero no puedo ver toda su expresión. Solo sé que me está dando una de esas miradas familiares que dicen: *Ya cállate, Tom.*

—¿Siempre eres tan sarcástico?

—Es una máscara para la abrumadora desconfianza que tengo de todos.

Grace me mira, y ahora veo el contorno de su rostro.

—Entonces, ¿desconfías de mí?

—Claro que no. Pero soy abogado. Tengo que desconfiar de todos. Y todos desconfían de mí.

—No se lo cuentes a mi abuelo, ¿de acuerdo?

Hago una pausa.

—Está bien, pero ¿por qué habría de hablar con tu abuelo?

—Porque vivo con él.

Unos momentos después entro a la casa victoriana y conozco a Walter Wesley. La frágil figura me saluda al momento que paso por la puerta.

—¿Conque tú eres el genio que salvará a mi nieta?

La mano que me estrecha parece el apretón de uno de esos soldados descritos en *Band of Brothers*.

¿A qué viene lo de «genio»?

—Voy a hacer todo lo que pueda —le digo.

—Tom, este es mi abuelo, Walter —dice Grace con expresión de humor—. Obviamente, ya le he contado sobre ti.

—¿Será suficiente "todo lo que puedas hacer"? —pregunta Walter.

Excelente pregunta, abuelito.

—Realmente espero que sí.

—No suenas muy seguro —dice.

Me gustan los ancianos malhumorados porque me dicen, a su manera, que si tengo suerte, algún día seré como ellos.

—Le debo a su nieta el *no* ser demasiado confiado.

—Eres el abogado de quien ella ha estado hablando, ¿verdad?

—Exactamente. Soy una combinación de *La tapadera* y *Algunos hombres buenos* y...

—Si dices: *Misión: Imposible*, le voy a pedir a Grace que te despida por obsesionarte con un bajito de Hollywood.

Me río.

—No, señor, solo estoy bromeando un poco.

—Le gusta hacer eso, abuelo. Tal como alguien que conozco.

Walter pone una cara que es completamente clásica. Súbitamente, somos compañeros en la universidad después que los dos hemos sido descubiertos.

—Tengo la sensación de que no conviene hacerla enojar —le digo a Walter.

—Tienes toda la razón —dice, y se vuelve a Grace—. Me cae bien.

Mientras Walter desaparece en la cocina, miro a Grace y sonrío.

—La suerte de principiante —dice Grace mientras la sigo hasta la sala de estar.

Todo, desde el grueso edredón de color vino tinto doblado sobre el brazo del sofá hasta el olor a tarta de manzana, hace que uno se sienta en este lugar como en un verdadero hogar. Alcanzo a ver un gato que se desliza fuera de la habitación, luego un estante lleno de fotografías familiares que tomaría media hora mirarlas una por una.

—¿Has cenado? Nosotros acabamos de terminar.

—Sí, pero gracias —respondo.

No es que tres bollos con salchichas de microonda puedan consi-derarse una cena.

Grace consigue que por lo menos le permita servirme una taza de café y una porción de esa tarta recién horneada que ansiaba probar.

Ya han pasado algunos días desde la reunión con el superinten-dente y todos los demás. He hablado por teléfono con Grace varias veces y nos hemos comunicado por correo electrónico.

—Esto está realmente muy bueno —le digo después de engu-llir la gran porción de tarta.

—Me doy cuenta.

Grace mira divertida mi plato vacío.

—Perdón. Es por eso que no acepto invitaciones a cenar. Vivir solo me ha convertido en un neandertal.

—A mi abuelo le encanta la tarta de manzana —dice Grace—. Generalmente, trato de que se alimente de manera saludable por-que tenemos que vigilar su colesterol, pero de vez en cuando lo malcrío.

Asiento y me doy una palmada en el vientre.

—Entonces, ¿parte de mi anticipo incluye tarta de manzana recién horneada cada vez que nos encontremos?

—Podría ser un buen plan.

Me siento en el sillón, frente a ella que está en el sofá. La taza de café de la que bebo un sorbo tiene el logo de una universidad.

—¿Asististe a Hadleigh?

Grace asiente; su agradable sonrisa no se le va, lo mismo que el aroma a la tarta de manzana.

—¿Y tú? —pregunta.

—¿Quieres decir que no buscaste el sitio web de Thomas Endler antes de aceptarme?

—En realidad, sí... lo intenté —me responde con su propio sarcasmo—. Pero decía que el sitio no ha sido actualizado durante varios años.

Si solo supiera...

—Fui a una de esas escuelas de renombre de las que uno puede alardear por años después de recibirse.

—Te permitiré alardear —dice—, por lo menos una vez esta noche.

—Stanford.

—¿Lo disfrutaste?

—El clima, muy bueno. Las muchachas también.

Sigue la pista del clima y habla de haber visitado California algunos años atrás. Posiblemente también para alejarse de mi mención de las muchachas de California y de cualquier comentario sobre las cuestiones entre varones y mujeres que ocurren aquí. Grace parece tener uno de esos atributos raros en el mundo de hoy: la modestia.

Lo último que debería hacer es comenzar a hablar sobre Sienna.

—¿Siempre quisiste ser maestra? —le pregunto.

—Sí. Inicialmente, pensé que sería una maestra de grado.

—Para ser honesto, ese fue mi primer pensamiento. Das la impresión de ser maestra de kínder.

—No eres la primera persona que me lo ha dicho. Lo cual es gracioso porque me hace pensar: *¿qué es precisamente lo que constituye el aspecto de una maestra de kínder?*

Me encojo de hombros.

—Bueno, seguramente no es el mismo aspecto de un luchador AMM. Quizás ni siquiera sepas qué representan esas siglas.

—Artes Marciales Mixtas. Gracias, y sí, no creo que tenga ese aspecto.

—Por lo menos la gente no anda diciendo que pareces una bibliotecaria.

—No, aunque para ser honesta, podría serlo. Desde niña me encantó leer, y eso me impulsó a querer aprender más. Cuando era joven, leía todo lo que podía. Era muy curiosa. Especialmente sobre historia. Pasé por diferentes etapas en mi vida en cuanto a la lectura de la historia. Algunas personas recuerdan su infancia por los lugares en donde han vivido o por las fotografías. Pero yo recuerdo la mía por las guerras norteamericanas.

Me río y me estiro en el cómodo sillón.

—Parece una receta para tener pesadillas.

—No, en serio, la preparatoria era toda sobre la Guerra Civil. En el primer año de preparatoria, fue la Revolución. Luego las guerras mundiales. En mi último año de la preparatoria recuerdo haber estudiado la guerra de Vietnam, e incluso haber escrito una monografía. Otras muchachas de mi edad iban a ver la comedia *El diablo viste de Prada*, mientras que yo alquilaba *Los gritos del silencio*.

—Debes haber tenido una vena revolucionaria toda tu vida.

—Sí. Pero la rebelión no es el motivo por el que estás aquí.

Asiento y estoy de acuerdo con ella.

—¿Nunca pensaste mudarte de Hope Springs? —pregunto.

—No desde que falleció mi abuela y me mudé con mi abuelo.

—¿Tus padres viven en la zona?

—Sí, pero, para ser honesta, no los vemos mucho actualmente. —Hace una pausa, luego echa una mirada a mi taza—. ¿Te sirvo un poco más de café?

Acepto, aunque en el fondo no quiero más. Ella recoge la taza y entra a la cocina.

Hay mucho por saber de Grace y sus padres, y supongo que

iré conociendo más mientras esté en este caso. Nunca es bueno dudar cuando se interroga a alguien en la corte, pero en la vida real, a veces es mejor detenerse y esperar.

La verdad se las arregla para salir cuando las personas han aprendido a confiar en uno.

—Todavía me cuesta creer que realmente son los padres de Brooke los que están en la lista de los querellantes. *Thawley vs. Wesley.*

Grace luce un poco pálida después de que hemos pasado la última hora repasando los archivos e informes.

—Obviamente, no comparten la curiosidad de su hija por las cuestiones espirituales.

—¿Sabes que perdieron a su hijo el año pasado? —pregunta ella.

—Sí. Lo leí.

—No sé si esto es parte de su... ¿de su dolor, quizás? Sé que ha sido muy duro para ellos. Brooke dice que ellos siguieron adelante, pero estoy segura de que uno no sigue adelante sin más cuando su hijo ha muerto en un accidente automovilístico. ¿Cómo podría?

—Hay cosas que los padres hacen que uno nunca entenderá —respondo.

Tengo treinta y cinco años de experiencia en eso.

—De todas maneras, no comprendo tanta ira sobre algo como esto. No solamente piden que me despidan, sino también que me quiten la habilitación para la docencia. Eso significa que jamás podría volver a trabajar como docente. En ninguna parte.

El presentimiento que tiene Grace es un peso conocido que vengo cargando durante varios años.

—Tienes razón.

No quiero echar más leña al fuego, pero debo asegurarme de que entienda a qué nos estamos enfrentando.

—Tendrás que pagar también los costos del abogado demandante, lo cual no es poco.

—No tengo muchos bienes. Esta casa y todo lo que hay aquí pertenecen a mi abuelo.

—Pueden tomar todo lo que tengas —le aclaro.

Arroja los papeles sobre la mesa del café.

—Simplemente, no lo entiendo. *¿Por qué?* ¿Por qué están haciendo esto?

—Para sentar un precedente. Mira... yo sé que es ridículo, ¿verdad? Pero esas personas... me he topado con varias de ellas en otras reuniones. Son despiadadas. Consideran que las creencias que tú sostienes son como una enfermedad que ya tuvo su tiempo y pasó. Como el sarampión.

Grace acomoda el pliegue de su falda. Luego mira las fotografías sobre el estante.

—Esta no es la primera vez que paso por este tipo de cosa —dice.

—¿De veras? ¿En tu carrera docente?

—No, en mi camino espiritual. O... en relación con mi fe. La palabra *espiritual* puede significar un poco de todo en estos tiempos.

No logro seguirla.

—¿Qué quieres decir con que ya has pasado por este tipo de cosas?

—Hay un motivo por el que vivo aquí y no con mis padres. Un motivo por el que no has conocido a mi padre o a mi madre esta noche. Es porque ya no son parte de mi vida, ni de la de mi abuelo.

—¿Por qué?

Sus ojos buscan algo que con seguridad no encontrará en esta habitación. Se está peguntando exactamente qué decirme, algo que yo pueda entender.

—Mis padres, mi padre en particular, no estaban muy contentos cuando mi abuelo encontró a Jesús. El abuelo lo llamaba su experiencia Camino a Damasco. Para ser honesta, creo que pensaban que estaba loco. Yo tenía catorce años, y creía en mis padres. No sabía nada sobre la relación que mi padre tenía con su padre. De manera que, cuando años más tarde les dije que había descubierto lo que tenía el abuelo, que por fin Dios me había arrancado del camino por el que iba, intentaron convencerme de que era una tonta. Incluso culparon a mis abuelos. Se puso todo muy difícil y, sencillamente, no lo soportaron. Los vemos de vez en cuando, no han cortado completamente el cordón, pero están muy resentidos.

Tengo curiosidad por saber cómo descubrió lo que descubrió, cómo es eso de que supuestamente Dios la «arrancó» del camino por donde iba. Pero sé que vendrá solo, tal como lo hizo la revelación acerca de sus padres. No tendré que preguntar. Se dará de una manera natural y normal.

—Una vez, después de una discusión —relata Grace—, mi padre y mi abuelo discutieron en la cena, y mi padre salió dando un portazo. Mi madre, como siempre, salió en su defensa, y juro que jamás en mi vida la había visto más enojada. Me dio miedo. Y como tú dijiste sobre esas personas y la demanda, la ira en el rostro de mi madre era una locura. Casi parecía... Sé que puede sonar una chifladura decir esto.

—¿Qué cosa?

—¿Demoníaca?

Me río, no porque no le creo, sino porque por supuesto no está loca.

—Tendrías que haber visto al juez Nettles, con quien solía trabajar —digo—. Ni hablar de lo demoníaco. Era como si la muchacha de *El exorcista* hubiera crecido y se hubiera convertido en hombre y ahora fuera juez del Noveno Circuito.

—¿El Noveno Circuito? —pregunta Grace.

—Un pomposo y supuestamente importante grupo de cortes que existe casi exclusivamente para escuchar apelaciones. Las cortes del circuito están bajo la Corte Suprema. Yo lo llamo el Noveno Circuito del Infierno.

Esto no la hace reír como yo suponía que lo haría.

Durante algunos minutos, hablamos sobre el cronograma y el orden de los próximos eventos: lo que planeo hacer a continuación, lo que todavía necesito de ella, sugerencias de lo que ella puede hacer antes de comparecer en la corte, si presentaré alguna moción antes del juicio. Grace está escuchando, pero también está en otra parte; la ansiedad va creciendo en su rostro, como el agua sobre un alma que se está ahogando.

—¿Puedo hacerte una pregunta, Tom? ¿Y puedes ser completamente honesto?

—Por supuesto —asiento—. Cualquier cosa.

—¿Cómo los frenaremos?

Solo hay una respuesta que le puedo dar.

—Ganando.

17

Cruzando el umbral
UN ARTÍCULO DE *ESPERANDO A GODOT*
Por Amy Ryan

La gente optimista me pone nerviosa. Siempre lo ha hecho, y parece que siempre lo hará.

Solía pensar que era porque su sentido de ingenuidad, combinado con su ignorancia, le permitía llevar una sonrisa como quien aspira un aerosol, pegamento o algo peor. Yo tenía esta idea, y luego la envolvía con palabras, como los guantes en las manos de un boxeador. Ahora comprendo que las palabras eran más como esos pequeños y horribles aperitivos que se sirven en las fiestas del Super Bowl. Las salchichas de coctel envueltas en tocino. Pueden ser sabrosas al comerlas, pero no hay nada bueno en ellas a la hora de digerirlas.

Sí, acabo de comparar mi antiguo blog con salchichas de coctel ahumadas y envueltas en tocino.

También me he dado cuenta de otra cosa. Algo aún menos atractivo que digerir carne misteriosa en forma de salchichas.

Mi desagrado y disgusto por la gente idealista y entusiasta proviene del sentido de desesperación y desilusión que siempre me ha acompañado. Estas no han sido solo simples actitudes que he aprendido en veintisiete años de vida. Son más bien como mi mano derecha y la izquierda, las dos cosas que han pasado tanto tiempo escribiendo y buscando y haciendo clic en la computadora.

Ahora, sin embargo, descubro que el optimismo me fascina. Quiero aprender de él tanto como quiero descubrir mi fe. ¿Es posible que vayan de la mano, tan íntimamente relacionados como la mano izquierda y la derecha? ¿O, más bien, como la cabeza y el corazón? ¿Hace falta uno de ellos para mover o romper al otro?

El corazón es el lugar donde se encuentra la fe, mientras que la cabeza descubre cómo procesar la alegría que proviene de ella. De manera que si tengo fe, debo tener optimismo y alegría, ¿correcto?

Entonces, ¿por qué sigo viendo el gris en los días de cielo azul despejado? ¿Cómo es que veo las grietas en el «camino de baldosas amarillas»?

¿Es que la felicidad llega a medida que se está más tiempo en este camino de fe? ¿O es quizás como un síntoma de cuán verdaderamente se cree?

Recientemente conocí a una mujer que es el testimonio de un alma optimista. Parece amar su trabajo como maestra y su papel en la formación de la vida de sus alumnos. Parece considerar las partes difíciles de enseñar historia en la preparatoria como una bendición y una oportunidad.

Cuanto más sé sobre esa maestra, más me intriga. La intriga, por supuesto, es fundamental para cualquier escritor, especialmente para una periodista o una bloguera. Hay que estar lo suficientemente interesado para observar y hacer preguntas y observar más y entonces dar los resultados.

Me he embarcado en un viaje para descubrir qué significa ese asunto llamado fe, y no voy a emprender sola este viaje. Haré el camino con otros. En particular, al menos por un tiempo, caminaré junto a esta mujer. O por lo menos, iré siguiéndole el rastro de cerca.

¿Qué es la fe y cómo se manifiesta en la vida de una persona?

¿Qué pasa si esa fe súbitamente encuentra a alguien en una encrucijada?

¿Y qué pasa si esa fe repentinamente se encuentra en la mira de un enemigo que no quiere tener nada que ver con ella?

¿Qué pasará con esa fe y con el alma que la alberga?

18

ME TOMA VEINTE MINUTOS después de despertarme descubrir que no puedo entrar a Internet. Generalmente pongo a calentar el café y luego abro mi laptop para revisar los correos y ver las noticias y comenzar a pensar en el día por delante. Esta mañana, por algún motivo, no logro conectarme.

Apuesto a que sé el motivo.

No me molesto en revisar la conexión de wifi, ni en llamar a mi proveedor del servicio de Internet para informar del corte. Lo que hago es ir al mostrador de la cocina cerca del teléfono y la heladera. Las cuentas están en diferentes pilas, pero sin un orden particular excepto por las que son absolutamente urgentes, que están a la extrema izquierda. Resulta que las cuentas del teléfono e Internet deberían haber estado en ese lado, porque descubro que ayer era el día que me cortarían el servicio por falta de pago.

Sacudo la cabeza y maldigo, luego tomo la cuenta y llamo.

Tengo que atravesar un sistema automatizado y decir varias veces sí y varias veces no y otras palabras en esa línea sin vida. Odio hacer esto porque me pongo impaciente cuando comienzan a decir: «¿Querría agregar un servicio Premium...?», y yo digo no y la computadora no me entenderá y seguiré diciendo no y sí cada vez más fuerte. Siempre me imagino que algún vecino me está escuchando y pensando que he perdido la cabeza.

Me toma quince minutos pagar la deuda de doscientos ochenta dólares. La cuenta suele ser de alrededor de setenta verdes, pero no la he pagado por un par de meses.

«¿Sabes por qué lo llaman "pago con retraso"? Porque son los tipos retrasados como tú los que los pagan. Es la forma más estúpida de desperdiciar tu dinero».

Puedo oír las palabras de mi padre. Si le preguntaras, te diría que en realidad esa es la forma en que piensa que me da ánimo. Solo quiere que salga de la deuda y tenga éxito. Así dice. Yo creo que le gusta poder pararse sobre alguien, pisotearlo y comenzar a predicar. En lugar de una tarima, mi padre me tiene a mí. Las marcas de sus talones siguen grabadas en mi pecho.

Reviso las otras cuentas para ver si hay alguna otra que deba pagar hoy mismo. Estoy esperando que me llegue el próximo cheque, aunque apenas han pasado cuatro días desde mi último cobro. Ese dinero desapareció como el conejo de un mago. En los últimos años, he aprendido cuáles cuentas deben pagarse. La del proveedor de Internet es una de ellas. De lo contrario, mueven el interruptor y te dejan desconectado.

Pasa mucho más tiempo antes de que el municipio te corte el

agua o la compañía eléctrica te deje sin luz. Incluso las hipotecas pueden demorar. Pero solo unos meses. Luego comienzan a aplicarte la expresión *ejecución hipotecaria*.

DirectTV. Tengo otros diez días para pagar esa. Médico, médico, préstamo universitario, tarjeta de crédito, otra tarjeta de crédito... todas estas pueden esperar un poco.

Solía gustarme pensar en el dinero. Ahora es como tu coche chatarra. Detestas conducirlo o incluso pensar en él, pero no tienes alternativa. Lo necesitas para moverte.

El programa en la pantalla de mi computadora me recuerda que tengo una cita a las diez de la mañana para ganar un poco de ese precioso y fastidioso dinero. Es mi trabajo extra. Algo que he logrado conseguir a tiempo parcial, que en realidad es bastante flexible y bastante bien pagado también.

Hasta ahora, nada nuevo en el caso de Grace. Ningún otro correo ni preocupación ni cambio. No he recibido ningún mensaje amenazador de voz o de texto, aunque todavía espero que llegue alguno.

Resi me mira como si estuviera a punto de salir corriendo por la puerta como el otro día.

—¡No! ¡No! —le digo—. Te estoy vigilando. No te escaparás otra vez.

Parece entender, y me sigue hasta la cocina mientras como un tazón de cereal. Le ofrezco una hojuela, no *cualquier* hojuela, sino una de esas con pasas de uva, nueces y salvado de avena. Pero Resi solo la huele y vuelve a mirarme.

—Escucha, cariño. Pronto tendré que pasar a los productos genéricos. Recibirás de esos con *esencia* de nueces y pasas de uva. Y créeme, no será tan sabroso.

La perra no se convence con mi alegato final. Sencillamente, continúa mirándome con ojos que parecen decir: «Todavía recuerdo cuando me diste un poco de ese *McMuffin* con salchichas».

Sacudo la cabeza.

—Siempre es igual contigo, ¿eh? Siempre quieres recibir y recibir y recibir. ¿Y yo? ¿Qué pasa con *mis* necesidades?

Son las ocho de la mañana, y me estoy poniendo listo con un perro. Ni siquiera debería decir *listo*; moderadamente divertido parece más adecuado. Para nadie más que para mí.

Tomo una cucharada de cereal y me hago callar. Por el momento.

Me he estado reuniendo con este grupo de tres estudiantes de preabogacía durante los últimos cuatro meses. Detesto decir que soy su tutor porque eso suena a tarea de matemática de sexto grado. Pero sí, creo que, efectivamente, es una tutoría.

Estos tres estudiantes son un gran trío. Ya me están esperando en la sala de conferencias de la biblioteca donde siempre nos encontramos. Los saludo y finjo que todavía me siento como uno más de ellos. No puedo ser mucho mayor que estos estudiantes de primer año, ¿verdad?

Y los sueños que todavía abrigan en su vientre en realidad no pueden estar ausentes en el mío, ¿verdad?

—Hola, señor Endler.

Le he pedido a Brock que no me llame así, pero sus genes y su crianza lo obligan a hacerlo. Es un joven que parece menos un abogado que un jugador delantero, con sus espaldas anchas y su cuello también ancho que se ve como se vería el mío si tuviera que usar un collarín ortopédico. Brock es un muchacho brillante, pero eso no significa que su carrera debería ser el derecho. Es obvio que lo hace porque su padre es abogado y su madre lo ha empujado en esa dirección.

Martin Yip es un tipo amistoso que usualmente exhibe una expresión despreocupada. Su familia es de alguna ciudad de China de la que me ha dado el nombre tres veces, y las tres veces lo he escuchado mal. Ahora estoy demasiado avergonzado como para volver a preguntar. Y aunque él siempre es muy positivo y siempre está haciendo todo lo que puede por este grupo de estudio, ayudando a organizar los horarios y asegurando la disponibilidad de la sala de conferencias de la biblioteca, estoy seguro de que Martin tiene algunos problemas con su familia. Una vez surgió el tema y compartió un poco más de lo normal, expresando cierta frustración con su padre, quien no lo comprende.

Vuelvo a pensar en el blog publicado por Josh Wheaton, y me hago una nota mental para preguntarle a Martin cuál es la conexión.

Rosario es nuestra pieza femenina. Es una latina enérgica y ruidosa que está llena de preguntas. Los pobres Martin y Brock apenas pueden seguir el ritmo de la mente de esta joven. Es una persona muy dinámica. Sé que no está aquí para recibir ayuda para finalmente pasar el examen de ingreso para abogacía. No, esto es solamente créditos extra para ella. Está aquí para exprimirle el cerebro a alguien que se graduó con honores en una universidad prestigiosa. Rosario ya tiene la tarea hecha. De manera que, mientras Martin y Brock están tratando de entender los estatutos del derecho común, Rosario me pregunta sobre lingüística legal comparativa.

Cuando me siento y pesco la cola de una conversación que tienen los tres, encuentro divertidos e intrigantes los fragmentos que oigo. Hasta ahora, han mencionado cuatro programas de telerrealidad: *Sobrevivientes, Bailando con las estrellas, La voz, La gran carrera.* Brock y Rosario están tratando de defender su causa. A favor de *algo*.

—Bien, ¿están practicando presentar argumentos usando los programas de TV como ejemplo? —pregunto.

—No, pero *eso* sería mucho más interesante que esta conversación —dice Rosario.

—Es que sabes que tengo el mejor punto —dice Brock.

—No, no has presentado ni un punto bueno hasta ahora —responde ella.

Martin está sentado entre ambos con cierto aire de perdido, como un abogado de divorcio entre una pareja que riñe.

—¿Y a qué punto están tratando de llegar?

Ambos comienzan a hablar cada vez en voz más alta hasta que levanto la mano diciendo:

—Bien, Martin... ¿sobre qué están discutiendo?

Se muestra un poco reticente a hablar, pero los otros dos se lo permiten.

—Estamos discutiendo cuál de los programas de telerrealidad sería el más difícil de ganar.

Sacudo la cabeza y digo:

—¿Y cuál elige cada uno?

—*Sobrevivientes* —dice Brock—. Sin ninguna duda.

—Eso es porque no podría comer —opina Rosario.

—Es mucho más duro que cualquier competencia de canto o baile.

—Yo digo que es más difícil *La voz* —afirma Rosario—. Tienes que pasar todas esas rondas y demostrar que tienes un talento de locos, y *después* tienes que conseguir que todo Estados Unidos se enamore de ti. *Mucho* más difícil que andar por el desierto, eliminando patanes y mintiéndose entre ellos.

—No estás *obligada* a mentir —afirma Brock.

Llego cinco minutos tarde y, de alguna manera, he entrado súbitamente en una discusión de trasnoche después de una fiesta de las que solía tener en mi residencia estudiantil.

—¿Y tú qué opinas? —le pregunto a Martin.

—Él no mira los programas de telerrealidad —dice Rosario.

—¿No? —pregunto.

—No creo —concuerda Brock.

Estoy acostumbrado a que estos dos últimos hablen mucho más que el joven Martin. Me aclaro la garganta el doble de fuerte de lo que suelo hacerlo normalmente y miro a Martin.

—Entonces, ¿qué piensas tú?

Martin hace una pausa y me mira con una expresión muy seria. Espero que el inteligente joven diga algo como que no tiene tiempo para ver televisión o que disfruta más los documentales de historia de su país natal o algo así. Rosario y Brock lo miran fijamente, esperando su sabiduría.

—El más difícil de ganar sería *El soltero* —dice.

—No se gana en *El soltero* —exclama Rosario, desconcertada—. Es un programa de citas amorosas.

—Lo sé —contesta Martin en su tono directo y apagado.

—Entonces, ¿por qué lo mencionaste?

Martin mira a Rosario.

—Porque el amor de tu vida puede ser la cosa más imposible de encontrar en el mundo.

—Sí, pero no hay ganadores ni perdedores.

Martin le sonríe traviesamente.

—¿No? Yo creo que ganas con solo estar en el show con veinticinco mujeres hermosas. Luego, si realmente te enamoras de alguna, te ganas el mejor premio que se puede obtener.

Rosario y Brock comienzan a reírse de la seriedad con que Martin lo dice. Yo no puedo evitar reírme entre dientes.

—Está bien, Romeo —le digo—. Tenemos que hablar de algunas leyes.

—Lo estamos haciendo —dice Rosario—. La ley de atracción.

Brock suelta un gemido y Martin se ríe.

Son un buen grupo con quienes pasar tiempo estudiando la jerga legal. Pero debo recordar que nuestro tiempo es limitado.

—Escuchen, pronto tengo un juicio, así que tenemos que aprovechar el tiempo.

Todos me preguntan para qué, pero les digo que pronto lo compartiré.

—Es un caso interesante, pero, ¿saben qué es mucho más interesante? La ley de salud.

—Suena como si hablara con una clase de adolescentes de preparatoria —dice Rosario.

—¡Ah! Perdón. Y yo creía que ustedes estaban hablando recién de los programas de telerrealidad.

—Ooooohhh —dice Rosario por lo bajo.

—¿No vimos ya la ley de salud? —pregunta Brock.

—No, la última sesión fue sobre la ley tributaria —dice Martin, causándole bochorno a Brock.

Aunque es una linda manera de obtener un poco más de dinero, sé que también estoy ayudando a estos tres. O por lo menos a Brock y a Martin. Es lindo sentir que puedo hacer eso en mi profesión. No muchos abogados parecen poder decir lo mismo en este tiempo.

Al final de nuestro encuentro, mientras los estudiantes se preparan para retirarse, le menciono a Martin que he visto su nombre en un blog.

—Compartí un curso con Josh Wheaton —me dice Martin.

Lo dice de una de esas maneras en que queda claro que no quiere hablar del tema. No es propio de Martin no querer quedarse conversando después del tiempo de estudio. Hoy, sin embargo, parece preocupado. No, no solo eso. Está ansioso.

Si el joven de voz queda y carácter amable que se puso de pie en el aula de Wheaton no quiere hablar del asunto, voy a respetar su decisión. Estoy seguro de que hay motivos. Estoy seguro de que lo compartirá cuando llegue el momento, si es que llega. Solo debo asegurarme de no estar tan ocupado que no pueda oírlo.

19

EL MENSAJE DE TEXTO entra como una sorpresa. La buena noticia para Amy es que no es otro mensaje de Marc pidiéndole que lo llame o que pase a verlo. Tampoco es alguien tratando de ubicarla por una cuenta médica.

Es Michael Tait de Newsboys, que tiene el tiempo contado.

Acabamos de terminar un concierto en Londres y todos los carteles de *Dios no está Muerto* me trajeron a la memoria ese concierto en Hope Springs. Un recordatorio para ver cómo estás.

Amy se queda mirando el teléfono con una mezcla de euforia y ganas de llorar. Nunca fue fanática de Newsboys, pero ahora que está vinculada con la banda, sabe que está deslumbrada.

No, no es deslumbrada, es comprometida.

Tener a alguien como Michael enviándole mensajes de texto

para saber cómo está, cuando su propia madre no lo hace es toda una sensación.

Hace un año, cuando la banda Newsboys estuvo en la ciudad para un gran concierto en el estadio Citicorp, Amy se las arregló para entrar gracias a un amigo que estaba en seguridad. Eso le permitió abrirse paso hasta detrás del escenario, a la antesala del set, donde los miembros de la banda se preparaban para el concierto. Se preguntaron qué hacía ella ahí, pero, por alguna razón, no objetaron esa emboscada para una entrevista. Eso era lo que disfrutaba hacer en ese entonces para *The New Left*. Jamás podría haber imaginado cómo sería la conversión.

«¿De manera que cuando están en apuros citan una serie de antiguos garabatos y dicen: "No te preocupes, todo está aquí"?»

Ella era muy pedante y santurrona. Sin embargo, ninguno de ellos se puso a la defensiva. Hablaron como si estuvieran compartiendo una verdad sencilla sobre cómo funciona algo, o como dando instrucciones en alguna parte. Muy francos. Muy a lo «así son las cosas».

Jeff, el tecladista y bajista de la banda, respondió a su cínica pregunta, y luego hizo una propia:

—Pueden ser antiguos, pero no son "garabatos". Dios nos dio un manual de instrucciones. Y de ahí sacamos las fuerzas. Ahí encontramos nuestra esperanza. Dime, ¿de dónde obtienes tú la esperanza?

No hizo falta más. Amy estaba ocultando una herida, intentando manejarse de la mejor manera para que nadie se percatara de la fragilidad de su alma. Acababa de enterarse que tenía cáncer, y todo lo que había estado construyendo con su carrera y con Marc se había desmoronado súbitamente. Estaba ignorando el dolor y mostraba una fachada despectiva.

"¿Dónde obtienes tú la esperanza?"

Amy sabía que no tenía ninguna repuesta.

No tengo esperanza. No tengo un lugar donde ir, ni siquiera para intentar encontrarla. No estoy segura de creer siquiera en esa idea llamada esperanza.

Amy se derrumbó. E hizo lo único que podía hacer. Tenía que mostrar que había un motivo para esas lágrimas. Era fuerte, no débil, y quería que supieran por qué estaba llorando. Entonces, se los dijo.

—Me estoy muriendo.

Esperaba que eso los hiciera abandonar su postura, los bajara de esos tronos sagrados donde pensaba que estaban sentados, los dejara sin habla. De seguro no podían hacer milagros.

Pero sí ocurriría un milagro en esa antesala del estadio, cerca de una mesa llena de botellas de refresco y agua y bocadillos y dulces Skittles rojos y verdes.

La respuesta vino de otro miembro de la banda, llamado Duncan. Fue amable y franco, y exactamente lo que Amy necesitaba escuchar.

—¿No estás aquí para despedazarnos, verdad? Quiero decir, tal vez eso es lo que pretendías hacer... Pero estás aquí porque esperas que tal vez este asunto sea real, ¿es así?

No era cierto, por supuesto. Pero por otro lado, una parte muy al fondo de su ser repentinamente se lo preguntó. ¿Por qué estaba ella aquí? De todos los lugares a los que podría haber ido y de todas las cosas que podría haber estado haciendo —sabiendo que estaba muriendo y con necesidad de enfocarse en eso y no en su carrera de burlarse de los cristianos—, ¿por qué se las había arreglado para ir detrás del escenario para ver a los integrantes de Newsboys?

En ese momento, los cuatro jóvenes sentados frente a ella

dejaron de ser parte de una banda. Eran simples jóvenes hablando con ella.

—¿Cómo lo sabes? —le preguntó a Duncan.

—Sentí como si Dios me lo estuviera poniendo en el corazón... y que quería que tú lo supieras.

Amy balbuceó algo incrédula, pero solo recibió sonrisas afirmativas.

—Sí —dijo Jeff—. Y él no es más que el baterista.

Luego oraron por ella. Y así terminó la guerra de Amy contra Dios y sus seguidores. Oyó las oraciones de los miembros de la banda y miró a cada uno mientras la rodeaban con la cabeza inclinada y los ojos cerrados.

Las palabras de las oraciones no eran de condena. No. Su blog tenía suficiente de eso para todos ellos. Los hostigadores y provocadores de Internet... Amy había sido una de ellos. Había disfrutado ese papel. Pero hubo algo que finalmente presenció en esa antesala, algo realmente asombroso y bello.

Amor.

—Señor —oró Michael Tait—, no sabemos cuál es tu plan para Amy, pero si es tu voluntad, te pedimos que la salves. Que la sanes. Pero de cualquier manera, te pedimos que envíes tu Espíritu Santo sobre ella ahora mismo. Permítele saber que es amada y que eres tú quien la ama.

Se sintió como una niña nuevamente, llorando, pero amada y protegida.

Se sintió *conocida*.

—Señor, permite que Amy sepa que tú le das la fuerza para soportar la prueba que enfrenta... y que estarás con ella cada paso del camino.

Casi un año después, Amy todavía está aquí. Sigue viva.

Una de las canciones que cantaron los integrantes de la banda esa noche fue «Creemos».

«*¿Tú crees, Amy?*».

De modo que, en cierto sentido, el mensaje de Michael no debería ser una sorpresa. No más que la respuesta que le dio la banda cuando se introdujo a hurtadillas en su antesala antes del concierto.

La verdadera sorpresa es que Dios realmente la ama y que envió a su Hijo a morir por los errores de cada persona en este mundo. Incluyéndola a ella.

¿Creo eso?

Amy cree que sí. Y tal vez eso sea lo más sorprendente de todo.

Entonces, ¿cómo estoy?

Responde el mensaje de Michael, contándole que está en remisión y que Dios ha contestado las oraciones de la banda. Le agradece por haberle preguntado cómo está y luego les agradece a todos ellos por haber orado por ella el año anterior.

Antes de despedirse, agrega una cosa más.

Me gustaría que sigan orando por mí. Como a todo el mundo, me viene bien.

Alguien le dijo a Amy en los últimos meses que las oraciones de las personas justas son poderosas y eficaces. Así lo dice la Biblia. Tal vez los Newsboys no se llamen justos a sí mismos, pero a los ojos de Amy, realmente lo son.

No dejen de orar; todavía lo necesito, amigos.

20

—¿SABES QUE EN ESTA corte se realizaban subastas de esclavos hasta 1861?

Sacudo la cabeza mirando a Grace:

—No. Pero confío en su conocimiento sobre este tipo de cosas.

Acabamos de entrar en el histórico Palacio de Justicia de Hope
Springs, construido en... bueno, construido hace mucho tiempo.
Subimos los enormes escalones de piedra que no parecen terminar
nunca, pasamos las columnas de la autoridad y entramos por las
puertas. Ahora estamos en una corta fila esperando pasar por el
detector de metales.

—La corte se ocupaba de vender a los esclavos cuando sus amos fallecían sin dejar testamento o se declaraban en quiebra. Era una práctica muy común.

—Tal vez pueda usar ese conocimiento durante el juicio —digo.

—Comenzaron a construir el Palacio de Justicia en 1855; hubo una interrupción durante la construcción de la iglesia católica, y luego la retomaron hasta el comienzo de la Guerra Civil en 1861.

—No lo sabía —digo, asintiendo.

—¿Qué parte?

—No sabía nada.

Los dos tipos de seguridad parecen desertores de la universidad y se ven tan aburridos como lo estarían si su trabajo fuera preguntar a las personas si quieren que se les sirva la porción extra grande en la comida. Saludo a uno de ellos, ya que nos reconocemos el uno al otro de las veces que he venido.

—Esto se parece un poco a entrar a la preparatoria Martin Luther King Jr. —dice Grace después de retirar los objetos personales que pusimos en la fuente plástica.

Caminamos hasta el centro de la corte, y ella se detiene y mira hacia arriba. Las paredes de la bóveda circular se levantan, terminando en una colorida cúpula estilo renacentista.

—Me encanta estar de pie debajo de esto —dice Grace, mirando hacia arriba.

—¿Has tenido muchos litigios, entonces?

—Intento traer a los alumnos de mi clase aquí todos los años. Estaba esperando hacerlo con el grupo de este año, quería venir justo antes de que terminara el curso.

Cuando inclina la cabeza, sus rizos rubios le rozan los hombros. Observo que, por primera vez, el estilo parece diferente.

—¿Te hiciste algo diferente en el cabello?

Se voltea rápidamente para mirarme de frente, y luego se toca el cabello con aire incómodo.

—No... Solo... bueno, sí. Me hice un corte. Para cambiar un poco.

—Te queda bien —le digo mientras sonrío de manera amistosa y profesional.

Seguimos caminando hacia la sala de la corte, en el segundo piso. Grace tiene preguntas respecto a lo que haremos esta mañana.

—Se llama *voir dire* —explico—. Significa que tenemos la posibilidad de rechazar miembros del jurado potenciales si creemos que te tienen antipatía.

Arruga la frente y levanta las cejas.

—¿Qué ocurre? —pregunto.

—¿No pueden sencillamente decir: "selección del jurado"?

—Bueno, sí, claro. Pero quiero que tengas confianza en el abogado que te está representando.

—¿Esperas que te tenga confianza cuando todavía tienes esa mancha borrosa bajo el labio?

Me toco el mentón.

—No es borrosa. Está de moda.

—Tal vez para una banda de adolescentes. No para un abogado.

—Eso duele.

Un grupo de trajes y faldas pasa a nuestro lado. Grace los observa cuidadosamente.

—Cuanto más nerviosa me pongo, más bromas hago.

—Es curioso, porque yo lo hago cuando me siento más cómodo.

—¿Alguna vez te pones nervioso?

Qué poco me conoce.

—Nunca —le respondo—. Soy completamente imperturbable.

Me propongo que esa será la única mentira que le diré.

Cuando supimos al comienzo de la semana quién representaría a la parte demandante en este caso, le conté a Grace que sabía de él. Es socio principal de una firma prestigiosa, y es realmente muy capaz en lo que hace.

No le dije a Grace lo que en realidad pienso de Peter Kane. No creo que ella hubiera apreciado el lenguaje que hubiera usado para describirlo.

El egresado de Harvard apenas nos mira cuando llegamos a la sala de la corte. Incluso los abogados que son unos patanes por lo general son lo suficientemente profesionales como para hacer cosas tan sencillas como saludar a sus oponentes.

Pero Kane es uno de esos tipos que empeoran la fama hasta de los malos abogados.

El cargo que Kane ha desempeñado para la ACLU durante los últimos cinco años me hace pensar en la famosa marcha hacia el mar del mayor general William Sherman, en la que dejó a su paso un camino arrasado de muerte y destrucción. Kane, por supuesto, se quejaría de esa comparación, pero en el fondo sabría que es verdad.

Kane parece una versión de cera de sí mismo en un museo. Lindo traje y corbata, y una cara de plástico. Creo que tenía un rostro atractivo antes de tomar ese aspecto de cuero que ha pasado demasiado tiempo en las Bahamas. Le faltan pocos años para los sesenta. Tiene casi tantos años de experiencia en juicios como yo de vida.

A uno de sus lados está Simon Boyle, quien aparenta apenas la mitad del tamaño de Kane no tanto por el peso real del cuerpo, sino por sus anteojos nerd-chic y su actitud de macho-beta. No estoy seguro de haberlo tratado en persona alguna vez. Es el tipo de persona que puedes ver una decena de veces y seguir olvidando.

No obstante, he oído que es inteligente, y esa es la única razón por la que está con Kane.

Del otro lado, está una mujer despampanante llamada Elizabeth Healy. Está enfundada en su traje oscuro conservador que contrasta fuertemente con el atuendo no tan conservador que viste los sábados por la noche en la ciudad. Pero aparte de cómo se ve, sé que Elizabeth es otra estrella en un equipo estelar. Kane no va a trabajar con nadie que no esté a su altura.

En la primera fila, justo atrás del equipo de Kane, están los padres de Brooke Thawley, Rich y Katherine. Frente a nosotros, doce potenciales miembros del jurado están sentados en la tribuna del jurado, esperando ser entrevistados. Otros treinta esperan en la galería.

La mesa en la que nos sentamos Grace y yo parece demasiado grande para solo dos personas.

—Todos de pie ante el juez Stennis.

Aspiro hondo y retengo el aire lo más que puedo. Hay algo más que no le he informado a Grace. Es que conozco muy bien al juez Stennis.

Y, ¡ay! Fue él quien me declaró en desacato ante el tribunal.

Es una presencia imponente con su metro noventa y cinco y los hombros que hacen que su toga parezca una cortina. Tiene una sonrisa tan amable y generosa que estoy seguro de que el juez de aspecto distinguido es un abuelo maravilloso. Es solo que cuando su señoría se siente perturbado —una palabra que utilizó conmigo— en efecto se ve verdaderamente perturbado.

—Damos comienzo a la causa *Thawley vs. Wesley*. Pueden tomar asiento.

Mientras golpea su martillo de juez, veo que su mirada se vuelve hacia mí. La expresión de su rostro cuadrado no cambia en lo más mínimo, pero puedo imaginar lo que está pensado.

Ahhhh... otra vez tú.

El juez Stennis hace un breve resumen de la causa a los potenciales miembros del jurado y los instruye para que tengan en cuenta la importancia cívica de participar en el jurado. Nos presenta, repasa algunas reglas y luego les pregunta si han oído hablar del caso. Luego formula a cada miembro potencial del jurado preguntas específicas con base en las planillas que completaron sobre sí mismos. En seguida, los abogados comenzamos a entrevistar a cada persona, una por una y, muy pronto, comprendo que el grupo que han invitado a esta corte es real y verdaderamente algo especial.

A veces pienso que hay un Dios arriba porque continuamente me veo metido en estas situaciones, y me pregunto honestamente si algún tipo de poder superior está sencillamente molestándome. Lo digo en serio.

El vaivén es un poco como si Kane y yo estuviéramos jugando a los bolos el domingo por la tarde, salvo que nuestra meta es derribar ciertos bolos, uno por vez, al tiempo que se retienen en pie los que uno quiere. Y mientras tanto, nos miramos el uno al otro con lindas sonrisas de desprecio.

Les decimos a los miembros potenciales del jurado lo mismo que dijo el juez: que deben ser honestos y que estamos buscando miembros *justos* e *imparciales* para el jurado. Por supuesto, también necesitamos a esas personas que creemos que se inclinarán totalmente hacia nuestro lado.

La primera persona con la que habla Kane se llama Dama Gata Loca. En realidad, ese no es su nombre, pero me perdí el nombre declarado porque su cabello parece haber sido alcanzado por un rayo, y tiene los ojos diez veces el tamaño normal detrás de los gruesos lentes que usa. Lo único que le falta son varios gatos en los brazos.

—Aquí dice que usted es psíquica —dice Kane, acercándose al lugar donde está sentada en la tribuna del jurado.

Un plumero de cabello se mueve hacia arriba y hacia abajo.

—Sí —dice con una voz aguda que casi parece la de un niño.

—Entonces, ¿ya sabe quién va a ganar este juicio? —dice Kane—. Espere, no responda eso. Pero esto sí, señorita Chappest.

Yo creo que ese nombre rima un poco con *ya-apesta*.

—¿Tiene algún motivo que le impida ser justa e imparcial? —pregunta Kane.

—No, en absoluto —responde con esa extraña voz. Luego agrega—: No a menos que Wynona diga lo contrario.

Kane me mira con sincera diversión y sorpresa.

—¿Y quién es esa Wynona?

—Es el espíritu de la bruja que fue condenada a la horca en este país hace muchos años.

—Ya veo. Quisiéramos recusar a este miembro potencial del jurado, su señoría —dice Kane.

—¿Tiene alguna objeción, señor Endler?

—No la tengo, su señoría.

El juez Stennis accede a la recusación de Kane. Esto no tiene mucha ciencia. Es una recusación legítima, que ambos podemos hacer en cualquier momento si creemos y podemos demostrar que un posible jurado es inadecuado. Esto puede ocurrir si el candidato conoce al demandante o al acusado, o si ha estado anteriormente involucrado en un caso similar, o tal vez si parece estar loco como la Dama Gata en este caso.

Kane y yo también tenemos tres recusaciones perentorias cada uno, donde no necesitamos expresar la razón por la que recusamos.

Esto tuvo un comienzo cómicamente fácil, pero se hará más difícil a medida que pase el tiempo.

El siguiente es Tim, un tipo grande, con ambos brazos llenos de tatuajes. Me resulta fácil ver el motivo por el que no funcionará.

—Hace cinco años, fue arrestado por asaltar a la maestra de su hijo de quinto grado de primaria, ¿es así? —le pregunto.

Asiente con su enorme cabeza.

—Quisiera recusar por causa, su señoría.

Kane entrevista a una mujer mayor de nombre Norma. Le pregunta de qué vive.

—Soy maestra retirada.

—¿Alguna vez tuvo un desacuerdo disciplinario con la administración?

—*Jamás*.

Norma lo dice como si la sugerencia misma fuera un insulto a su persona. Como si le preguntara a algún bibliotecario si es de los que prefieren mirar la versión en película en lugar de leer el libro.

—Aceptable por parte del demandante, su señoría.

Miro a Grace antes de decir:

—Y por parte de la defensa, su señoría.

He pasado horas en la facultad estudiando el *voir dire*. Pero en definitiva, todo es cuestión de adivinar. No hay preguntas de filtrado. La clave es conseguir que te hablen, que revelen los matices que tienen en su interior, más que los colores con que se visten. El siguiente descarte de Kane resulta casi tan fácil como el de la Dama Gata Loca.

—¿Puedo preguntarle cuál es su programa preferido de TV? —pregunta al hombre, que está en sus sesenta.

—*Duck Dynasty*.

—Recusación perentoria, su señoría.

No es una sorpresa. Miro a Grace y veo que se siente desilusionada de verlo salir.

La joven entrevistada a continuación tiene que haber cumplido los dieciocho para haber sido convocada como potencial miembro de un jurado, pero parece un par de años menor. La ropa que viste no es apropiada para una corte. En realidad, no es apropiada para ningún lugar público.

—¿Puedo preguntarle cuál es *su* programa favorito de TV? —dice Kane.

Lo miro, y me pregunto si es que sencillamente se está divirtiendo hoy, con preguntas como esa.

—*Pequeñas mentirosas* —dice Muchacha Minifalda.

Esta muchacha seguramente funciona para Kane, pero como yo lo veo, todo en ella expresa *rebeldía*. Tengo que hacer uso de una de mis recusaciones perentorias.

El día sigue con más preguntas, sondeo y conversaciones con esta gente. Kane utiliza una de sus recusaciones con un joven de cara cuadrada, músculos firmes y corte militar. Sé instantáneamente que Kane no aceptará al sujeto incluso antes de preguntarle cuál ha sido su última situación laboral.

—Observador de artillería, Cuerpo de Marines de los Estados Unidos.

Kane ciertamente no quiere a alguien así en el jurado.

Quedan seis personas por entrevistar y un asiento por cubrir.

—David Baxter —llama Kane.

—Solo Dave —dice a Kane el siguiente hombre.

—Dice aquí que usted es el pastor de la Iglesia del Redentor.

—Sí, señor.

—¿Y cree que puede ser justo e imparcial en una causa como esta?

Kane hace la pregunta en un tono que suena como si le estuviera preguntando a Dave si puede volar. El hombre de cuarenta y tantos años asiente y dice que él cree que sí.

—Su señoría, quisiéramos recusar por causa.

El juez frunce el ceño:

—¿Y cuál sería la *causa*?

—Su señoría, el señor es un pastor ordenado. ¿Hace falta otra explicación?

Me sorprende que el juez Stennis sencillamente acepte y diga que el candidato puede ser excusado. Me pongo de pie y hablo antes de que el pastor se mueva.

—Objeción, su señoría.

El juez ciertamente ha oído esas palabras de mi boca en otras ocasiones.

—¿Basándose en qué, señor Endler?

—Absoluta discriminación, su señoría. Las recusaciones por causa no se pueden utilizar para discriminar miembros potenciales de jurado por raza, trasfondo étnico, *religión* o género. Es ley incontrovertible. El hecho de que la creencia religiosa sea tangencial a este caso no lo modifica... Y la insistencia del señor Kane en que este caso no es un asunto de fe significa que la fe personal de un jurado debe ser considerada irrelevante.

El juez me mira y parece estar considerando algo. Tal vez mi argumento, o tal vez la mucha paciencia que deberá tener conmigo.

Pero sabe que tengo razón.

—Después de reflexionar, encuentro que la afirmación del defensor es correcta. La objeción es justificada. ¿Usted no es pastor de la acusada, verdad?

Dave niega con la cabeza, mostrándose tan sorprendido como Kane de que todavía está allí.

—No, su señoría.

Kane es quien se pone de pie ahora.

—Su señoría, debo protestar. Claramente, este hombre será...

—Señor Kane, ya he dictaminado sobre la elegibilidad de este miembro potencial del jurado. Usted tuvo a su disposición una serie de recusaciones perentorias, todas las cuales ha utilizado. Por lo tanto, corresponde al abogado de la contraparte tomar esta decisión.

Miro a Kane y permito que la sonrisa aparezca lentamente.

—Aceptado, su señoría.

Estas pequeñas batallas cuentan, especialmente frente al jurado. No se trata solo de encontrar la gente adecuada para juzgar este caso, sino de dar una buena primera impresión.

A lo largo de todo el día, alguien te está juzgando.

Esa es una de las cosas que me gustan de ser abogado. La corte es una metáfora muy buena de la vida. Hay alguien que siempre tiene el control, lo creamos o no. Siempre hay personas que toman decisiones con base en las cosas que dices y haces. Siempre hay un veredicto. Llegas al final de cada día, y te hallas inocente o culpable de algo.

—Bienvenido al jurado, señor, de aquí en adelante jurado número doce —dice el juez Stennis—. Espero que disfrute su servicio a la comunidad.

El pastor parece forzar una sonrisa y luego murmura algo para sí mismo. Probablemente esté pensando que ya hace bastante por la comunidad.

Todo lo que tiene que hacer es mostrar un poco de ese maravilloso amor y misericordia por mi clienta, pastor Dave.

21

AMY VE SALIR DE LA CORTE a la acusada y a su abogado caminando mucho más lento que el equipo de abogados que los precedió. La rubia se detiene en el pasillo y habla con el abogado, ambos con expresión sombría. Amy comprende que él le está dando algún tipo de explicación. Después de despedirse, él se queda de pie viéndose como cuando un niño se queda en la sala de la casa observando a su madre que se va a trabajar.

—¿Señor Endler?

Tom se voltea, sorprendido.

—Sí.

—Soy Amy Ryan de *La Nueva*... quiero decir de *Esperando*

a... perdón. Escribo para un blog que sigue el caso. ¿Me permite hacerle algunas preguntas?

Tom mira a su alrededor en el amplio pasillo. Las pisadas de los que pasan a su lado hacen eco en las paredes de mármol.

—Espere... ¿con *quién* está?

—Es un blog relacionado con la fe.

—¿Quiere decir que no es de *Sesenta minutos*?

Amy sonríe.

—No. No exactamente. Aunque no me sorprendería que esto comience a llamar la atención nacional cuando comience el juicio.

Tom saluda a una pareja que pasa a su lado, y luego asiente a la periodista.

—No hay mucho que pueda decir a esta altura, pero si quiere un par de datos, se los doy.

—Puedo reunirme con usted adonde necesite ir —dice Amy.

—Bien, porque me muero de hambre.

Amy lo encuentra diez minutos más tarde en Sweeney's Grill. Él está sentado en una mesa pequeña rodeada de taburetes. Amy pide un té helado pero nada para comer, mientras que Tom pide una hamburguesa con salsa y jalapeños.

—Nunca entiendo cómo la gente puede comer este tipo de cosas —dice ella—. Mi estómago no soporta ni siquiera una salsa suave.

El abogado no dice nada, pero asiente y sonríe. Se ve cansado.

—¿Fue un día normal de selección de miembros del jurado?

—No sé si hay algo como un día típico en un juicio. Pero para ser sincero, hace tiempo que no paso por esto.

—¿Por qué?

—La mayor parte de las cosas que manejo en estos días no

llegan a este punto. Se arreglan antes. Generalmente, son cosas de rutina.

—Entonces ¿por qué es diferente este caso?

—Porque hay intereses mayores. Tienes a una excelente profesora como la señorita Wesley. Tienes a los padres de la muchacha que hizo la pregunta, que son quienes hacen la demanda. Y en el medio, tienes a Dios. O la pregunta sobre Dios.

—¿Es usted un hombre de fe?

—Sí. Tengo fe en muchas cosas —responde Tom.

—¿Es Dios una de esas cosas?

Tom se mueve sobre su taburete.

—Mi fe no tiene ninguna relevancia en el caso.

—Yo pensaría que tiene mucha relevancia.

Tom se afloja la corbata que ya se había aflojado antes.

—Mi padre tenía "fe".

—Lo dice como si hubiera contraído el ébola.

—Así es como lo hacía parecer a veces. O al menos como me hacía sentir su fe.

—¿De manera que usted está abiertamente en contra del cristianismo? —pregunta Amy

—Estoy en contra de que se le haga daño a cualquier persona inocente. Grace Wesley no hizo nada malo. Debería poder seguir enseñando historia en la preparatoria Martin Luther King Jr.

—Y la fe de su padre, ¿le hizo daño a usted?

Tom termina su bebida.

—¿Está escribiendo mis memorias?

—No, no lo estoy preguntando por lo que estoy escribiendo. Es por curiosidad.

La canción que se oye a todo volumen por los parlantes hace que Tom incline su cabeza.

—¿Le gusta ELO?

—¿Qué es eso? —pregunta Amy sin entender.

—La banda. ELO. Electric Light Orchestra.

—Ah —dice Amy, encogiéndose de hombros.

—Este tema musical. Aquí dejamos las cosas... Amy, ¿verdad? *No puede irse tan pronto.*

—Unos minutos más, por favor.

—Tengo que hacer una parada antes de irme a casa.

Amy saca una tarjeta de presentación antes de que Tom se vaya.

—Tal vez pueda hacer esas preguntas en otro momento —dice, entregándole la tarjeta.

—Tal vez.

Es el «tal vez» menos prometedor que Amy ha recibido en su vida. Por un momento, se queda ahí sentada, revisando su celular y haciendo algunas notas. Luego escucha el grupo musical y se ríe.

«Te lo diré una vez más, antes de levantarme, no acabes conmigo».

Por lo menos tiene sentido del humor.

Este caso repentinamente se ha vuelto el doble de fascinante. Una maestra firme en su fe y un abogado intentando salir de la sombra de la fe. Es una pareja curiosa. Y definitivamente significa que será una historia interesante.

Amy sabe que hablará con Tom otra vez. De una u otra manera, ella conseguirá que él hable más.

22

ESTE ES UN CUADRO patético de autocompasión.

Estoy tratando de convencerme de que sigo despierto porque estoy triste debido a que mi abuela no me reconoce. Nuestra conversación después de la visita de Amy, la periodista excepcional, no fue precisamente un momento culminante en mi semana.

—La familia siempre te abandona —me dijo.

La familia estaba sentada junto a su cama, y no puede hacer otra cosa que asentir. *No tiene la menor idea.*

—Así que asegúrate de que no te quiten nada.

Asentí nuevamente aunque, de todas maneras, no hay mucho que alguno pueda obtener de ella.

Pero hay amor y recuerdos y un poco de algo para guardar cuando te vayas.

Eso es todo lo que espero y quiero, y eso es lo que extraño cada una de las veces que salgo de ese centro de cuidados prolongados de «vivir la vida loca».

«¿Quieres saber sobre la fe? —me gustaría haberle preguntado a la señorita Barbara Walters allá en el bar—. La fe consiste en ir a visitar a una mujer que ni siquiera te reconoce y seguir pensando que cualquier día de estos lo hará».

La periodista no querría oír ese tipo de honestidad.

La verdad, el tipo de verdad que constantemente estoy buscando en la corte —en las raras ocasiones en que últimamente me encuentro en una—, revela que en realidad no estoy sufriendo por mi abuela, ni por mi madre, ni por mi carrera fracasada, ni por mi inminente desastre financiero.

No.

Estoy sentado frente a mi computadora treinta minutos después de la medianoche pensando en mandarle un mensaje a una mujer que me abandonó.

Ese tipo de pensamiento es estúpido, pero, por otra parte, no estoy sentado aquí festejando la genialidad.

Durante un tiempo, nuestra relación tuvo sentido. Incluso después, compartimos ese vínculo inapropiado pero bello que se expresaba de maneras inesperadas y extraordinarias.

No recorras el mapa con un marcador negro indeleble, tonto.

Recuerdo esas ocasiones. Incluso después de cortar la relación, cada vez que me tocaba nadar en esta corriente de casos resonantes y extenuantes, la buscaba. Recurría en busca de algo de esperanza. Un poco de afirmación. Un rayo de luz en la penumbra. Generalmente lo obtenía, porque Sienna nació con el sol de su lado.

No es justo enamorarse del resplandor del atardecer cuando sabes que lo único que te quedará es la luna fría contemplándote.

Necesito una inyección de ánimo.

Sienna siempre era buena en eso.

Necesito una patada en el trasero.

Sienna era buena en eso también.

Miro la computadora y pienso en eso. Tal vez le puedo mandar un mensaje por Facebook.

La sacaste de tu lista de amigos, ¿recuerdas?

Tal vez puedo mandarle un mensaje directo de Twitter.

La bloqueaste en Twitter, ¿recuerdas?

Tal vez pueda intentar un correo electrónico del buen estilo anticuado.

Pero la última vez que lo hiciste, Gmail lo rebotó.

El monólogo interior que encuentro tan útil en mi profesión de lo bueno, lo malo y lo feo no parece ser tan maravilloso cuando estoy solo.

Tal vez debería estar preparando mi declaración inicial, pero ya escribí las notas. Son todos esos trocitos rotos de mi vida que requieren algún tipo de explicación.

¿Qué estás haciendo aquí de todos modos, Tommy?

Esta ciudad. Esta casa. Mi abuela excéntrica. Mi madre muerta. Mi padre que actúa como si estuviera muerto. Este rebobinado de mi carrera. Mi hoja de vida reorientada.

Sienna tomaría mi mano y me permitiría suspirar.

Cierro los ojos y pienso en esas pinturas frente a las que se sentaba como una mujer en una de esas conferencias de autosanación y de sentirse bien con otras mujeres. Escuchando y amando y sonriendo y decidiendo cómo moverse en medio de ese haz de luz en que se hallaba.

Y decirle a alguien así que te han despedido...

Sí.

Decirle que estás buscando otra cosa. Algo muy diferente.

«Creo que simplemente necesitas tiempo para tomar distancia y encontrarte a ti mismo».

Han pasado treinta y ocho meses, y no he hallado ningún tipo de yo mismo que quiera mostrar ni celebrar.

«No puedo apoyar algo que no estoy segura que todavía sigue allí».

Esas fueron sus palabras, y me encuentro repitiéndolas como una de esas canciones que detestas pero no puedes dejar de escuchar cada vez que la tocan en la radio.

Miro el reloj en la pared —el que colocó allí mi madre tal vez hace diez años—, y comprendo que necesito dormir un poco. Al menos debo intentarlo. Pero la cabeza me hierve y estoy lleno de olas que rompen como resultado de que alguien está nadando estilo mariposa.

Mañana tienes que defender a Dios.

Sé que pensar en Sienna o en mi abuela o en mi padre no me ayudará en lo más mínimo en esto.

Me encantaría un poquito de ánimo. Solo una pizca de *Eres un abogado genial, Tom.* Ese tipo de cosa. El elogio injustificado se siente como cuando las olas del Pacífico cubren las pisadas que dejaste por todas partes en la arena. Pero ya ha pasado un tiempo.

Por otra parte, tal vez estoy siendo un poco melodramático después de un día largo.

Me pregunto lo que diría Sienna. O haría. O pensaría. Luego pienso lo triste que es preguntarse todo eso.

Se ha ido.

Y yo estoy ocupado.

23

Piezas desportilladas y desteñidas
UN ARTÍCULO PARA ESPERANDO A GODOT
Por Amy Ryan

¿Somos piezas de ajedrez movidas por una mano más grande?
¿O nos movemos por nuestra cuenta pero aun así estamos
confinados a un tablero cuadrado con un número limitado de
sitios para escoger?

Lo que más me asombra de esta idea de la fe es que Dios
nos creó para elegir. Para fracasar y caer si eso es lo que queremos o elegimos. Y aun así, nos ama, aunque elijamos odiarlo
o ignorarlo.

¿Es así? pregunta una voz interior. *¿Es realmente así? ¿O es
simplemente parte del paquete que he comprado?*

Ser amada es un concepto que me cuesta desentrañar. Digamos que no he recibido una sobredosis de amor en mi vida. Si el amor fuera un río desbordándose, mi corazón parecería un desierto. Un desierto muy melodramático, por cierto.

Las decisiones que una mujer tomó por causa de sus creencias, mañana tendrán un escenario y serán el foco de atención. Comenzarán las declaraciones de apertura de la demanda interpuesta por los padres de una estudiante de la escuela preparatoria Martin Luther King Jr. contra su profesora de historia. El derecho de hablar sobre Jesús en el aula. El error de exigir una creencia en el aula. ¿Hacia dónde se encaminará este caso, y cómo terminará?

Estaré cubriendo este caso diariamente en el blog con una pizca de mis teorías, observaciones y preguntas.

Encuentro fascinante que una persona tenga una postura así. Una disculpa habría arreglado todo con la escuela y con el gremio; sin embargo, ella decidió no disculparse. ¿Estará de pie sobre una pila de Biblias, preparada para llevar todo hasta el final? ¿Insistirá en que no hizo nada malo, apoyada en el argumento de la figura histórica?

¿Habrá mucha gente orando por esa profesora? Seguro que sí. ¿Las escuchará Dios?

Esta pregunta me da vueltas y vueltas.

¿Es que todas esas oraciones se elevarán y simplemente se desintegrarán como una estela que nunca alcanza al avión?

Vuelvo a preguntarme si somos simples piezas, desportilladas y desteñidas, confinadas a un tablero de ajedrez. Pero que en lugar de estar de pie, están de costado, rodando a uno y otro lado cada vez que el terreno se inclina. Y el terreno siempre se inclinará. Siempre.

De vez en cuando, alguna pieza se caerá del tablero.

¿Habrá una mano abierta preparada para recogerla?

Esa es la pregunta final.

24

LA MUJER QUE ESTÁ esperando puertas adentro del Palacio de Justicia se ve distinguida en su vestido suelto y holgado de gasa que le llega bastante más abajo de las rodillas y le cubre la mayor parte de los hombros. Sabía que no necesitaba decirle a Grace cómo vestirse para estar en la corte. Dudé seriamente de que pudiera aparecer vestida con descuido o ligera de ropa. Pero cuando ella me mira, creo que está pensando una vez más que me veo un poco desaliñado.

—De verdad —dice Grace con una mirada divertida—, ¿no tienes un traje?

—Claro que sí.

—¿No pensaste en usarlo?

—¿Por qué? —pregunto—. ¿Vamos a un funeral?

Sé que hoy es un día importante para Grace, y no quiero que piense que no es importante para mí también. Al mismo tiempo, quiero que sepa que no son las apariencias las que van a ganar este caso. Si así fuera, es casi seguro que lo perderíamos.

Mientras nos preparamos para pasar por el detector de metales, vacío mis bolsillos y le pregunto cómo se siente.

—Nerviosa, pero bien. Tomé demasiado café esta mañana. Y discutí un poco con mi abuelo.

—¿Qué tipo de discusión?

Me cuesta imaginarlos en algún tipo de intercambio verbal acalorado.

—Bueno... un *desacuerdo* —dice Grace al pasar por el detector sin que suene, y recoger sus pertenencias—. Quería venir conmigo hoy.

—¿Y por qué no se lo permitiste?

—Hoy no. Quiero sentirme un poco más tranquila y serena en la sala. Si estuviera aquí, me sentiría como en la época en que hacía las prácticas de docencia y el director de la escuela entraba a hurtadillas en el aula y se quedaba atrás, observándome.

—Estoy seguro de que siempre estuviste muy bien, Profesora del Año.

Grace solo puede reír. Se pasa la mano por el cabello mientras sus ojos miran a la distancia por un momento.

—Oye, ahí afuera hay un sujeto con un cartel que dice: "El final está cerca" —le digo.

—Sí, lo vi.

—¿Está de nuestro lado?

—Espero que sí.

Atravesamos la rotonda y me detengo un momento para tomar

un sorbo de mi café mientras me siento extraño cargando el maletín de cuero que nunca uso salvo cuando voy a visitar a mi abuela.

—Escucha, Grace. Puede resultar un poco arduo escuchar las declaraciones iniciales, especialmente porque vas a estar en desacuerdo con la mayor parte de lo que diga el abogado demandante. Pero no puedes mostrarte enfadada. Solo recuerda: en todo momento, por lo menos uno de esos doce pares de ojos del jurado te estarán mirando.

—¿Me has visto enojada alguna vez? —pregunta.

—No. Y dudo que puedas tener el mismo tipo de cara enojada que alguien como mi padre puede tener. Pero hay diversas maneras en que la ira o la frustración se pueden percibir en la expresión de alguien.

—Entiendo. Pero tampoco quiero parecer una figura de un museo de cera.

—No, no —digo—. Quieren conocer tu personalidad. *Necesitan* verte. Ya sé... no necesito decirte estas cosas. De la misma manera que tú no necesitas preguntarme por qué visto un sencillo saco deportivo.

—No. Yo sí necesito preguntarte eso. Todavía me lo estoy preguntando.

Me río mientras pasamos junto a un baño.

—Sigue adelante, te alcanzo en un momento.

Acepta y se encamina hacia los escalones. Yo entro a un amplio baño y estoy solo, mirando en el espejo a un sujeto que solía ser un as de la abogacía.

Suspiro. En realidad no estoy estudiando mi imagen, sino más bien la sombra que parece flotar sobre ella. Sé que me veo cansado... con un poco de resaca, para ser honesto, aunque estoy seguro de que soy el único que lo reconocería. Pero sí, decididamente cansado. Y cuando no utilizo a mi favor mi sonrisa con aire de superioridad, apuesto a que debo parecer simplemente asustado.

Me sienta bien el agua fría con la que me lavo la cara. Me inclino para ver cómo caen las gotas. Luego tomo algunas toallas de papel y me seco la frente y las mejillas. En realidad, debería utilizar la manga de mi saco deportivo. Al menos eso le quitaría un poco de polvo.

Miro nuevamente al espejo y le pregunto a este sujeto:

Entonces, ¿vas a hacer esto?

Él sabe a qué me refiero. No a ponerme de pie frente a la gente y hacer mi trabajo. No a luchar por los derechos de una buena profesora y hacerlo con la esperanza de ganar.

¿La harás sentirse orgullosa?

Creo que es mi madre, más que Dios, quien me está cuidando en este momento. Y tal vez, más que nunca antes, esta es la oportunidad que creo haber estado esperando y buscando.

Dejo salir lentamente un suspiro, luego salgo del baño y me encamino por los escalones a la sala de la corte.

Por desgracia, cerca del extremo de la enorme escalinata, paso inoportunamente frente a una figura sentada contra la pared en una silla elevada, haciéndose lustrar los zapatos. Peter Kane parece un rey de la antigüedad sentado en su trono, viendo pasar a sus súbditos. Dobla su periódico, y ofrece una sonrisa que me hace pensar en un caballo exultante con esos lustrosos dientes.

—No puedes ganar —me dice Kane.

Echo una mirada a sus zapatos de cuero negro que probablemente le han costado mil dólares. Tal vez mil cada uno. No conozco realmente ese mundo; ni siquiera podría reconocer alguna marca sofisticada si la oyera nombrar. Solo sé que temprano esta mañana, cometí el error de revisar las suelas de mis zapatos de vestir y vi que dan la impresión de que acabo de correr un maratón con ellos. A decir verdad, me resultaron demasiado caros cuando los compré hace cinco años.

—Gracias, Peter. Aprecio tu opinión y ciertamente la tendré en consideración.

Su piel parece tener la misma textura que sus zapatos. Habla como si fuéramos los dos únicos en este edificio. O, más bien, como si él fuera el único.

—Sabes que tengo razón. ¿Por qué hacerlo entonces? ¿Por qué pasar por ese ejercicio?

Tal vez para tratar de salvar a algún otro pobre abogado de tener que lidiar con alguien como tú.

Por supuesto, me quedo callado y espero a que termine.

—Miré tu historial. Estás para cosas mejores que esto. Fuiste el mejor de tu clase en Stanford. Trabajaste para un juez en el Noveno Circuito. ¿Por qué te estás rebajando así?

Es una pregunta interesante, pero sé que no le gustaría escuchar la respuesta. Por un segundo me cruza la extraña idea de que está por hacerme una oferta que no puedo rechazar de unirme a él en el lado oscuro.

—Tal vez porque pienso que las personas que no hacen nada malo no deberían tener que padecer a manos de la ley —digo.

Se encoge de hombros como si acabara de oír un extracto de noticias sobre lo que está ocurriendo en un orfanato de la India, luego deja a un lado su periódico y se acomoda en la silla. El anciano que está trabajando con sus zapatos también tiene que acomodarse.

—¿Sabes lo que es el odio? —pregunta Kane—. No estoy hablando de las tonterías de los cuentos de hadas. Es decir, ¿el odio verdadero? Yo odio lo que defiende la gente como tu clienta, y lo que le están haciendo a nuestra sociedad. El juez Stennis también lo odia, aunque no lo admita.

—El jurado no la odia.

Kane se pone de pie antes de que el lustrabotas haya terminado su trabajo. Le arroja un billete de veinte, y luego baja de la plataforma.

—Bueno, ese es el secreto, Tom. No necesitan odiarla. Solamente necesitan ver una pequeña debilidad en ella. Una verdad a medias. Una pequeña contradicción. Un atisbo de duda. Y cuando lo hagan, fallarán en su contra.

Vuelven a aparecer los dientes de caballo. Sus ojos vacíos miran un segundo hacia abajo.

—Qué buenos zapatos —dice antes de alejarse.

El lustrabotas me mira sin decir nada. Sabe mi respuesta sin siquiera preguntar.

Me reúno con Grace, quien me espera cerca de la sólida puerta de roble de la sala de la corte.

—Creí que habías entrado en pánico y me habías abandonado.

—Nada de pánico. Solo una linda charla con mi oponente —digo.

—Pasó sin saludar. Esos zapatos suyos resplandecían.

—Así es. ¿Preparada?

Grace asiente y mira hacia otra parte. Giro la cabeza para captar su mirada, y hago un gesto gracioso como si la estuviera estudiando para estar seguro. Entrecierro los ojos, y finalmente asiento.

—Bien, vamos.

Me gusta la diversión que le llena el rostro. Siempre es una buena manera de comenzar el día, incluso si yo no puedo exhibir el mismo aspecto.

25

—¡OÍD, OÍD, OÍD! La corte ahora de turno en y por el Sexto Distrito Federal entra en sesión. El honorable Robert Stennis la preside. Todas las partes interesadas, acérquense y serán escuchadas. ¡Dios bendiga a los Estados Unidos y a esta honorable corte!

El vociferante alguacil toma muy en serio su trabajo. Es casi como si estuviera anunciando al presidente de los Estados Unidos. Amy observa al juez Stennis abrirse paso y sentarse en su silla de una manera que indica que ya lo ha hecho demasiadas veces.

Es obvia la ironía de este momento. Estamos por tratar el caso en el que se juzga a una profesora por mencionar el nombre de Jesús en clase, y para dar inicio al proceso, el alguacil invoca el nombre de Dios.

—Pueden sentarse —recita el juez. Tiene una voz autoritaria sin siquiera proponérselo.

El juez Stennis hace una pausa, estudiando la galería. Luego dice:

—Primera Enmienda de la Constitución de los Estados Unidos: "El Congreso no debe sancionar ninguna ley sobre el establecimiento de una religión oficial, o que impida el libre ejercicio de la misma".

Hace una nueva pausa; sus inexpresivos ojos estudian aparentemente cada rostro en la corte.

—La primera parte de este pasaje se conoce como la cláusula de establecimiento, y la segunda parte como la cláusula del libre ejercicio. Siempre ha habido debate sobre cuál debería ser la política del gobierno, porque en la práctica, estas dos cláusulas entran en conflicto con frecuencia. Esto es lo que nos reúne aquí hoy. En la causa *Thawley vs. Wesley*, ¿está el demandante preparado para presentar su declaración de apertura?

—Lo estamos, su señoría —dice Kane.

Amy está sentada en la galería, observando y tomando notas sobre su bloc de tamaño oficio. Mira hacia abajo por un momento para ver lo primero que escribió.

¿Qué es lo que está realmente en juicio aquí?

Con el señor Abogado Exitoso de pie y su hombre de confianza y su bombón sentados en posición de firmes, Amy se prepara para escuchar lo que tal vez sea una respuesta a su pregunta. Peter Kane camina o, mejor dicho, se pavonea, hacia la tribuna del jurado. Se detiene allí por un momento, con ambas manos sujetando la barandilla mientras mira uno por uno a los miembros del jurado.

Su conducta parece más la de una figura paterna que la de un abogado al ataque.

—Damas y caballeros, en un jurado de estas dimensiones, me imagino que entre sus filas se incluyen algunos cristianos. Supongo que son practicantes. Y eso está bien... porque el cristianismo no está en juicio aquí, aunque mi oponente intente convencerlos de que es así. De hecho, eso es lo último que quieren hacer los demandantes, lo último que yo recomendaría hacer. La fe no está en juicio aquí. Es solamente la señorita Wesley la que está demandada aquí.

Amy anota algunos pensamientos.

Indudablemente, está tratando de intimidar con su aspecto/su postura/su mirada a Grace.

—Pregúntenle a cualquier niño de cuarto grado, y probablemente está familiarizado con la frase "separación entre la iglesia y el estado". Es una frase que se escucha con frecuencia. Tal vez con *demasiada* frecuencia.

Kane comienza a pasear como si estuviera en una charla con un estudiante frente al lago.

—Es una garantía, bajo nuestras leyes, que erigimos una barrera impenetrable entre nuestra fe privada y el *respaldo del gobierno* a una fe en particular. Cualquier fe.

A esta altura, todos piensan que sabe el doble que Tom. ¿Quién no lo haría?

Kane se detiene mirando hacia la tribuna del jurado, y una vez más parece que se está asegurando de captar la atención individual de cada mirada.

—Los demandantes, a quienes represento, son los agraviados

padres de una estudiante de la clase de la señorita Wesley. Una estudiante que fue sometida a escuchar las enseñanzas de Jesucristo comparadas favorablemente con las de Mahatma Gandhi, como si ambas fueran igualmente verdaderas. Como si fueran comparaciones válidas, digamos. Gandhi dice *esto*; Jesús dice *aquello*. Ambas igualmente ciertas, ambas igualmente válidas. Pero para unos padres que tratan de criar a su hija como librepensadora, fuera de cualquier tradición religiosa establecida, esto fue altamente ofensivo.

Amy anota las dos últimas palabras en su hoja.

Muchas cosas en la vida son altamente ofensivas. Que un hombre me manosee en el tren. Encontrar algo incomible en un sándwich de McDonald's. Un profesor que se enreda con una alumna. Pero ¿¿esto??

—Todos sabemos que Jesús pertenece a una tradición religiosa en particular. Y expresar palabras que *supuestamente* se atribuyen a esta figura religiosa, quien *supuestamente* existió hace dos mil años... sin mencionar la repetición de memoria por parte de la señorita Wesley, no solo de las palabras de las Escrituras, sino también de la cita exacta de las mismas... constituye una clara y convincente indicación de lo que cree, lo que apoya y lo que promueve.

Tiene a todo el jurado cautivado. Tal vez por la laca que mantiene en perfecto estado el peinado de Kane.

—El abogado de la señorita Wesley dirá que eso no es cierto. Pero su afirmación no pasa lo que los abogados llamamos "prueba del olfato". Lo que significa es que apesta.

Amy está segura de que no es accidental que Kane mencione a Tom en la misma frase que la palabra *apesta*.

—Piénsenlo de esta manera, sin ofender a ninguno en esta sala que sea musulmán, ni despreciando al profeta del Islam —dice Kane, ahora manejando sus manos junto con las palabras de apertura cuidadosamente elegidas—. Si ustedes me hicieran una pregunta en relación con el Corán, el texto sagrado del Islam, y si yo pudiera no solamente responder a la pregunta, sino también hacerlo con rapidez y precisión, si yo pudiera citar la sura, o el capítulo y el versículo, y si yo también pudiera citar todo el pasaje de memoria *y* comentar sobre la relevancia de su enseñanza... si yo pudiera hacer todas esas cosas, ustedes tendrían motivos para inferir que yo no solo soy seguidor del Islam, sino que lo considero superior a otras formas de religión. Que yo lo *promuevo*.

Amy mira a Grace y puede verla erguida en su asiento y atenta casi como si no respirara. Tom, en cambio, se ve más relajado, inclinado hacia un costado, con el codo sobre el brazo de su silla, el mentón elevado, con una actitud que casi es de aburrimiento.

¿Estará Tom intentando mostrarse confiado?
¿Despreocupado? ¿O se trata de un abogado defensor
desastroso?

Amy está muy segura de que la respuesta a la última pregunta es no. Detrás de la apariencia de Tom hay más de lo que deja ver.

—Ahora, si yo hiciera esas cosas y diera esa impresión en un templo, estaría perfecto. ¿Pero si lo hiciera en un aula de undécimo grado? ¿De una escuela pública? Entonces eso sería predicación. Predicación, no enseñanza. Y eso es lo que hizo la señorita Wesley.

Grace se inclina como queriendo decir algo o incluso ponerse de pie, pero Tom simplemente le pone la mano en el brazo y le susurra algo al oído. Amy toma nota de lo que ve. Aunque está segura de que recordará todo esto, quiere tener en papel sus impresiones iniciales y sus reacciones viscerales. Esas semillas más tarde brotarán en la forma de artículos en su blog.

—¿Saben quién más sabe que esto se considera predicación? —pregunta Kane, volviéndose hacia Grace con su cara cuadrada y expresión de superioridad—. Su abogado defensor.

Kane realmente quiere hacer que Grace diga algo.
La está invitando a decir algo, cualquier cosa.

—Así que ¿por qué estamos aquí hoy? Porque la señorita Wesley se negó a pedir disculpas. Si no fue su intención violar la cláusula del establecimiento, la separación entre la iglesia y el estado, hubiera aprovechado la oportunidad que le ofreció la escuela para disculparse y terminar con todo este feo asunto. Pero no lo hizo. Y eso muestra que su verdadera motivación en ese momento en el aula fue convertir una pregunta inocente en una oportunidad para predicar, más que para enseñar.

Por un breve momento dado por una pausa muy deliberada, Amy observa a la mayor cantidad de gente que puede desde la tercera fila detrás de los abogados y sus clientes. Es interesante; a pesar de la conducta amistosa de Kane, no se ve una sola sonrisa, salvo por la del hombre que habla.

El único que sonríe aquí es el sujeto que está tratando de obtener la condena de la profesora.

—Si le permitimos a la señorita Wesley, y, por extensión, a cualquier otra persona, el derecho de violar la ley solamente con base en sus creencias, nuestra sociedad colapsará. Les suplico, como parte de su deber juramentado a nuestro país, que no sentemos este precedente. El futuro de nuestra república depende de eso.

Mientras Kane se sienta, Amy escribe unas últimas notas.

«La sociedad colapsará». «El futuro de nuestra república». «Deber juramentado a nuestro país».

Kane = serio y petulante.

Obvio que quieren que esto se haga grande. Centro de la atención pública. Gran batalla. Grave precedente.

Sentada en un duro banco de madera en la sala de la corte, Amy recuerda otra alma segura de su superioridad que tenía el dominio de una sala y hablaba con autoridad y conocimiento y poder.

Ese era el profesor Jeffrey Radisson. Un hombre que falleció un año atrás.

Todavía recuerda la cena que ella y Marc compartieron con Jeffrey y Mina. Esa fue la primera vez que vio al novio de Mina. Amy se había sentido cautivada por la forma en que el atractivo y encantador profesor hablaba sobre la fe, comparándola con el cáncer.

Kane suena muy parecido a como lo hizo Radisson.

La única diferencia ahora es lo preocupada que la dejan las palabras del abogado.

26

ALCANZO A VER AL EQUIPO de noticias de la televisión justo antes que Grace. Los vemos a través de la ventana que da sobre los escalones principales y el frente del Palacio de Justicia.

—¿Están aquí por mí?

—Probablemente. —Le doy mi maletín de cuero—. Toma, lleva esto, sígueme dos pasos atrás y camina rápido. No le respondas nada a nadie. Seguramente algunos no alcanzarán a reconocerte.

Una vez afuera, me muevo rápidamente hacia la derecha de la multitud, asegurándome de que Grace me siga. Ambos bajamos trotando las escaleras, y se me cruza el terrible pensamiento de que puedo tropezar y caer y terminar teniendo que defender este caso en silla de ruedas con dos piernas rotas. Afortunadamente, llegamos abajo a salvo.

—Continúa caminando —digo mientras me encamino hacia la plaza.

Nos lleva unos minutos llegar allá. Hay una fuente en medio de la plaza rodeada del gentío que a la hora del almuerzo parece contento de moverse sin prisa, como los pájaros que picotean en el piso de cemento.

—La próxima vez no será tan fácil —le digo a Grace—. Así que vamos, tu abogado te invita a almorzar.

—¿Puedo sugerir adónde ir?

—No. Soy tu consejero, y eso implica todas las mociones, incluyendo la elección del restaurante.

—¿Estás *seguro* de haber estudiado abogacía?

Sonrío ante su sarcasmo.

—¿Estás *segura* de haberme relatado todo lo que dijiste en el aula? ¿Les dijiste todo lo de Billy Graham, e hiciste el llamado a levantar la mano y pasar al frente?

—Por lo visto, sabes quién es Billy Graham —dice Grace—. Impresionante.

—Es un personaje bastante popular. No soy tonto. Quiero decir... conozco mi historia.

—Suenas como Kane.

Me río.

—No, nunca sonaré como Kane. Por favor. No vuelvas a mencionar ese nombre. No quiero arruinar una buena comida.

Diez minutos más tarde, Grace está cuestionando mi uso del término «buena comida» mientras esperamos en el mostrador de Doghouse y mira el menú, tratando de decidir entre una comida que le parece simplemente mala y otra que le resulta completamente espantosa.

—¿Papas rejilla con queso cheddar? —lee—. ¿¡Y eso no es más que la guarnición!? ¡Vaya!

—De vez en cuando hace falta un poco de esa maravillosa grasa en el sistema.

Me mira con ojos que noto verdaderamente por primera vez bajo la luz del sol que atraviesa toda una pared de ventanas. No solamente se ven azules; brillan como el topacio. Supongo que imaginar unos ojos de luminoso azul topacio puede sonar romántico, pero estoy más interesado en los dos *hot dogs*, bien cargados, que he pedido junto con los anillos de cebolla.

—Me estoy preguntando si debo pedir el "Ataque cardíaco" —dice Grace.

Una salchicha italiana rodeada de carne a la italiana y cargada con pimientos picantes. Ah, y cubierta de queso derretido.

—No, nada de sobresaltos —digo—. Ya tienes demasiados problemas de cualquier modo.

Se ríe y pide un sencillo sándwich de pollo con papas fritas. Nos sentamos en un reservado que más bien parece una resbaladilla, probablemente por la grasa que fluye de la parrilla que tenemos cerca.

Cuando Grace se sienta y observa mi comida, no puede hacer otra cosa que sacudir la cabeza.

—En verdad sabes cómo agasajar a una muchacha.

Sostengo en alto uno de mis *hot dogs* antes de darle un bocado.

—Solamente a las que estoy tratando de impresionar —digo.

Ya he liquidado una de las salchichas con mostaza cuando me obligo a bajar la velocidad. Grace apenas está mordisqueando su sándwich. Sé que no es la calidad de la comida lo que la está haciendo comer con languidez.

—Entonces, ¿cómo te sientes? —pregunto.

—Decididamente, no me siento tan tranquila como tú.

Asiento mientras ella se limpia el borde de la boca sin ningún motivo, entonces comprendo que debo tener mostaza en la mía. Rápidamente, hago uso de la servilleta.

—No estoy seguro de si alguna vez me siento realmente "tranquilo", Grace. Es que sencillamente he pasado por esto antes. Lo peor que he hecho en mi vida fue perder los estribos frente a alguien a quien representaba.

—Pero la gula está permitida, por lo visto.

—Totalmente —respondo, riendo.

—¿Y las cosas que decía Kane? Yo quería darle un puñetazo.

Se ve cada vez más fuerte. La buena y bonita profesora del año puede ser brava cuando quiere.

—Está bien, tal vez no darle un puñetazo, pero...

—No, creo que realmente querías darle un puñetazo. No conozco mucha gente con la que él se cruce que *no* quiera hacerlo. ¿Acaso esperabas que dijera: "Sí, señorita Wesley, tiene razón, es solo un malentendido; miembros del jurado, todo ha sido un error... levantemos los cargos y vayámonos todos a casa"?

—No —responde—. Pero no es justo.

¡Ah! esa maravillosa palabra. Ay, cómo la odio.

—"Justo" es un nombre de origen español.

—No me estás ayudando.

Termino mi otro *hot dog*.

—Grace, estás tratando de validar tus sentimientos. Yo estoy tratando de ganar el caso. Tú puedes darte el lujo de dar rienda suelta a tus emociones. Yo no puedo hacerlo.

—Y tú puedes darte el lujo de dar rienda suelta a tu apetito. Yo no tengo una figura que lo permita.

Me río mientras digo:

—Esa es una buena. Pero sí la tienes.

—¿Dónde piensas que están Kane y su "gente"?

—Probablemente almorzando en el mismo restaurante adonde le gusta comer al juez Stennis. En Larson's Steakhouse. Un buen almuerzo puede costar cincuenta verdes. Es ridículo.

—¿Realmente piensas que están allí? —pregunta.

—Por supuesto. Kane hace todo con deliberación. Esos dos abogados que tiene... vamos. Cada uno está haciendo su parte.

—¿Su parte? —pregunta.

—Claro. Simon, él parece haber salido hace poco de trabajar en Apple. Aporta la credibilidad, el aire sofisticado y la buena onda. No es que piense que todos los sofisticados son buena onda, porque no lo pienso. Y Elizabeth, bueno...

—¿Bueno qué?

Ella finge no captar lo obvio.

—¿Acaso no viste a un par de los del jurado mirándola fijamente? Lo digo en serio, Kane no es ningún tonto. Cada elección que hace: desde la vestimenta que usa y con quién está, hasta los momentos en que hace una pausa, quiero decir, ¿lo *escuchaste*? Se veía y sonaba como si estuviera en una audición para actuar en una obra de Shakespeare. Ah, y la respetabilidad.

—Esa palabra se ajusta bien a él —dice Grace—. Entonces, ¿puedes compartir conmigo tu estrategia?

Me estiro para alcanzar un puñado de papas fritas que me ha ofrecido.

—No tenemos ninguna —digo antes de llenarme la boca.

Seguramente está pensando que en este momento mi estrategia es llenarme lo más posible de la comida de Doghouse.

—Mira, no tenemos un plan específico de acción, si eso es lo que quieres saber —digo—. Kane tuvo un gran argumento de apertura, y el jurado lo iba siguiendo. Tenemos que esperar a que cometa un error, y como no tengo una bola de cristal, no tengo idea cuál será ese error.

Parece más ofendida por mi respuesta de lo que estuvo con la idea de ordenar un «Ataque cardíaco».

—¿Así que ese es tu plan?

—¿Tienes uno mejor?

No necesito esconder cosas como el hambre, la despreocupación o el fastidio. Solía hacerlo mucho más cuando trataba de combinar zapatos costosos y sofisticados con una sonrisa más sofisticada todavía. Escondía cualquier forma de ser yo mismo. De ser honesto y real.

A ella ciertamente parece no gustarle la idea de lo honesto y real.

—Escucha, Grace, tú insististe en el litigio. Así que, felicitaciones, aquí estamos.

Doy por sentado que esto pondrá un punto a la conversación. Y un buen espacio entre párrafos. Pero ella tiene la mirada de alguien que no está ni cerca de haber terminado una conversación.

—¿Sabes lo que más me gusta de la historia?

—¿Los disfraces? —digo bromeando, y recién después comprendo cómo suena.

Grace solo sacude la cabeza y dice:

—Por favor, no permitas que haya abogados sexistas de ambos lados de este caso.

—Estaba bromeando.

—Las estrategias de los grandes comandantes de guerra.

Por un segundo, realmente no creo que dijo lo que escuché.

—En cada gran guerra que he estudiado, he encontrado hombres que planificaron cuidadosamente cómo ganar las batallas clave. Sus estrategias fueron brillantes.

No debería sorprenderme tanto, pero en boca de esta mujer bonita y un tanto reservada, esa afirmación no deja de hacerlo.

Obviamente, capta mi reacción.

—¿Qué ocurre? ¿Es tan raro que una profesora de historia disfrute ese tipo de cosas?

—Claro que no —digo—. Pero aun así es gracioso porque tú no encajas con la imagen de alguien a quien le gustan las grandes estrategias de guerra.

—¿Sabes que los alemanes no se referían al Tercer Ejército del general Patton por número? Lo llamaban el "Ejército de Patton". Todo el mundo sabía a qué se referían. Si las cosas le hubieran salido bien, él mismo hubiera tomado Alemania.

—Imagino que a una persona como Kane le gustaría el general Patton mucho más que a ti —digo.

—Me gusta la mentalidad de alguien que puede mirar el campo de batalla, estudiarlo y hacer lo mejor de algo que es absolutamente bárbaro. No significa que *ellos* sean así. Sencillamente, intentan disminuir el caos y el derramamiento de sangre.

Eso me hace mirar el kétchup en la canasta sobre la mesa, y luego sentirme como un completo idiota porque relaciono todo con la comida.

—Me gusta estudiar a la gente como Stonewall Jackson. ¿Sabes que perdió una sola batalla? *Una.*

Yo asiento.

—Bueno, entonces podrías comenzar a llamarme Stonewall.

—¿Por qué?

—Solo he perdido un caso.

Esa es la forma en que alardeo de mí mismo. Admitiendo de entrada la derrota.

Es un verdadero talento.

27

AMY OBSERVA A Tom dirigirse hacia la tribuna del jurado, con papeles en ambas manos. No se pavonea ni se da los aires de importancia que Kane exhibió antes. Pero tiene algo más valioso. Una sonrisa sincera. Eso es algo que Kane probablemente nunca logrará obtener.

Tom levanta las manos:

—Damas y caballeros del jurado. Aquí en mis manos tengo una copia de la Constitución de los Estados Unidos de Norteamérica y de la Declaración de los Derechos Humanos. Son legítimamente considerados los dos documentos más importantes en la historia de nuestra gran nación. Estos documentos contienen una lista de nuestros derechos y deberes, nuestras libertades y nuestras obligaciones como ciudadanos.

Pasa por delante de la fila, y muestra a cada miembro del jurado los documentos que sostiene.

Amy escribe en una nueva hoja de su bloc.

La ayuda visual siempre es útil.

—Derechos... libertades... obligaciones. Estos definen nuestra ciudadanía. Pero, a pesar de la vehemente retórica del señor Kane, ¿saben lo que no encontrarán aquí, no importa cuán arduamente la busquen? La frase: "separación entre la iglesia y el estado".

Tom hace una pausa, y espera que sus palabras hagan eco en la mente de los miembros del jurado.

—Así es. La frase no está aquí, y nunca lo estuvo. Porque esa frase no proviene de la Constitución, sino de una carta de Thomas Jefferson. Irónicamente, Jefferson le estaba escribiendo a una congregación bautista, asegurándoles que siempre tendrían el derecho de creer lo que quisieran, libres de la interferencia del estado.

¿Una carta de Thomas Jefferson?

Es la primera vez que Amy escucha eso.

—Pero, últimamente, esa frase, sacada de contexto, con frecuencia se ha torcido y contorsionado para significar exactamente lo opuesto. Tal como está intentando hacer el señor Kane. Sin embargo, el mismo Thomas Jefferson preguntó en una ocasión: "¿Pueden las libertades de una nación estar seguras cuando hemos removido la convicción de que estas libertades son un regalo de Dios?". Bien, hoy, aquí en esta corte, se nos encarga responder esa pregunta.

Tom se dirige nuevamente a la mesa de la defensa y deja allí los documentos. Luego se ubica frente a Grace, quien lo mira de frente sin moverse.

Me pregunto qué está pensando ella.

Amy solamente puede ver la espalda de la profesora, pero observa que está firme y erguida en su lugar. Tom le ofrece una sonrisa, y después vuelve a enfrentar la tribuna del jurado.

—Una mañana a principios de este año, mi clienta, la señorita Wesley, se levantó como de costumbre. Preparó el desayuno para su abuelo, quien depende de ella, luego condujo hasta su lugar de trabajo en la preparatoria Martin Luther King Jr., un lugar donde fue elegida profesora del año. Por lo menos lo era hasta el incidente que nos reúne hoy aquí.

La expresión en el rostro de los miembros del jurado difiere un poco de cuando escuchaban a Kane.

¿Tendrán dudas? ¿Ya habrán decidido? ¿O estarán en un letargo digestivo?

—El plan de estudio de la profesora Wesley para la lección de historia avanzada en el cuarto período esa mañana no contenía ninguna mención de Dios o de Jesús, ni ningún otro término relacionado con la fe. No tenía a la vista ninguna copia de la Biblia. No escribió sobre Jesús en la pizarra ni colocó una figura de él en su presentación de PowerPoint. No estaba buscando predicar ni hacer proselitismo. No comenzó la clase con alguna bendición ni obligó a los estudiantes a hacer una oración. No...

Tom se acerca a los hombres y mujeres del jurado y se coloca la mano sobre el mentón, como sumido en profundos pensamientos.

—¿Qué hacen los maestros? ¿Lo saben? ¿Qué quieren los maestros de sus alumnos, y para qué se les paga?

Espera como si alguien debiera darle una respuesta.

—Responden preguntas. *Quieren* que los estudiantes hagan preguntas, ¿verdad? Y se les paga para que eduquen a esos niños y adolescentes. Las preguntas son una indicación del aprendizaje. E independientemente de lo que sea la lección, la enseñanza nunca ha sido, ni puede ser, limitada a un guión. De manera que se confía en los maestros, y se les asigna un aula y, ocasionalmente, si son buenos maestros y si sus alumnos son buenos estudiantes, los maestros terminan respondiendo preguntas, ¿verdad? Entonces, ¿qué fue lo que la señorita Wesley, al decir de todos una buena profesora, la profesora del año, maestra en una clase avanzada de buenos estudiantes, hizo?

Otra pausa. El único sonido que se oye es el de alguien sofocando una ligera tos.

—La señorita Wesley respondió una pregunta. Honestamente y con lo mejor de su conocimiento y habilidad. Porque para eso se le paga, para responder preguntas. Y por eso, está sirviendo de escarmiento.

Buena lógica. Grace solo respondió una pregunta. Eso es todo. ¿Por qué entonces está aquí?

—Desde el comienzo mismo, desde que escuché sobre este caso, me pregunto: *¿Es este el país donde queremos vivir?* El señor Kane y su excelente equipo, por quienes tengo el mayor respeto, insistirán continuamente y a viva voz que aquí no está en juego la fe. Pero eso es *exactamente* lo que está en juicio. El derecho humano fundamental: el derecho a creer.

Amy percibe el sarcasmo en la voz de Tom cuando expresa

su respeto por Kane y su equipo. Es un mensaje que les mandó. Comienza a escribir más notas.

Les está diciendo que no lo pueden intimidar. Y realmente actúa como si estuviera completamente seguro que ganará este caso.

—Por lo tanto, miembros del jurado, ¿nos ocupamos ahora de exigir que las personas *nieguen* su fe? El señor Kane así lo piensa. Él y su equipo han hecho un largo viaje para estar aquí hoy. Ninguno de ellos vive a menos de mil kilómetros de aquí. Pero han venido para asegurarse de poner un clavo final en el ataúd de la fe en la esfera pública. Quieren asegurarse de que cualquier pregunta que roce siquiera la fe nunca pueda ser contestada. De que no debe ser atendida excepto para decir: "No podemos hablar de eso". Pero el señor Kane tiene miedo. Tiene miedo de que ustedes, el jurado, la piedra de toque del sentido común, podrían no estar de acuerdo con su interpretación torcida de la Constitución. Teme que ustedes comprendan que mi clienta tiene derechos... derechos que prevalecen sobre su agenda.

Derechos y agenda. Tom dice esas dos palabras dos veces más fuerte que todo lo demás.

—Como seguramente ustedes comprenden que la señorita Wesley tiene ciertos derechos, ciertos derechos constitucionales, no se dejarán persuadir por la prosa bien articulada y extremadamente bien lustrada del señor Kane. Tengo confianza en que ustedes también se preguntarán por qué están aquí. Lo que espero que comprendan es que mi clienta no es culpable de ninguna mala acción y, por el contrario, es inocente de todos los cargos contra ella. Gracias.

Tom se dirige nuevamente hacia su mesa y echa una mirada a Kane. Amy no cree que sea una mirada tipo *toma eso*, sino más bien una del tipo *ya está, colega, vámonos*.

Le hierve la cabeza pensando en el comentario que podrá compartir sobre este caso en su blog. Si esto hubiera ocurrido un año atrás, ya se estaría burlando de esa profesora cristiana puritana y de su abogado «los buenos siempre pierden». El cinismo la estimulaba más que la cafeína. Habría causado que se apurara a juzgar aun antes de que se hubieran presentado los argumentos iniciales.

Pero eso era entonces, y esto es muy ahora.

28

—**SEÑOR KANE,** puede llamar a su primer testigo.

—Gracias, su señoría. Quisiera llamar a Richard Thawley, el agraviado padre de Brooke Thawley. ·

Quiero sacudir la cabeza.

Agraviado.

Esa es una palabra para alguien que ha sido perjudicado, perseguido y perturbado. Pienso en la palabra que debería usar.

Indignante.

Eso es lo que pienso de este padre que sube a la tribuna de los testigos y del hombre que está por interrogarlo.

Richard Thawley en realidad se ve orgulloso de estar ahí. Me recuerda a los tipos trepadores en la escala corporativa que dicen que sí para escalar, y luego miran alegremente desde arriba a los que están abajo. Todo lo que sé de él es que está tratando de dejar su huella en la vida borrando la de otro.

—Bien, señor Thawley, ¿podría presentarse al jurado? —comienza diciendo Kane, listo para hacer algunas preguntas básicas antes de entrar en la demanda.

He pasado toda mi vida escuchando a fiscales. Los argumentos de apertura, las preguntas probatorias, las acusaciones y la intimidación. Antes de ir a la universidad, todo eso ocurría bajo el mismo techo y venía de un mismo hombre.

Mi padre es la razón por la que estudié leyes. Yo quería ser abogado defensor. Tal vez para proteger a la gente de personas como él. Tal vez sencillamente para fastidiarlo.

Mi padre aborrecía a los abogados defensores. Los *aborrecía*.

Todavía recuerdo su mirada cuando le anuncié que sería uno.

No he tenido muchas victorias sobre mi padre a lo largo de los años, pero aquel momento realmente fue uno de ellos.

—Bien, señor Thawley. Hagamos un repaso de ese día.

—Comenzó como cualquier otro —comienza diciendo.

Ni que estuviéramos hablando del asesinato de John F. Kennedy. Estos dos tontos tienen que dejar de desperdiciar el tiempo de los demás. En serio.

Como un saqueador profesional de voleibol, Kane levanta un tiro para su cliente.

—¿Cómo se sintió cuando descubrió que su hija había sido expuesta en la escuela a enseñanzas basadas en la fe?

—Sentí como si nos hubieran violado. Se suponía que era una clase de historia, no una escuela dominical. Mi esposa y yo somos librepensadores y racionalistas. Tenemos una cosmovisión no teísta, y así es como estamos tratando de educar a nuestra hija.

El tono de voz de Thawley es el de un sujeto común que ama

a su familia y está tratando de proveer para ella. Un padre de clase media, dedicado, humilde. Bien podría estar vistiendo una camiseta que dijera *Bendiga a Estados Unidos*. No diría *Dios bendiga a Estados Unidos* porque, claro, eso sería verdaderamente ofensivo.

—¿Conversó sobre ese incidente con su hija? —pregunta Kane.

—Lo intenté... pero es difícil hablar de cualquier cosa con los hijos de esa edad.

El padre se voltea y mira al jurado.

¡Vaya!, aquí vamos.

Prácticamente puedo ver una señal que dice LA PONTIFICACIÓN COMIENZA AHORA en letras mayúsculas.

—Brooke tiene dieciséis. Todos ustedes saben lo que es ser un estudiante de preparatoria. Uno comienza a formar su propia cosmovisión y opiniones e ideas sobre la vida. Y por supuesto, uno cree que lo sabe prácticamente todo. A veces, muchas veces, uno cree que sabe más que su padre y su madre.

Hay risas sofocadas en la sala, incluso algunas entre los miembros mayores del jurado.

—De modo que, algunos de ustedes que tienen hijos saben esto, es difícil mantener la credibilidad como padre cuando se habla con los hijos sobre cuestiones de política y religión y temas importantes. Pero ¿qué pasa cuando una maestra se inmiscuye y enseña *en contra* de nuestra posición? ¿Y lo hace en un lugar donde debería estar enseñando hechos objetivos a nuestros hijos?

El señor Dedicado de pronto se ha vuelto el señor Invadido. Su sencilla y pacífica familia que vive en una cabaña ha sido atropellada por Atila el huno. Un Atila en forma de una muchacha de cabello rubio y ojos azules.

Thawley continúa:

—Confiamos en que la escuela no cruce sus límites en términos de lo que es o no es apropiado. ¿Es mucho pedir?

No hay ninguna duda de que cree lo que está diciendo, pero tampoco hay ninguna duda de que probablemente lo ha practicado mentalmente cien veces. Kane seguramente supervisó las palabras que diría y la forma en que las expresaría.

—Gracias, señor Thawley —dice Kane.

No necesito ver su cara para saber que me está sonriendo.

—Su testigo, señor Endler.

Asiento y miro el archivo abierto frente a mí. Hay aproximadamente cien hojas en el archivo, y por lo menos noventa de ellas no tienen nada que ver con el caso. Si de repente se me cayeran en la cascada de escalones afuera del Palacio de Justicia y se desparramaran por todas partes, la gente se divertiría leyendo sobre casos ridículos que estudié en Stanford, o las notas que tomé para el juez con quien trabajé años atrás. Creo que hasta tengo las veinte primeras hojas de esa novela de ciencia ficción que empecé.

La página que ahora estoy mirando no tiene nada para estudiar. Pero quiero aparentar que tengo tantas cosas en la cabeza y tantos detalles de este caso que simplemente debo empaparme de ellos una vez más.

—No tengo preguntas, su señoría.

No voy a concederle a Thawley tiempo adicional para que el jurado se trague su cuento de padre protector más de lo que ya pueden haberlo hecho.

El juez le pide a Thawley que baje y le dice al señor Kane que llame a su siguiente testigo.

—El demandante llama a la señora Antoinette Rizzo.

Sí tengo una hoja sobre Rizzo, y la busco. Hay unas notas a mano de cuando hablé de ella con Grace.

Le falta poco para retirarse.

Agotada, actitud de "sácame de aquí".

Adiós y hasta nunca.

Liberal, a favor de decidir sobre su propio cuerpo, movimiento feminista, antiarmas, si es de derecha es malo.

siempre bien dispuesta con Grace y suele bromear.

No habla de política ni de religión con Grace.

Es muy obvio dónde se posiciona alguien como Rizzo en este caso.

Kane da lugar una vez más a que la mujer de pie en el estrado se presente a sí misma. Rizzo es una profesora que trabaja mucho y ha dedicado su vida a servir a los niños. También ha sido una buena amiga de Grace.

—Ha estado con la acusada en numerosas oportunidades fuera de la escuela, ¿verdad, señora Rizzo?

Responde afirmativamente a la pregunta de Kane.

—Sí. Es una amiga. Hemos visto películas juntas. Ha venido a casa a cenar.

—¿Cuánto tiempo ha trabajado con la señorita Wesley?

—Desde que está en la preparatoria... los últimos seis años.

Rizzo continúa respondiendo preguntas, recordando bromas que ella y Grace han compartido, dándole a la situación un aire de comedia de TV, como si *Will and Grace* pudiera llamarse *Rizzo and Grace*.

Finalmente, Kane deja de darle vueltas al lazo y lo deja caer en el cuello de Grace. Ha logrado llegar al punto en que va a pasarle la soga a Rizzo para que la jale lo más fuerte que pueda.

—La señorita Wesley, ¿habla sobre cuestiones de fe en el predio de la escuela? —pregunta Kane.

Todo el mundo sabe que son muy buenas compañeras de trabajo y que se conocen bien y que Rizzo jamás diría algo negativo contra un alma gemela como Grace, ¿no es así?

—Todo el tiempo —responde Rizzo.

Era la pregunta del millón.

—Todo el mundo sabe que es cristiana —continúa Rizzo—. En verdad, creo que no come un caramelo sin antes orar. Y para ser honesta... creo que pone incómodos a todos.

—No tengo más preguntas, su señoría.

Supongo que ahora Grace suspenderá las vacaciones de verano con Rizzo.

—Su testigo, señor Endler.

Miro a Grace y veo su expresión herida. Una cosa es escuchar a alguien como Kane insultando tu carácter, o que el padre de uno de tus alumnos suba al estrado y te cuestione. Pero que una colega, una que considera su amiga, ¿la arroje así a la boca de los lobos? Increíble.

Sonrío mientras me dirijo hacia el bulldog de cabello rizado que está en el estrado.

—Buenas tardes, señora Rizzo. Gracias por acompañarnos hoy. Confío en que tuvo un buen almuerzo, ¿es así?

Asiente y me mira con perplejidad cuando me responde que

sí. Miro de reojo al juez Stennis, quien me mira con esa expresión de: *No comiences de entrada.*

—Tengo algo que preguntarle. ¿Tiene un lugar favorito para ir a comer? ¿O a cenar? ¿A tomar un café? ¿Alguno adonde le encante ir?

—¡Objeción, su señoría! —grita Kane detrás de mí—. Irrelevante para el caso en cuestión.

Yo me lo esperaba.

—Su señoría —digo en tono sincero—, sencillamente estoy haciendo una pregunta sobre el lugar preferido de la señora Rizzo para ir a comer. En realidad, sí pertenece al caso *en cuestión.* Y es demasiado pronto para que el señor Kane objete a una pregunta de este tipo, sabiendo que él objetará a casi todas las preguntas que yo haga.

—Objeción denegada. Pero vaya al punto, señor Endler.

—Entonces, señora Rizzo, ¿hay algún lugar adonde le encante ir a comer?

—Bueno, no tomo café caro, de modo que no es eso. Supongo que el lugar preferido es la casa de los panqueques donde como con mi esposo todos los domingos.

—¿Cómo se llama el lugar?

—Flapjacks, al norte de la ciudad.

—¿Recuerda cuándo fue por última vez?

—El domingo pasado.

Rizzo se ve un poco divertida y desconcertada al mismo tiempo.

—¿A qué hora?

—Objeción, su señoría. ¿Tiene esto *alguna* relevancia con el motivo por el que estamos aquí? ¿Es que el señor Endler preguntará también sobre las experiencias de desayuno de la señora Rizzo?

—Aceptada. Señor Endler, por favor haga su siguiente pregunta.

Me preguntaba cuánta soga me daría el juez. Kane no va a darme nada en absoluto.

—Señora Rizzo, obviamente usted conoce los detalles de cosas como esas. Del lugar donde le gusta comer, del día y la hora que le gusta ir. Estoy seguro de que podría darnos todos los detalles sobre eso si el señor Kane se lo permitiera. Pero mi pregunta es la siguiente. Usted afirmó que la señorita Wesley habla de fe "todo el tiempo". De manera que, hablando de detalles y cosas concretas, ¿puede dar un ejemplo de cuándo hace eso la señorita Wesley?

Adivino que esta culta profesional que casi me dobla la edad no se esperaba esta pregunta. Se queda pensando un momento mientras el silencio envuelve la sala.

—En este momento, no recuerdo —dice Rizzo.

Hago un fuerte y odioso ruido de *Mmmm*.

—La señorita Wesley, hasta donde usted sabe, ¿ha iniciado su clase alguna vez con una oración?

—No.

—¿Alguna vez le ha pedido a alguien en la sala de profesores que ore con ella?

—No.

—¿Le ha pedido personalmente *a usted* que ore con ella?

—Objeción, su señoría —ladra Kane detrás de mí—. Acumulativa. La pregunta ha sido planteada y respondida en forma concreta.

—Su señoría —digo, moviéndome hacia el juez Stennis—, el testimonio jurado de la señora Rizzo afirma que la señorita Wesley habla de su fe "todo el tiempo". Sin embargo, no pudo citar una sola instancia. Simplemente, estoy tratando de encontrar alguna base para su opinión.

—Aceptada. Señor Endler, es suficiente con esta línea de preguntas.

Vamos.

—Muy bien, su señoría. Entonces, señora Rizzo, en la investigación inicial sobre este asunto, usted era la representante de la señorita Wesley de parte del gremio, ¿correcto?

—Lo era.

—¿Nunca pensó que su desaprobación de la fe de la señorita Wesley podría afectar su capacidad para representarla apropiadamente?

—Objeción —dice detrás de mí el señor Objetor—. Especulativa.

—Aceptada —dice arriba de mí el señor Aceptador.

Eso no parece molestar a Rizzo.

—No he dicho que "desapruebo" la fe de la señorita Wesley —dice.

—Sin embargo, está usted aquí como testigo del demandante en un caso que afirma específicamente que la fe de la señorita Wesley es un problema.

—Su señoría, objeción nuevamente.

—Aceptada, señor Endler.

Le echo a Stennis una mirada que probablemente se parece a la de un niño cuando comienza a decir: «*¡Ella empezó!*» y, en ese momento, una mujer mayor del jurado estornuda. El jurado de nombre Dave, quien es pastor, no puede evitar decir: «Jesús te ampare».

Se oye el eco de las palabras en la sala.

—Cuidado —digo mirando al sujeto—. De lo contrario, puede terminar en un juicio.

Hay una breve ronda de risas. El juez parece más cansado que molesto.

—Señor Endler...

He terminado. Por el momento.

29

AMY TOMA NOTAS EN tinta azul mientras Kane interroga a la directora Ruth Kinney en el estrado. Ambos hablan como si fueran compañeros de trabajo de toda la vida que conversan mientras pasean por la playa junto a un lago.

Testigos contra la señorita Wesley:

* Padre de una alumna de la clase

* Representante del gremio de la escuela

* Directora de la escuela

Es como un triángulo invertido, con el peso arriba y, abajo, con una espada afilada apuntando al corazón.

Ahora solo falta alguna alumna que testifique contra ella.

Amy está prácticamente segura de que aparecerá. Estos abogados seguramente encuentran la forma de hacerlo.

Kane ha pasado los últimos minutos preguntando a la directora Kinney sobre su período en la escuela y sobre cómo dejó una exitosa carrera empresarial para «entregarse» al campo con el que ella se considera en deuda: la educación. ¿Y qué mejor lugar para hacerlo que una preparatoria? Kinney se explaya sobre ayudar a los estudiantes a ser progresistas y abiertos en estos tiempos.

Dios es muy de la vieja escuela, muy Antiguo Testamento.

Luego Kane le pregunta sobre la señorita Wesley.

—Siempre ha sido un excelente ejemplo de los ideales de la preparatoria Martin Luther King Jr. —dice Kinney sin vacilar.

—¿Le sorprendió entonces enterarse de lo ocurrido?

—Mucho.

—¿Cómo supo sobre el incidente en cuestión?

—Mi oficina recibió un par de llamadas de padres acerca de algo que habían leído en Internet. Dos padres de diferentes alumnos.

—¿Algunos de esos padres fueron los Thawley?

—No —dice Kinney, su mandíbula y su expresión como piedra e imposible de mellar.

La directora continúa respondiendo paso a paso acerca de lo que ocurrió.

—¿Le sorprendió que la señorita Wesley se negara a reconocer su mala acción?

Hasta este momento, la directora no ha dicho ni una palabra negativa sobre su profesora estrella. No se trata de darles la espalda a los profesores. Pero ahora el rostro de Kinney adquiere un velo de desilusión, como un padre desilusionado de su hijo.

—Francamente, sí, señor Kane. Me impresionó mucho.

—¿Por lo que dijo la señorita Wesley?

La directora Kinney mira a Grace.

Amy escribe:

Le echa una mirada de «ME DEFRAUDÓ».

—Me sorprendió que la señorita Wesley permitiera que eso ocurriera en su clase. Ella sabe manejar las situaciones. No tengo nada en contra de lo que una persona cree; lo respeto. Pero también respeto lo que significan las paredes de una escuela y el santuario dentro de todas y cada una de sus aulas.

Qué sermón, amiga.

Amy se alegra de ser escritora y no abogada. Le costaría mucho luchar contra su sarcasmo y su cinismo al frente.

Kane une las manos, haciendo que las puntas de sus dedos se toquen entre sí. Un aire distinguido de solemne contemplación.

Kane mostrando dignidad, sabiduría, la actitud de un Steven Spielberg de pie frente a un grupo de estudiantes de cine.

—¿Cuál fue, entonces, la decisión final del distrito escolar? —pregunta Kane.

—Grace ha sido suspendida, sin pago de honorarios, a la espera del resultado de este juicio.

Kane asiente a la directora. Hace una pausa, y da la impresión de estar pensando.

—Pero ¿no es eso un poco inusual? ¿Dejar en manos de un tercero la decisión de si la señorita Wesley debe ser despedida?

—Hemos decidido aceptar la interpretación de la corte respecto a lo errado de la conducta.

Sin duda, Kinney ha sido instruida no solamente en lo que

debe decir, sino también en la manera de hacerlo. Amy escribe algunos pensamientos más.

Respetar la fe y mantenerla a raya.

Pero más que eso, respetar la educación.

Pero por encima de eso, más allá de todo, respetar a esta corte.

A continuación se le permite a Tom contrainterrogar a la directora. Muy pronto, recibe objeciones.

—Todas las directoras que he conocido han sido el tipo de personas que sienten que son más de lo que el título de su cargo indica, y les gusta ejercer autoridad sobre estudiantes incapaces e incluso sobre los maestros. ¿Considera usted que su palabra es la que vale?

Kane protesta, pero Kinney responde de todos modos.

—Respeto la posición en la que estoy y, del mismo modo, las reglas del distrito. Tenemos procedimientos. Al gremio no le gusta ser puesto en una situación como esta, y a mí tampoco.

Tom dedica tiempo a hacerle más preguntas acerca de su posición y su autoridad y su relación con la señorita Wesley.

Tom no está logrando nada con las preguntas a Kinney. Pero la atención de Amy se despierta cuando Tom cambia de marcha.

—Señorita Kinney, ¿cuál es el nombre *completo* de la escuela que dirige?

—Preparatoria en memoria del Doctor Martin Luther King Jr.

Un nombre que ya se ha mencionado una decena de veces.

El abogado asiente y se frota la parte de atrás de su cabeza. Si

Kane fuera el director hablando con los estudiantes, entonces Tom caería en la segunda categoría.

—Observo que el nombre no incluye el título del doctor King, que es Reverendo Doctor.

Señor Tom tan estadounidense, cuidado; ¿adónde quiere ir con eso?

Pareciera que la directora Kinney piensa lo mismo. Suelta una sonrisa como si fuera un globo aerostático.

—Aunque reconozco que el doctor King tenía *lazos* con la comunidad de fe...

—Muy generoso de su parte, considerando que era un ministro bautista —la interrumpe Tom.

Kinney se inclina hacia adelante en su silla como para recordarles a todos su poder, su educación y su posición.

—Preferimos destacar sus esfuerzos en el campo de los derechos civiles.

«Retroceda», es lo que acaba de decirle Kinney a Tom.

—Ese es el punto —dice Tom—. Usted considera que la fe y la política de King son cosas separadas. Yo no creo que lo sean. Y el doctor King indudablemente tampoco.

La silla del abogado demandante se desliza hacia atrás con un salto cuando el abogado se levanta y grita:

—¡Objeción! Especulativa. ¡El defensor está haciendo de testigo!

El juez Stennis, con aspecto de padre cansado lidiando con un hijo adolescente, expresa otro:

—Aceptada. Se le instruye al jurado que ignore las últimas afirmaciones del señor Endler.

Amy no puede evitar reírse entre dientes. Cada punto bueno

de Tom es objetado, y la mayoría de las objeciones son acepta-
das. Pero el abogado no parece dispuesto a abandonar ahí la cosa.
Todavía no.

—Señorita Kinney, ¿conoce usted la "carta desde la prisión de
Birmingham" del doctor King?

La directora mantiene su sentido de dignidad y no pierde su
aire de respeto y orden. Incluso con una pregunta que podría considerarse insultante.

—Sí. Es una pieza fundamental en la historia de los derechos
civiles —expresa las palabras con una nota de orgullo.

—Pero en esa carta, el doctor King hace numerosas referencias
basadas en la fe, ¿verdad?

—En este momento, no las recuerdo —dice Kinney.

O en el fondo en realidad no quiere recordarlas, ¿verdad?

Tom se aclara la garganta, aunque Amy intuye que no lo necesita realmente.

—Permítame refrescarle la memoria —dice Tom—. El doctor
King cita el ejemplo de los tres jóvenes del libro bíblico de Daniel,
que fueron arrojados al horno de fuego por el rey Nabucodonosor
cuando se negaron a adorarlo. En otra parte, el doctor King
menciona al apóstol Pablo y hace referencia al "evangelio de
Jesucristo", e incluso expresa gratitud a Dios porque su propia
lucha logró adoptar la dimensión de la no violencia. ¿Ya empezó
a recordarlo ahora?

*Apuesto a que después de todas las visitas a la oficina de la directora
que sufrió cuando era estudiante, años más tarde, Tom está disfrutando de vengarse un poco con una de ellas en el estrado.*

Kinney asiente, pero se niega a que parezca un asunto importante.

—Sí.

—En el discurso titulado "Estuve en la cima de la montaña", el doctor King afirmó que lo único que deseaba era hacer la voluntad de Dios. Podría seguir, pero no lo voy a hacer.

—Objeción. Repetitivo.

Tom se voltea para mirar a Kane como para decirle: *¿Me permitiría preguntar algo?*

—El defensor parece haber admitido lo mismo. Aceptada —se oye decir a Stennis.

Cuando Tom vuelve a su mesa, le echa una mirada a Grace, y luego le guiña un ojo. Mira una hoja por un momento.

—Entonces, directora Kinney, en su opinión, si la señorita Wesley hubiera elegido hacerlo, ¿se le hubiera permitido presentar esos ejemplos que acabo de mencionar en su clase de historia?

—Objeción. Especulativa.

—Voy a permitir la pregunta —dice Stennis esta vez—. Denegada. La testigo puede responder.

—Gracias, su señoría.

Por primera vez desde que está en su asiento, Kinney se toma un tiempo para responder.

—No. Si de mí dependiera... no se le habría permitido.

—¿Por qué no? —pregunta Tom.

—Porque esos ejemplos están demasiado asociados con la fe.

El abogado se acerca a Kinney, como intentando oírla mejor.

—En otras palabras, son datos concretos, pero ¿datos demasiado peligrosos para ser debatidos?

—No diría *peligrosos* —dice la directora—. Yo usaría la palabra *controversiales*.

—Ah —dice Tom—. Pero, los datos, ¿acaso no son más que datos? No hay nada controvertido en que dos más dos equivale a cuatro. O que $E = MC$ al cuadrado. O la fecha en que el hombre llegó a la luna por primera vez. Entonces, ¿por qué la controversia sobre esos datos en particular?

—Diría que el hecho de que estemos todos aquí habla por sí mismo.

La afirmación de Kinney recibe algunas risas. Tom sonríe y asiente.

—Yo diría que tiene razón. Gracias por su honestidad.

Está extremadamente cómodo frente a todos.
Decididamente, este es su lugar.

—Una última pregunta entonces, señorita Kinney. En su introducción al comienzo del semestre, su circular al equipo de docentes subrayó los criterios de diversidad y tolerancia, ¿no es así?

La directora asiente tensando los labios, y la mandíbula de alguna manera parece más afilada cuando expresa un sí con seguridad.

—¿Sería justo decir que, excepto el cristianismo, todas las demás formas de diversidad son bienvenidas?

Kane se pone de pie y grita una objeción mientras Tom se voltea para mirarlo; sin duda, sabía que eso iba a ocurrir.

—Retiro la pregunta. No tengo más preguntas, su señoría.

—Señor Endler, usted parece tener una inclinación a introducir comentarios donde no corresponde —le dice el juez Stennis mientras vuelve a su mesa—. Sería mejor que evite nuevas provocaciones en esta corte.

Tom se voltea y asiente antes de sentarse.

—Pido disculpas, su señoría. En adelante, me restringiré.

Cuando Tom se sienta, Kane levanta la mano y dice:

—Repregunta, su señoría.

El abogado se encamina hacia la directora.

—Señorita Kinney, entiendo que usted asistió a un servicio en la iglesia de la señorita Wesley hace poco, ¿es correcto?

—Sí, así es. Fue un evento en el que se homenajeó por su servicio comunitario a varios estudiantes que asisten a esa iglesia.

—¿Y quién la invitó a ese servicio? —pregunta Kane.

La mujer mira a la acusada de manera confiada e informal mientras dice:

—La señorita Wesley.

—Ya veo. ¿Y dónde estaba usted cuando se le extendió esa invitación?

Amy puede ver la mirada petulante que se extiende por el rostro de Kinney.

—En mi oficina.

—¿En el predio de la escuela?

—Sí.

Varios de los miembros del jurado se miran entre sí.

—¿En horario de trabajo? —pregunta Kane, llevando el punto hacia dónde quiere llegar.

—Sí.

Kane hace una sonrisa magistral mientras se encamina hacia su mesa, luego se voltea.

—¡Ah! y una última pregunta. ¿Es verdad que la señorita Wesley acepta donaciones para una obra cristiana de caridad en el aula?

—Sí, lo hace.

Ay.

—Gracias nuevamente. No más preguntas, su señoría.

—Puede bajar del estrado, señorita Kinney.

Amy observa a la directora levantarse y caminar a su asiento en la sala. Cada movimiento y ángulo de su cuerpo, e incluso la manera en que se sienta, se ven rígidos. Duros, fríos e imposibles de mellar.

—¿El siguiente testigo, señor Kane? —pregunta el juez.

—Su señoría, no teniendo más testigos, y reservándome el derecho de volver a llamar, el demandante descansa.

Amy se queda un poco sorprendida.

¿No hay más testigos? ¿Están tan confiados de tener la razón en este asunto?

—Que así sea. Ya que es viernes, suspenderemos más temprano. Se recuerda a los miembros del jurado que no deben discutir este caso con nadie. Tampoco se les permite leer, ni ver, ni escuchar la cobertura de ningún medio de comunicación relacionada con este caso. Se levanta la sesión.

El sonido del martillo del juez es como el tañido de la campana de la escuela. Amy permanece sentada mientras todos los demás a su alrededor se ponen de pie para retirarse. Observa a Tom inclinarse hacia Grace y hablar con ella. Su clienta no dice nada por unos momentos mientras lo escucha. El abogado carece de expresión, de manera que es difícil saber si está compartiendo una opinión o un resumen, o aportando más datos.

Necesito hacerle algunas preguntas a la profesora. Antes de que se vaya. Antes del fin de semana.

Afuera de las puertas, Amy se abre camino para encontrar el mejor lugar para ocultarse. Se ha convertido en una experta en acercarse furtivamente a los extraños y detenerlos con una serie de preguntas. Ya no le tiende emboscadas a la gente para manipular sus respuestas y dejarlos públicamente mal parados.

Esto no será una emboscada.

Será una oportunidad para que Grace haga una declaración pública precisa.

Y será una oportunidad para que Amy use sus dones para construir, en lugar de destruir.

30

DETESTO TENER QUE salir literalmente huyendo de esos reporteros —dice Grace.

Hemos logrado llegar al estacionamiento a una cuadra del Palacio de Justicia. Le indiqué a Grace que se estacionara allí para hacer exactamente lo que hemos estado haciendo: mantenernos alejados de los reporteros. No es que haya decenas de ellos esperando afuera, pero hay suficientes como para que sea difícil pasar inadvertidos. Le rodeé el hombro con un brazo y con el otro me cubrí: una rutina de abogado que nunca antes había tenido que hacer. Estoy comenzando a descubrir que nunca antes tuve un caso como este.

—No te preocupes —digo—. Nadie nos siguió, está todo...

—Disculpen.

Lo primero que veo es ese cabello cobrizo, y estoy a punto

de decirle a la mujer, quien evidentemente ha logrado seguirnos después de todo, que se marche, cuando comprendo que es la periodista con la que hablé la otra noche.

—Hola, Tom —dice—. Lamento haberlos seguido. Solo quería una declaración de ustedes. ¿Será posible?

Grace me mira y espera para saber si lo voy a permitir.

—Soy Amy Ryan. Tengo un blog.

Amy extiende la mano, y Grace se la estrecha.

—No queremos hacer declaraciones públicas todavía —respondo.

—Entonces sin grabación, lo prometo.

Me vuelvo hacia Grace.

—Depende de ti.

—Está bien —dice Grace.

—Esa gente está tratando de destruirla —dice Amy—, y no solo económicamente. ¿Cree que vale la pena todo esto?

Por un momento, Grace solo mira alrededor del estacionamiento, pensando.

—Espero que sí —dice.

—Yo también. ¿Cree que las preguntas que hacen sobre usted son válidas? ¿Ve usted su punto de vista?

—La señorita no debería responder esa pregunta —digo—. Pensamos que todo el asunto se ha pasado de la raya. El punto de vista de *ellos* es lo que usted dice: un intento de destruir a una maestra. Creo que a nadie le gustaría realmente eso.

—Grace... hablando en forma personal, ¿cree que esto impacta su fe?

—Sí.

Me sorprende oír eso, y estoy a punto de preguntarle en qué sentido, cuando Grace continúa.

—La está fortaleciendo.

—¿Cómo puede ser eso? —pregunta la reportera.

Los coches que pasan por la calle generan un zumbido permanente. El resplandor del sol está comenzando a descender, pero todavía siento las gotas de transpiración cuando hablo. Quiero poder ponerme una camiseta y pantalones cortos. Miro a Grace, y su expresión calmada me refresca.

—Estoy orando mucho más estos días. Supongo que tengo más tiempo para hacerlo, ya que no está permitido orar en la escuela. —Grace hace una pausa, mirándonos a ambos, y luego sacude la cabeza—. ¡Fue una broma! De acuerdo, una broma cristiana. Y supongo que esas no tienen mucha gracia. Pero sí, estoy orando mucho, y trato de encontrar paz leyendo las Escrituras.

—¿Y funciona? —pregunta Amy.

—Sí, realmente funciona. El pasaje que leí esta mañana fue Romanos 5:3-5; dice que deberíamos alegrarnos cuando pasamos por momentos difíciles en nuestra vida. Esas situaciones desarrollan resistencia, y la resistencia desarrolla el carácter. Podemos tener esperanza en eso y saber que Dios nos ama. Estaba pensando en eso durante los testimonios, especialmente en los momentos en que cuestionaban mis motivaciones como docente. O cuando decían que yo estaba obrando mal en el aula.

—¿Están preparados para mañana?

Hago un gesto afirmativo.

—Sí, porque mañana es sábado y eso me da otros dos días para enfocar el juicio.

—Me refería al lunes.

—Estaremos mejor preparados el lunes por la mañana —comento—. Escuche... la señorita Wesley ha tenido un día largo...

—Gracias a ambos. Realmente... quiero que sepan que estoy con ustedes.

Amy busca en su cartera, y extrae dos tarjetas de presentación.

—Las mandé a hacer recientemente. Tomen, voy a publicar un nuevo blog este fin de semana.

Miro el título de su blog.

—¿*Esperando a Godot*? Suena como una página web de crítica de arte.

—Averigüe sobre esa obra. Tal vez le encuentre sentido cuando sepa de qué se trata.

Con esas palabras, Amy guarda sus apuntes y nos agradece con un nuevo apretón de manos antes de irse.

La observo mientras se aleja por la acera antes de hablarle a Grace.

—¿Sigues sintiéndote bien? ¿De verdad?

Grace asiente.

—Sí. No me gustó lo que decían hoy. Tengo curiosidad por saber lo que piensa el jurado. Se veían siempre atentos.

—Eso puede llegar a ponerme nervioso a veces —digo.

—¿Cómo te sientes *tú*?

—Bien. Solo necesito encontrar algún tipo de gancho, ¿sabes? Algo que pueda enganchar en el corazón del jurado y jalarlo hacia nuestro lado.

—Suena como si quisieras matarlos —opina Grace.

Me río.

—Sí. Bueno, pero no quiero hacer eso. Sé que ha sido un día difícil para ti, de modo que te dejaré ir. ¿Todavía podemos reunirnos mañana para repasar algunos archivos?

—Claro.

—Quisiera tener todo un equipo que se ocupe de eso, ¿sabes?

—Está bien. Lo que sea que pueda hacer para ayudar.

Algo dentro de mí quiere decir otras cosas solo para seguir hablando, pero sé que necesita irse. Y yo también.

—Descansa un poco —le digo—. Te enviaré un mensaje mañana, ¿está bien?

Se desliza al interior de su coche y lo enciende. Yo me dirijo hacia mi coche por la acera. Me desconcierta ese sentimiento extraño que me corre por dentro.

Realmente no quería que Grace se fuera.

—Hábleme de su hija.

No me lleva mucho tiempo esta noche hacerle a mi abuela una pregunta personal. Estoy cansado, y realmente no quiero hablar de nimiedades, de algo como un testamento, que es solo para hacerla sentirse cómoda. Creo que fue útil traerle otro de esos peluches Beanie Boo. Esta vez le traje un elefante de color rosado. Es curioso cómo se invierten los papeles. Me siento como un abuelo con un regalo para su nieta.

Evelyn está sentada en su silla de ruedas a un costado de la habitación. Ya ha cenado al estilo de antes, a las cinco de la tarde. Por suerte, *Wheel of Fortune* está apagada, y ella no está mirando televisión; dijo que los únicos programas ahora son esos del tipo matar a la pareja por sexo o por dinero.

—¿Carolyn? Ya no me visita. No sé por qué.

No sé si es una bendición o una maldición que mi abuela no sepa que su única hija ha fallecido. Nunca trato de corregirla cuando dice cosas así. No quiero que se altere.

—Es un alma bondadosa —dice mi abuela—. Recuerdo que su padre siempre fue duro con ella, y jamás comprendió su sensibilidad. Eso la hizo muy buena con los niños. Carolyn quería una hermanita. Habría sido la mejor hermana mayor del mundo. Pero yo sabía que no convenía traer otro niño al mundo con ese hombre. Dos eran suficiente con Bob. Consiguió arruinar a Edward, y yo dediqué todas mis fuerzas a proteger a Carolyn.

Está conversadora. Seguramente ha tomado su refresco preferido, ese Mountain Dew.

—¿Carolyn lo heredó de usted?

—¿De mí? —dice riéndose mi abuela—. ¡Qué va! Creo que a mí me pasaron por alto. En realidad, le viene de mi madre. Ella era muy buena. Pero la gente era diferente antes.

Me gustaría poder decirle a mi abuela lo maravillosa que fue mi madre y que, efectivamente, fue un alma bondadosa todo el tiempo que vivió en esta tierra. Fue muy poco tiempo. Demasiado poco tiempo.

—Carolyn quería ser maestra, y se esforzó mucho para eso. Seguramente sigue enseñando. Pero... sencillamente, no comprendo por qué nunca viene. Podría buscarla. Tal vez preguntarle.

He escuchado antes a mi abuela decir cosas negativas sobre mi madre, así que esto me resulta agradable.

—Tal vez pueda intentarlo —le digo.

No sé qué más decirle a alguien que extraña a una persona muerta a la que todavía cree viva.

Yo también extraño a mi madre cada día. Haría cualquier cosa por creer que todavía anda por aquí, que en cualquier momento llamará a mi puerta.

Es avanzada la noche del viernes, y no puedo dormir. Pasé por la oficina después de visitar a mi abuela. El vacío me deprimió, de modo que envié mensajes de texto a varias personas por si había alguno por ahí para pasar el rato. Todos tenían planes: mi larga lista de tres amigos a los que les escribí. De modo que tuve una interesante cita con una perrita llamada Resi.

Estoy pensando otra vez en el día en la corte y todo lo que se dijo. De alguna manera, termino pensando que en los tiempos de cazadores y recolectores, los hombres ahuyentaban a los pocos que intentaban asediarlos. Mataban y morían, y partían cráneos y veían salir la sangre. Primitivos y rudimentarios hasta la médula.

A veces me parece que las cosas no han cambiado en lo más mínimo. Ahora, sencillamente golpeamos con retórica y leyes y objeciones y argumentos. Pero seguimos pisoteándonos unos a otros, tratando de tomar la delantera, simplemente tratando de sobrevivir.

Dios puede estar vivo o puede estar muerto, pero sé que, en el fondo, en la corte, nadie se preocupa realmente de eso. Solo les interesa tener la razón.

Grace sí se preocupa.

Y una vez más, me veo arrastrado hacia atrás. Arrastrado hacia ese lugar, arrastrado hacia el cuadro que no quiero volver a ver. Muy en el fondo, sé por qué repentinamente me preocupo tanto, y por qué Grace es más que una simple clienta.

Mamá se preocupaba.

Sí, lo hacía.

Mamá efectivamente se preocupaba. Ella creía, y ponía en práctica lo que creía. Y entonces murió.

Mamá se *preocupaba*. Tiempo pasado.

La vida se puede vivir en tiempo pasado o presente. Y uno puede ser primera o tercera persona. Es una elección que todos debemos hacer.

Esta vida salvaje que con pocas letras puede convertirse en *salvarse*. Pero tanteamos en busca de una herramienta que nos permita unir las láminas de madera que podrían protegernos del huracán que se avecina.

Cierro los ojos un momento, y sé que estoy cansado. No de esta noche, ni de esta semana, sino de pasar la última década tratando de encontrar esa herramienta.

La visita a mi abuela me liquidó.

Ha llegado el fin de semana, y da la bienvenida a los cansados. Soy uno de ellos; me protegeré del sol y de la lluvia, y trataré de poner la mente en orden. Este tipo de caso loco girando en espiral me metió en problemas hace años, y parece que no he cambiado.

No quiero admitir lo obvio, pero debo hacerlo. Tengo que hacerle una objeción a mi mente melancólica.

Salvar a Grace no va a salvar a mamá.

Y, por cierto, no me va a salvar a mí.

31

Ver en colores

UN ARTÍCULO DE *ESPERANDO A GODOT*

Por Amy Ryan

Todos somos daltónicos cuando se trata de manifestar nuestra visión de las cosas. Solo vemos blanco y negro, cuando el mundo está lleno de grises.

Unos pocos permiten que se les cuelen algunos rojos, pero si sumáramos el azul, el dorado y el púrpura, haríamos un cuadro mucho más bello.

Escribimos nuestros mensajes con marcadores indelebles, los cuales no se borran de las pizarras blancas. Grabamos nuestras opiniones en algún tipo de piedra que construimos. Pequeños altares de nosotros mismos.

Todo eso mientras la verdad nos observa, esperando el

momento en que miremos hacia arriba y veamos la promesa. Que veamos ese arco iris, la marca de aquel que puede mover montañas.

Pero la mayoría no mira hacia arriba, solo hacia abajo. Contemplando los zapatos que pasamos tanto tiempo eligiendo, arañamos una línea en la arena mientras olvidamos la belleza del mar que tenemos delante.

Seguimos pálidos bajo el dorado sol. Bloqueados a su luz. Sedados por nuestras rígidas creencias. Por nuestra rectitud. Y por nuestros derechos.

32

REUNIRME CON MI GRUPO de tutoría un sábado no es lo normal, pero he acordado hacerlo esta mañana porque voy a estar en la corte la semana que viene. Supongo que toda mi sabiduría sobre leyes realmente es *así* de valiosa.

O tal vez estos estudiantes no tienen vida propia.

Puedo decir que Martin Yip todavía no es él mismo. Su habitual curiosidad está en silencio esta mañana. Es el último en abandonar nuestra sala de conferencias, de modo que aprovecho para preguntarle informalmente qué está pasando.

—Nada —dice Martin.

Es uno de los «nada» menos convincentes que haya oído. Especialmente porque apenas se está moviendo hacia la puerta.

—Actúas como si una muchacha rompió contigo. Pero no recuerdo que hayas tenido novia.

—No la tengo, lo cual es muy bueno. No podría darme el lujo de tener una.

—Amigo —digo, dándole una palmada en el hombro—. Nunca serás capaz de permitirte el lujo de una "ella", quienquiera "ella" pueda ser.

Martin voltea hacia mí, y parece desesperado.

—Mi padre me ha cortado el sustento —dice—. Apareció en mi dormitorio de la residencia y exigió que volviera a casa con él. Yo me negué y entonces... me dio una cachetada y dijo que toda mi familia me repudiaba. No sé qué va a pasar. No puedo pagar mis clases a pesar de que tengo dos empleos. No puedo dormir. Ni siquiera puedo permitirme comprar provisiones. Sencillamente... no sé qué hacer.

No me esperaba eso. Por un momento, no sé qué decir.

—Lamento cargarlo con esto —dice Martin.

—No, no... No te disculpes. Lamento lo que te está pasando. ¿Por qué lo hizo tu padre?

—Porque... porque le dije que me había hecho cristiano. Que había encontrado la fe. Porque le dije que hay un Dios. ¿Recuerda que le conté que estuve en una clase con Josh Wheaton, el estudiante que enfrentó a un profesor? Así fue como sucedió. O tal vez... debería decir que así fue como Dios dispuso que sucediera.

Asiento. Vuelvo a pensar en el artículo que leí en el que Josh mencionaba que Martin fue el primero en la clase que se puso de pie para afirmar con él que «Dios no está muerto».

—Solo pensé... di por sentado que mi padre me respetaría. Siempre ha admirado a los que salen y se arriesgan. Venir a estudiar a Norteamérica fue uno de esos riesgos que asumí.

—¿No hay manera de que puedas comunicarte con tu padre? Digo, para que pueda ver tu lado de las cosas.

Martin solo mueve la cabeza.

—¿Has hablado de esto con alguien más?

Como, por ejemplo, con alguien que crea lo que tú crees.

—No. Esto es nuevo, y... no creo que a alguno de mis compañeros de estudio les importe.

—Y qué de... no sé... —Por alguna razón, pienso en el pastor del jurado—. ¿Qué pasaría si fueras a ver a tu pastor? ¿Vas regularmente a una iglesia?

—Sí —responde.

—Entonces, ¿por qué no vas allí? Habla con alguien que podría saber qué hacer.

—Supuse que usted podría darme algún consejo.

¿Qué tal decirle a tu entrometido padre que se vaya a ya sabes dónde?

—Sé de leyes —le digo, mientras me apoyo en el borde de la mesa—. Pero soy malo en todo lo que tenga que ver con la relación padres e hijos.

—¿No se lleva bien con su padre?

—No. Mi situación es de alguna manera opuesta a la tuya. Pero, como toda disfunción familiar, es complicada.

—Esta no es complicada. Es muy simple. Me quitó el sustento, y estoy acabado.

Esta vez, le doy una palmada en la espalda.

—Escucha, Martin, eres un muchacho inteligente. Ve y habla con tu pastor, veremos qué te aconseja. Dame tiempo hasta que averigüe, puede haber un lugar más económico para que te alojes. Y escucha, olvídate de pagarme por la tutoría.

—Señor Endler, no puedo hacer eso.

Sacudo la cabeza.

—Lo que no puedes hacer es llamarme así. Ya se lo he dicho a ustedes. El señor Endler es mi padre. Yo no quiero ser él.

Salimos de la biblioteca a las nubes de tormenta que parecen reproducir en todo el cielo lo que está sintiendo Martin. Mientras lo sigo hasta el estacionamiento, extraigo mi billetera para ver qué tengo. A veces tengo algo de efectivo. Hoy es uno de esos días.

—Mira, toma esto —le digo.

—Por favor, no puedo... no....

Da la impresión de que le acabo de pasar un pañal sucio, uno que está filtrando.

—Martin, son cuarenta verdes. En realidad, son solo treinta. Tómalo. Compra algunas provisiones. No vayas a esos lugares sofisticados donde venden cosas orgánicas, marcas artesanales, donde una lechuga cuesta los treinta billetes. Ve a un lugar donde puedas encontrar comida de verdad.

El pobre chico parece querer llorar.

—Estás haciendo lo mejor que puedes ¿sabes? —digo—. Es lo único que puedes hacer. Veré si puedo ayudarte en algo. Pero conéctate con otros.

Vamos, es mucho más fácil dar consejos que seguirlos.

—Gracias. No sabe cuánto lo aprecio.

—Sé que los padres pueden ser crueles. Lo lamento mucho. Tendríamos que comenzar un club de lucha.

—¿Para darnos una paliza unos a otros?

—No, para darles una paliza a nuestros padres.

Eso finalmente ayuda a superar el momento. Veo a Martin reír mientras sube a su vehículo.

Cuando subo al mío, me pregunto cómo sería tener un niño. Digo, tener un *hijo*. ¿Sería yo un padre del tipo implacable que destruiría completamente la relación para cuando el niño llegara a ser adulto? ¿O sería posible tener uno de esos raros lazos entre padre e hijo que he visto pocas veces entre mis amigos?

Tener cualquier niño en este mundo hoy es peligroso. Es difícil de imaginar. Y por otra parte, parece que jamás encuentro alguien con quien me gustaría tener una segunda cita.

Eso me hace pensar en Grace. No obstante, trato de deshacerme rápidamente de ese pensamiento. Pensar de esta manera no la ayudará a ella ni al caso ni a mi enfoque ni a mi vida.

Tal vez sea *yo* quien debe ir a ver a ese pastor.

Enciendo la radio en el coche para ahogar mis pensamientos. Sin embargo, nunca parece funcionar.

33

EL PERSONAJE EN la calle está tan quieto como uno de los árboles alineados al borde del pavimento. Amy lo ve ahí de pie, observándola, y no puede evitar sobresaltarse. Su sonrisa no la tranquiliza. En realidad, la asusta un poco.

—Discúlpame por estar esperando aquí como un acosador —dice Marc.

—¿Qué estás haciendo?

—Te mudaste.

—Tú rompiste conmigo. ¿Esperabas que te enviara una tarjeta con mi nuevo domicilio?

Marc comienza a caminar por la acera hacia ella. Amy piensa en entrar nuevamente a su departamento o tal vez subir al carro y alejarse sin decir palabra. Pero se queda ahí, junto a su coche, con las llaves en la mano. Tal vez las necesite para sacarle los ojos o algo así.

—He estado tratando de ponerme en contacto contigo —le dice él, ahora más cerca.

—Y yo he estado tratando de hacerte llegar un mensaje.

—Está bien. Lo recibí. Mensaje recibido, en voz alta y clara.

Entonces, ¿qué haces aquí?

La cara de Marc parece cansada y un poco hinchada, como solía tenerla después de esos fines de semana largos cuando se iba en un «viaje de varones». El tipo de desenfreno que ella no quería ni necesitaba y ni siquiera entendía.

—Sé que estás enojada —dice él—. Así que hablemos.

—Marc, no estoy "enojada". Estaba enojada cuando me dijiste que no significaba *nada* para ti. De hecho, estaba herida. Pero ahora no estoy ni lo uno ni lo otro.

—Entonces, ¿cómo estás?

—Lo he superado.

Marc se acerca un poco. Amy retrocede hacia el coche; no permitirá que la toque.

—Mina dice que te ha visto últimamente.

Amy asiente, mirando a su alrededor para ver si hay alguien cerca. No tiene miedo de que Marc se ponga violento ni nada parecido. Sencillamente, no quiere producir ningún tipo de escena.

—Te ves estupenda —agrega Marc, estudiándola como siempre lo hacía—. Tu cabello luce fantástico.

Hubo un tiempo en el que a ella le encantaban esas miradas suyas. Solo después de que él la dejó comprendió que ella no era una pieza de arte encerrada en una sala para que solo él la mirara. No tenía ninguna etiqueta de precio, ningún valor que pudiera subir o bajar.

—Me abandonaste, Marc. Yo estaba completamente, *completamente*, equivocada.

—¿Qué quieres decir? ¿En qué te equivocaste?

El hoyuelo que solía encantarle ahora se ve como un bolsillo vacío en una cara petulante.

—Me equivoqué contigo. Me equivoqué con nosotros. Necesitaba un llamado de atención. Y Dios bien que me lo dio.

—¿Conque Dios, eh?

Esa sonrisa le produce verdaderas ganas de darle una cachetada.

—Marc... te lo diré una sola vez. No necesito tu aire condescendiente. No necesito que me mires como si fuera un coche en exhibición. Y ciertamente no necesito tu actitud sobre ninguna cosa que yo pueda sentir o pensar o creer. ¿Comprendes?

Él finge retroceder mientras dice:

—Oooh.

—Lo digo en serio, Marc. No vuelvas a buscarme. Si lo haces, pediré una orden de restricción.

—¿Ah sí? No pareces tener el dinero para hacer algo así.

—Conozco gente —responde ella.

Lo cual tiene algo de cierto, pero no del todo. Pero eso no importa.

—Solo estoy tratando de reparar el puente, por si quieres...

—No hay ningún *puente* que puedas construir entre nosotros. Hay un océano diez veces más grande que el Pacífico. ¿Me oyes? Es un agujero negro del que no podría salir Matthew McConaughey.

Marc ya no sonríe. Aprieta los labios y mira al suelo.

—Márchate —le repite ella.

Esta vez, él hace exactamente eso.

Amy lo ve irse, y se promete hacer algo respecto a él si vuelve a llamarla, enviarle un mensaje de texto o buscarla.

Me dejaste sola ante la muerte. Pero no morí. Lo único que murió fue cualquier posible sentimiento hacia ti.

Sube a su coche y conduce hasta la cafetería donde pasará un tiempo trabajando. Amy se muestra fuerte mientras abandona la escena y olvida lo que acaba de pasar. Solo le lleva cinco minutos comenzar a llorar.

34

GRACE SABE QUE voy a llegar a la hora de la cena. Lo que no sabe es que llevo la cena conmigo. Llamo a la puerta con la mano derecha mientras la bolsa de plástico en mi mano izquierda pesa como si trajera comida para una docena. La mochila que llevo al hombro contiene las cosas importantes.

—¿Qué es todo esto? —dice al abrir la puerta.

—Traje una bolsa gigante de comida... y una brazada de archivos.

—Creo que puedo oler ambas cosas —bromea Grace.

—¿Los casos de la iglesia versus el estado, o la comida china? Opino que comamos primero.

—Opino que eres un genio.

No puedo evitar mirar su cabello sujeto como una cola de

caballo y los jeans. Parece más joven que antes y, de hecho, es bastante menor que yo. He llegado a comprender que el número de años no importa. Lo que hace atractiva a la gente es la forma de ver las cosas y el humor que tienen y la habilidad para subir el volumen de la música muy alto.

Pronto comprendo que hay otro factor: la habilidad para comer directamente de un envase.

Grace y yo estamos sentados en taburetes en lados opuestos de la isla de la cocina. No es una cocina enorme, pero es grande y muy usada. Frente a nosotros, hay alrededor de ocho cajas sobre la mesa.

—¿Cómo sabías que me gusta la comida china? —me pregunta Grace mientras toma un bocado.

Ambos estamos utilizando los palillos chinos que vinieron con la comida. Termino mi bocado antes de hablar.

—Grasosa, frita, salada y picante... ¿A quién *no* le gustaría?

—¿Has probado esto? ¿Qué es eso?

Hago un gesto afirmativo porque los he probado todos.

—Es pollo salteado a lo Sichuan.

El pedido fue un poco caótico porque tuve que hablar por teléfono con una joven a la que no podía entender, y ella no me entendía a mí. Le sugerí varias cosas y parecía que no sabía lo que estaba diciendo, así que terminé pidiendo de todo un poco. Probablemente nació y creció en Hope Springs, y resultó ser una muy buena comerciante.

—Quiero probar los "rollitos primavera" —dice Grace.

Se ve muy bonita en su camiseta negra que dice *Hillsong United*. No he oído hablar de ellos, pero sospecho que probablemente son una banda cristiana. Mientras comemos, miro continuamente por encima de mi hombro a la puerta abierta que conduce a la sala de estar.

—¿No querrá Walter comer con nosotros? —pregunto—. Hay comida de sobra.

Grace simplemente sacude la cabeza.

—Puedes decirle que no hay problema si no sabe cómo usar estos palillos chinos —digo.

—Está escondido en su habitación.

—¿Por qué? ¿Qué pasa?

—Se comporta como si esto fuera una *cita*. Eso debería darte una idea de cómo es mi vida social.

—¿Sí? Bueno, no te preocupes. No se lo diré a nadie. Cae dentro de la confidencialidad entre abogado y clienta.

Hay una sonrisa muy natural que se extiende sobre todo su rostro. Me encanta verla y, hasta ahora, no la he visto mucho desde que estamos en contacto. Quiero decírselo, decirle que le queda muy bien, animarla a que la use en beneficio propio. Pero me quedo en silencio con la boca llena de algo *kung pao*.

Por unos momentos, hablamos de cosas sin importancia, no para llenar el tiempo, sino simplemente para conocernos un poco más entre nosotros. Hablar sobre nimiedades es tedioso, pero hablar de cosas pequeñas que sí importan no lo es. Finalmente, dejamos el recorrido por la calle coloquial y apuramos el acceso a una avenida más importante.

Grace es quien lo inicia. Tal vez porque yo sigo comiendo suficiente como para varias personas a la vez.

—Entonces... ¿esto es lo que siempre te imaginaste haciendo? ¿Ser abogado?

—No —digo con una cara inexpresiva—. Yo quería ser Batman.

Es lindo escuchar el eco de su risa en la cocina.

—¿Alguna vez quisiste ser otra cosa que maestra? —pregunto.

—Para ser sincera, no lo sabía. Todo cambió cuando fui a la universidad.

Imagino que está hablando de su fe. Seguramente. Ese es el motivo por el que estoy aquí, el motivo por el que ella vive con su abuelo, el motivo por el que sus padres no se ven por ninguna parte.

—¿Fue allí donde encontraste la fe?

Grace está doblando la tapa de una caja llena hasta la mitad de comida china cuando sonríe.

—Esa frase... "Encontraste la fe". Es muy general.

—Está bien. Disculpa —digo—. ¿Fue en la universidad donde decidiste que Kanye tenía razón cuando dijo: "Jesús camina"?

—No puedo creer que hayas dicho eso —dice Grace; esta vez, es ella la que tiene la cara inexpresiva.

—Bueno, sabes que estoy bromeando.

—No, es que no puedo creer que escucharías a Kanye West.

Formo una portería con un palillo chino en cada mano y digo:

—*Touchdown*.

Pero luego le digo que realmente quiero saber qué sucedió cuando fue a la universidad. ¿Qué cosa tan grande le sucedió?

—Uno nunca espera que llegue algún tipo de cita divina, ¿sabes? —dice Grace—. Una tarde, volvía de una clase a casa, caminando. Estaba oscuro, y yo tenía muchas luchas. Estaba asustada, y sola. Doblé la esquina y, justo frente a mí, había una iglesia. Tenía un viejo cartel en el frente.

Estoy tentado a hacer uno de los diez comentarios ocurrentes que se me cruzan por la cabeza, pero me obligo a quedarme callado.

—El cartel estaba borroso y era difícil de leer, creo que solo uno de los faroles funcionaba. Pero algo me hizo detenerme. El cartel decía: "¿Quién dices que soy?". Al leerlo, escuché al Señor hablándome. No me pude quitar esa pregunta de la cabeza por muchos días. Ese fue el comienzo de un viaje que no terminó hasta que hallé la respuesta.

—¿Y cuál fue la respuesta? —me inclino y apoyo los codos sobre la isla de cocina, esperando una larga historia de fe y milagros y de Dios hablándole.

—Gana este caso, y te lo diré —dice Grace mientras toma un par de cajas de comida para guardarlas en el refrigerador.

Las mujeres son todas iguales. Enrollan el sedal y te acercan lo suficiente como para que puedas aletear y sentir el anzuelo y esperar que ocurra algo. Luego te desenganchan y te arrojan en un balde y se van a hacer otra cosa.

Estoy tan cansado que traje mis lentes de lectura. Por lo general, soy tan vanidoso que los uso únicamente cuando estoy solo, pero ya no puedo evitarlos. Hemos estado leyendo documentos e informes y archivos mientras las luces de la sala parecen haberse debilitado lentamente cada media hora. Hay algunos verdaderos momentos *aha* para mí, y no estoy hablando de ese grupo noruego que cantaba «Take on Me».

—Sabes, antes de comenzar la investigación para este caso, no sabía que la expresión "separación entre la iglesia y el estado" no aparece en ninguna parte de la Constitución —comento.

—¿En verdad? —pregunta Grace, sorprendida—. Tal vez yo deba reconsiderar qué pienso de los abogados.

Está en el sillón, con las piernas estiradas y el resto del cuerpo recostado sobre el brazo.

—Siempre he sabido que significa que el gobierno no puede obligar ni impedir el ejercicio de la religión, pero aun así creo

DIOS NO ESTÁ MUERTO 2

que siempre di por sentado que estaba en alguna parte de la Constitución.

Grace mira uno de los informes que tiene en las manos.

Yo continúo:

—La intención del Congreso era que la religión pudiera ser reconocida y admitida solamente si no obligaba a las personas a participar y comprometerse en actividades religiosas en contra de su voluntad. Eso es lo que pretendían. Pero ese mismo Congreso proclamó un día nacional de oración después de firmar la Constitución.

Estoy revisando este informe realmente largo de una revista llamada *Equidad y Excelencia en Educación*. El informe se titula «El privilegio cristiano y la promoción del cristianismo histórico "secular" y no tan "secular" en la escolaridad pública y en la sociedad en general». Hablando de títulos malos. Es un tema denso que ya he revisado antes, resaltando algunos párrafos.

—Escucha esto —dice Grace—. Es del informe *Paul Michael Herring versus Dr. John Key, superintendente del distrito escolar del condado Pike*. Los padres judíos de cuatro estudiantes de la preparatoria demandaron al sistema escolar, afirmando que la libertad religiosa de sus hijos estaba siendo violada. Una conferencia oficial de prensa ofrecida por la ACLU en 1997 enumera más de doce alegatos afirmando que los alumnos, los maestros y los directivos de la escuela hostigaban a los niños por ser judíos. Comienza así: "La Unión Americana de Libertades Civiles de Alabama, que representa a la familia, argumenta que la junta y los administradores del distrito escolar del condado Pike violaron los derechos constitucionales de los estudiantes al libre ejercicio de su religión. Además, el juicio dice que el distrito no frenó el acoso, la intimidación y las amenazas a los estudiantes..."

Grace deja los papeles a un lado y me dirige una mirada de incredulidad.

—Todas estas cosas —comenta—, yo no hice nada de eso.

—Lo sé.

—¿Por qué, entonces, estamos mirando esto?

—Porque es la ACLU la que está representando a un demandante en un pleito civil. Salvo que en ese caso, era todo un grupo de demandantes.

—¿Y qué pasó al final? —pregunta.

—Ganaron. Pero la primera familia que entabló la demanda finalmente se mudó porque continuaba sintiendo la persecución.

—Bueno, es maravilloso escuchar eso —dice en tono triste.

Hay más archivos de casos y transcripciones para revisar, y siento como si estuviera nuevamente en la escuela de leyes. La diferencia es que esta vez no es con Sienna con quien estoy estudiando. Es con alguien que está muy lejos de las orillas de Sienna.

Lo cual es muy bueno.

Estoy cansado y quisiera pedir una copa de vino, pero sospecho que Grace no tiene ninguno.

Y tú, Walter, ¿tienes algún whisky o aguardiente escondido por ahí?

Finalmente, arrojo uno de los archivos al piso. Ya he leído demasiado.

—Kane no comete errores.

—¿Pero no demostraste que tienen prejuicios? ¿No lo hiciste con la directora Kinney y la señora Rizzo?

Miro la pared, luego el techo.

No demostré nada.

—Esas son palmaditas. Necesitamos un golpe de nocaut —la miro—. ¿Por qué te sentiste impulsada a mencionar a Jesús en una clase de historia, Grace?

—No lo hice yo. Fue Brooke. Pero ¿por qué *no debía* hacerlo?

Me froto la nariz, cansado, y seguro de que esta mujer no va a retroceder. Bien por ella y mal para su abogado.

—Mira, no estoy aquí para discutir el...

—No, Tom, escucha... creo que no estás captando el punto. Esto no es un asunto de fe. Esto es un asunto de historia.

Su cola de caballo se balancea de un lado a otro y me pone más cansado.

No es así, se trata de salvar tu trabajo y tu salario y de permitirme a mí conseguir uno también.

—Tal vez estoy equivocada —dice—. No soy la experta en leyes, pero me parece que tal vez estamos siguiendo un argumento errado.

—No entiendo —digo.

—Todo ese ataque... es porque yo "predico en clase". Pero yo no lo hice. Estos casos que hemos analizado... no he hecho nada de eso. No leo la Biblia por el intercomunicador como uno de los casos que llegaron a la Suprema Corte. No publiqué los Diez Mandamientos en la red. No armé un pesebre. ¡Y que el cielo me ampare si realmente he *orado*!

—Dirán que predicaste. Citaste las Escrituras y hablaste de las enseñanzas de Jesús como si fueran lo mismo que cualquier hecho verificable.

—Pero ¿qué pasaría si fueran precisamente eso? —descruza las piernas y las baja al costado del sillón. Luego se inclina hacia mí—. Solo porque ciertos hechos están registrados en la Biblia no significa que dejen de ser hechos. Podemos separar los elementos basados en hechos de la vida de Jesús de aquellos que están basados en la fe. En mi clase, no hablé de Jesús como el Señor y Salvador. Lo único que hice fue comentar citas atribuidas a Jesús, el hombre.

Siento un estruendo *kung pao* dentro de la cabeza.

—Y eso fue lo que hice en la clase avanzada de historia —agrega Grace—. No hubo nada malo en el contexto.

Yo asiento, inclinándome hacia adelante en mi silla y siguiendo su línea de pensamiento. Entonces la continúo, expresándome en voz alta:

—Cualquier regla que diga que se puede hablar de todo ser humano que existió *excepto de* Jesús es discriminatoria. La junta de la escuela no puede instaurarla.

—Y cualquier historiador creíble admite que Jesús existió. Hay demasiada evidencia para negarlo.

Tal vez ha sido así de simple desde el comienzo. A veces, la táctica más simple es peligrosa. En este caso, sin embargo, creo que es directa y decisiva.

—Grace, me encanta. Esa es nuestra defensa. Jesús es una figura histórica como cualquier otra. ¿Y sabes qué?

Sus ojos están muy abiertos a la espera de que termine mi argumento.

—Kane no podrá atacarlo. No puede reescribir los libros de historia, ¿verdad?

Grace se pone de pie de un salto y camina hasta la biblioteca que tenemos atrás; busca por un momento entre los estantes y, finalmente, extrae un libro. Me lo extiende: *Hombre. Mito. Mesías.* de un tal Rice Broocks.

—Tienes más para leer —dice Grace, tal como le diría cualquier maestra de preparatoria a su alumno.

35

SON LAS DOS DE LA TARDE del domingo, y Amy está inquieta. Esta mañana, se levantó y se preparó para ir a la iglesia. Encontró el nombre de la que Mina había mencionado, la Iglesia del Redentor. Una iglesia al norte de Hope Springs que ya ha oído nombrar. El reverendo David Hill es el pastor allí. La fotografía que vio en Internet le hace pensar que es una buena persona. Está convencida de que lo conoce de algún lugar, pero no recuerda de dónde.

Hay dos servicios para elegir el domingo por la mañana. *Tres.* A las ocho, a las nueve y media y a las once. Pero, a pesar de que se puso un vestido y tacones, y se arregló antes de las nueve, por alguna razón, no fue. Finalmente, se puso unos jeans y una camiseta, y almorzó un helado.

¿A qué le temes? le pregunta una voz interior. *¿Por qué tanto susto?*

Sabe que una parte de ella sigue avergonzada e incómoda por la burla que amontonó sobre la iglesia y la fe cristiana durante años.

Pero, ¿acaso no se trata de eso la gracia? ¿De hacer borrón y cuenta nueva?

No obstante, hay algo más. Algo más profundo.

Suena el notificador de su celular. Encuentra el aparato en la cocina. Una mirada a la pantalla le revela que es su sobrina.

Mañana vamos a protestar en la entrada del Palacio de Justicia.

¿No tienen clase?

Vamos a faltar —responde Marlene.

¿Qué dirán tus padres?

Me están dando permiso.

Amy se ríe.

Tu padre ciertamente faltó muchas veces a clase.

Matt le lleva siete años, y siempre fue la oveja negra de los dos. Es curioso que ahora tenga tres hijos, incluyendo una en su penúltimo año de la preparatoria.

Yo ni siquiera tengo un gato.

¿Quieres ir con nosotras?

Voy a estar adentro —escribe Amy—. No creo que les guste verme entrar a la corte con un cartel.

¿Puedes hacer eso?

No. Estoy bromeando.

Amy intercambia mensajes con Marlene durante veinte minutos más, hablando del juicio y de si la profesora Wesley ganará y de cómo van las cosas en la escuela.

Dile a Brooke que me gustaría hablar con ella otra vez —escribe Amy.

Se lo diré; estará mañana en la protesta.

Se despiden, pero momentos después, Amy recibe otro mensaje de texto.

De paso, ¡ME GUSTÓ MUCHO tu blog la otra noche! Continúalo.

Amy se queda mirando las palabras y sonríe.

Gracias

Ha recibido muchos elogios y alabanzas a lo largo de los años, pero hay algo que la satisface más en este cumplido, viniendo de Marlene. La muchacha es inteligente y sincera y realmente fuerte en su fe. Amy la respeta, y sabe que sus padres han hecho un buen trabajo.

Es mejor recibir un elogio por algo positivo o inquisitivo que por algo que simplemente aporrea y derriba.

No le lleva mucho tiempo volver al monitor de su laptop y comenzar a escribir otro artículo para el blog.

Los escritores necesitan saber que tienen *algún* tipo de público. Incluso si es un público de una sola persona.

36

LA PRIMERA COSA EXTRAÑA que veo en el estacionamiento frente al edificio de mi oficina es el Mercedes de Roger. Este es uno de los muchos juguetes que se compró cuando obtuvo esa gran indemnización. Roger es el ejemplo perfecto de cómo *no* gastar el dinero. Siempre se queja que está al borde de la quiebra; sin embargo, conduce un Mercedes deportivo de dos puertas que parece estar perpetuamente impecable.

¿Por qué está trabajando un domingo por la noche?

La otra cosa extraña es un coche junto al suyo. Un SUV, bastante nuevo y en buen estado.

Las puertas del edificio quedan cerradas los fines de semana.

Hay solo unos pocos arrendatarios más en nuestro edificio de oficinas de un solo piso, y nunca están aquí los fines de semana.

Casi dudo de bajar de mi coche. Esto parece sospechoso y, conociendo a Roger, seguramente será sospechoso.

La mitad de la mañana se me fue en la idea con la que me desperté. Ocurre que el domingo por la mañana es el peor momento del mundo para conseguir reunirse con tipos que creen en Dios: hombres que han estudiado y que han hecho de hablar de Dios y enseñar sobre Dios la prioridad de su vida. Afortunadamente, de alguna manera, logré ubicar a dos de ellos. Hay un plan en movimiento. Solo espero que se cumpla.

Iba a pasar un tiempo trabajando en mi oficina, pero ahora...

Es mejor que le avise que estoy aquí afuera.

Rara vez llamo o le escribo a mi socio, pero decido hacerlo y le mando un mensaje.

¿Trabajando duro el domingo? Qué amor a la profesión. Mira, tengo que entrar un momento y dejé las llaves en casa. ¿Podrías abrirme la puerta?

Espero unos momentos, pero no recibo respuesta. O está escribiendo una respuesta larga o no recibió mi mensaje.

Pero cinco minutos después, la puerta delantera junto a la que estoy parado se abre completamente. Roger tiene una expresión extraña, como un arco iris de emociones diferentes. Ninguna de ellas se parece a su habitual ánimo ambivalente. Veo sorpresa, ira, incomodidad, y casi inmediatamente comprendo lo que está pasando ahí adentro.

—¿Qué haces aquí? —pregunta con un acento de tipo sabio que nunca sé si es realmente así.

—Trabajo aquí —respondo con una sonrisa.

Está en la entrada, bloqueándome el paso. Pero no tengo apuro.

—¿Estás trabajando horas extras por ese caso de Jesús?

Por lo menos ha leído mis últimos correos electrónicos y sabe de qué se trata.

—Roger... dime algo. ¿Hay una mujer contigo en la oficina?

Esa cara suya regordeta mira hacia ambos lados del estacionamiento.

—Sí.

—Sospecho que no es Vicki.

Vicki es la segunda esposa de Roger, quien en el último año viene hablando de abandonarlo.

Se acomoda el nido de cabello crespo y ralo, y sacude la cabeza.

—Sin duda, te pareces al tipo de la película *Casino*.

Esa sonrisa suya de vendedor poco fiable se asoma a su cara.

—¿De Niro?

—No, Joe Pesci.

La sonrisa desaparece tan rápido como llegó.

—Ese termina apaleado y enterrado en alguna parte de un desierto.

—Bueno, esperemos que esa señorita ahí adentro que no es Vicki no sea una *señora* que no es Vicki.

—Es solo una amiga que conocí en el gimnasio.

Lleva puestos pantalones de vestir y una camisa metida adentro. Observo su linda y redonda barriguita ceñida por el cinto.

—¿El gimnasio, eh? —le pregunto.

Se pone a maldecir, uno de sus pasatiempos favoritos.

—Cállate. Tienen fabulosos saunas allí.

Sacudo la cabeza.

—No necesito entrar.

—No, no. Está bien. En verdad.

—No, quienquiera que sea... no quiero saberlo.

—No quiero tener ningún drama con Vicki. La semana pasada fue muy difícil.

Roger puede seguir hablando indefinidamente cuando se trata de su esposa. O de su exesposa. Y no quiero estar parado aquí otros treinta minutos. La buena noticia es que sé que él tampoco lo quiere.

—¿Cómo va tu caso? —pregunta.

Creo que no te conviene saber cómo va el caso.

—Se pondrá bien mañana, cuando sea el turno del defensor.

—Avísame si necesitas ayuda en algo.

Asiento.

—Y tú avísame si vienen a buscarte unos tipos con bates de béisbol.

La ironía aquí es que solamente una de las frases es un chiste, y no soy yo quien la está diciendo.

Estoy por irme cuando pienso en los dos hombres que contacté esta mañana.

—Ah —digo a Roger—, necesito un favor.

Son muy pocos los favores que le pido a Roger. Cuantos menos le pida, mejor, porque siempre podrían generar algún inconveniente.

—¿Sí? ¿Qué necesitas?

—Necesito que me prestes tu tarjeta de crédito.

Lo he hecho antes, y sé que no le molesta.

—Claro. ¿Qué necesitas hacer?

—Sacar pasajes de avión —respondo.

—¿Adónde vas?

—No viajo yo. Tengo que traer a un par de personas.

Espero.

Más tarde esa noche, me encuentro pensando en Roger Tagliano y en cómo es posible que terminé asociado con él.

A veces, uno da saltos de fe en la vida. Y cuando lo haces, a veces, lo único que consigues es caer en picada. Y *fuerte*.

No hubo ningún encuentro dramático que nos pusiera en contacto. Me había mudado a la casa unos meses después de la muerte de mi madre para ocuparme de su casa y estar más cerca de mi abuela. Muy poco después —una hora, un día o una semana—, decidí quedarme ahí. No fue una decisión dramática. Sencillamente, me sentía bien lejos de California y de todos los demonios que parecían haberme seguido hasta el occidente. Tal vez mi ciudad natal estaría a la altura de su nombre.

Una noche, le mencioné a un viejo amigo que estaba pensando poner mi propio estudio de abogacía, y él mencionó a Roger. Dijo que conocía a un tipo que acababa de ganar un gran juicio además de perder a su socio. Mi amigo me recomendó que lo contactara.

—Conversa con él —me sugirió—. ¿Qué puedes perder?

Después, mi amigo se mudó. Pero podría escribirle una carta larga y amable mencionando las cosas que podría perder.

¿Qué de la cordura? ¿Y de la paz mental? ¿Y de la normalidad? Sí. Todo eso.

Roger tenía sirenas con luces rojas encendidas desde el día que lo conocí. Sin embargo, una parte de mí —esa misma parte que había prosperado mientras estaba en California— creía que podría manejarlo. Roger era un medio para un fin. Él tenía una oficina, y yo podía pagar la mitad del alquiler y beneficiarme de un tipo que tenía mucho tiempo y dinero en la billetera.

También era un mujeriego y tenía un matrimonio en declive, una tendencia a la paranoia y la ética de trabajo de una babosa.

Pero vamos, yo puedo lidiar con eso.

Muy en el fondo, sé que esa parte de mí creía que podía ayudarlo. Que el maravilloso Tom Endler podría resucitar a esa pobre alma.

Dos años después, ambos somos unas pobres almas. Yo pendo de un hilo delgado, y él está suspendido sobre una zanja muy profunda.

¡Qué pareja!

A medida que se hace de noche, comienzo a tratar de prepararme para mañana. Los detalles para mis dos invitados están arreglados y pagados. Me despertaré muy temprano. Sin embargo, no quiero dormirme. No quiero caer en posibles sueños. No porque vayan a ser malos, sino porque sé que cuando me despierte, encontraré una perrita magullada a los pies de mi cama. La misma cama donde solía dormir mi fallecida madre.

Ese es el comienzo de una novela de Stephen King, amigo.

Encontré la Biblia en un estante de la sala. Originalmente la había dejado sobre la mesa de luz, pero luego decidí que estaba demasiado cerca del lugar donde duermo. La rescaté porque pensé que podía ser de utilidad. Ahora está sobre la mesita del café, sin tocar.

No necesito abrirla para defender a alguien que cree en ella.

Sé que el libro que descansa ahí no es un libro común. Sé que tiene el poder para cambiar a la gente. Si mis padres son un ejemplo válido, entonces tengo exactamente el mismo porcentaje a favor y en contra de salir bien, en caso de que realmente logre creer en lo que está ahí adentro. Cualquier cosa que pudiera hacer para parecerme más a mi madre, la haría. Pero cualquier cosa que pudiera hacer para evitar ser como mi padre, también la haría.

Por lo tanto, estoy atascado en el medio. Como siempre. Y ese libro ahora está demasiado lejos como para que yo pueda tomarlo fácilmente.

Mamá se fue y papá todavía anda por ahí.

Dios, si realmente estás en alguna parte, explícame eso.

Los tipos buenos no siempre ganan. Lo sé. Es por eso que la señorita Wesley está en juicio, por eso la estoy defendiendo, por eso elijo luchar por ella. Ella no debería ser cuestionada ni suspendida ni llevada a juicio. Es ridículo. Y ese es el tipo de caso y de persona que quiero defender.

Es ridículo, igual que yo.

Apuesto a que mucha gente llamó ridículo también a Jesús.

Y aquí estoy, Tom Endler —*ese* Tom Endler— poniéndome de pie en público y defendiéndolo.

Sé las historias. Mi padre me contó demasiadas, y las que él no me contó, lo hizo mi madre. Dos padres temerosos de Dios, creyentes en Jesús, que igual terminaron divorciándose.

Para amarte y cuidarte hasta que la muerte nos separe, de acuerdo al santo mandamiento de Dios...

Pero mis padres se separaron; ¿qué dice eso sobre el santo mandamiento de Dios? ¿Qué dice sobre Dios?

Debería irme a dormir para estar preparado para mañana. Pero es que estoy un poco molesto por alguna razón. Me gustaría pensar que es por mis padres, pero no es eso.

El sillón está suave, y sé que este es el lugar donde mi madre probablemente se sentaba a mirar televisión. Nunca parecía sentirse sola cuando la llamaba. La imagino sentada aquí en una noche como esta, inclinada hacia la luz de la lámpara y abriendo ese libro pesado con cubierta de cuero. ¿Qué en él le proporcionaba alegría o esperanza? ¿Qué decían esas palabras, y cómo las interpretaba ella? Porque todo se trata de interpretación, ¿verdad? Una mujer como Grace puede pensar en las palabras de una manera, y luego la señora y el señor Thawley pueden pensar de una manera totalmente distinta.

Pero para mi madre, significaban algo.

Eso debería contar mucho, ¿no es así?

Miro la Biblia desde donde estoy sentado. Vamos... no la voy a levantar. No voy a leer cualquier versículo y luego actuar como si David Blaine apareciera de repente en esta sala y realizara magia callejera en mi alma. El mundo no funciona así. No. No hay manera. Sencillamente, no hay manera.

Mis ojos se posan en la serie de fotografías sobre el estante de la pared. Miro la que está más a la izquierda con mi madre joven sentada junto a mi hermana y a mí. Sonriendo. Tan joven. Con toda la vida por delante. Con una mirada que dice «así debería ser la vida». Llena de esperanza y de una familia que tiene toda la suerte por delante.

No estaba loca. Y no vio a David Blaine ni a David Copperfield.

Mamá creía. Sí que creía.

Mientras me pongo de pie y comienzo a apagar las lámparas, reconozco eso que se cierne sobre mí. No es fácil de admitir, y tampoco tiene sentido en realidad.

Es envidia. La envidia de algo que alguien tuvo alguna vez. Alguien que ni siquiera sigue aquí.

Me figuro a Grace, mi clienta, la maestra que está siendo juzgada, una mujer de la que mi madre estaría orgullosa que yo represente. Tal vez comience a envidiarla también a ella.

37

LOS ESCALONES DEL Palacio de Justicia están plagadas de manifestantes como un patio trasero cubierto de hojas amarillas, rojas y marrones en una mañana a fines de otoño. Amy observa que las edades de las personas varían desde estudiantes hasta personas retiradas. Algunos llevan carteles. Al pasar entre ellos, en busca de Marlene y Brooke, ve frases como *Te queremos, Grace* y *Estamos con Dios*. Del otro lado de los escalones, como dos equipos en una cancha de fútbol, hay hombres y mujeres con carteles que dicen: *Dios es una mentira, Saquen sus manos de la mente de los niños* y *Escuela, no Escuela dominical.*

Un reportero de la televisión, alto y animoso, está en medio del gentío en la escalinata, hablando frente a una cámara.

—Esta mañana se espera que el defensor de Grace Wesley comience la defensa de sus controvertidos comentarios en el aula...

Amy distingue a Marlene cerca del frente del grupo. Brooke está junto a ella.

—Buenos días, Brooke —dice Amy, abrazándola. Hace lo mismo con su sobrina.

—Estamos aquí desde hace más de una hora —dice Marlene en un tono de voz que suena a que ha tomado su café matutino.

—Hola, señorita Ryan —dice Brooke.

—¿Viniste con tus padres? —pregunta Amy.

—No precisamente. No estamos en buenas relaciones en este momento.

Amy la mira, sorprendida.

—¿Por qué?

—Porque yo quiero que retiren esta tonta demanda, y ellos no lo harán, y ellos quieren que yo deje de protestar, y *yo* no lo haré.

—Ya veo —dice Amy—. Suena complicado.

—Sí.

Amy mira hacia las puertas del Palacio de Justicia.

—¿Sabes si están ahí?

—Sí —dice Brooke—. Acaban de llegar.

Marlene se inclina hacia Amy y le susurra al oído:

—Qué difícil.

Por un breve tiempo, hablan de cosas sin importancia mientras Amy estudia la multitud. Todos aquí se han tomado el tiempo para afirmar su posición de lo que creen.

¿Y tú, Amy, qué estás haciendo aquí? ¿De qué lado te posicionas?

Amy mira a la muchacha que hizo la pregunta en el aula y comenzó esta suerte de efecto dominó. La bonita cara de Brooke está cargada de aflicción.

—Sabes que esto no es tu culpa, ¿verdad? —dice Amy.

Ella asiente, pero no levanta la cabeza. Amy sospecha que la muchacha está tratando de contener las lágrimas. A veces, hay cosas que uno tiene que decir. Brooke probablemente no ha recibido mucho apoyo positivo en los últimos días.

—Voy a entrar. Más tarde volveré a contarles qué está pasando.

Lo que realmente quiere hacer es encontrar a los padres de Brooke y preguntarles qué están pensando y por qué están haciendo esto.

Le lleva cinco minutos divisar al matrimonio. Están en los últimos escalones que llevan a la corte, de pie junto a la pared, discutiendo algo.

—Disculpen, quisiera hacerles algunas preguntas.

Richard Thawley se acerca a Amy, extendiendo el brazo con la palma de la mano al frente.

—Ya se lo hemos dicho a los demás ahí afuera, sin comentarios —dice Richard—. ¿Qué hace usted aquí?

—No soy periodista.

Lo cual, técnicamente, es cierto. Por lo menos no *ese* tipo de periodista.

—¿Qué quiere entonces?

—Tengo un blog —hace una pausa—. Escribía un blog llamado *The New Left*.

—Lo he leído —dice Katherine, rodeando a su esposo—. Es la que le gusta burlarse de las cosas de los cristianos, ¿verdad? ¿Va a mostrar lo ridículo que es este caso?

Amy sonríe y asiente. Tampoco está mintiendo.

Solía ser la que se burlaba de las cosas cristianas. Y espero poder mostrar lo ridículo que es este caso, pero lo voy a mostrar a favor de la defensa.

—Lo último que le dije a Kane es que no necesitamos un montón de fanáticos religiosos protestando frente a nuestra casa —dice Katherine, con los músculos del cuello tan tirantes como el traje que viste—. Nos dijo que el caso se mantendría fuera de los medios.

—Creo que estaba equivocado —dice Amy—. Muy equivocado.

La gente comienza a subir los escalones.

—¿Podrían decirme por qué decidieron llevar adelante este caso? ¿Sin el consentimiento de su hija?

Richard responde rápidamente:

—No necesitamos el consentimiento de Brooke. Kane ya hizo notar que ella es menor, y nosotros somos sus tutores. En lo que respecta a la corte, ella no tiene derechos. No subirá al estrado para que le hagan preguntas.

—Pero ¿por qué hicieron la denuncia? Sigo sin entenderlo.

—Cuando ganemos, cada solicitud de admisión a la universidad podrá contar la historia de cómo Brooke fue parte de un caso constitucional emblemático en relación con la separación entre iglesia y estado. Ninguna de las juntas de admisión de la Liga de universidades selectivas será capaz de resistirlo.

Amy está por hacerle otra pregunta a Richard, pero él y su esposa se disculpan y entran a la corte.

Piensan que esto beneficiará la carrera universitaria y el futuro de Brooke.

Hay algo admirable en esto. Ambos padres están juntos, entrando de la mano a la corte. Se preocupan por el bienestar de su hija.

Eso es más de lo que Amy puede decir de su madre.

Llega más gente y se encamina hacia la corte. Parejas, gente de negocios y familias, y lo único que tiene Amy es un bloc de notas y una mente llena de preguntas y de dudas.

Hay fuerza en los números, lo cual explica por qué Amy siempre se siente débil cuando está sola.

38

ME SIENTO UN POCO como antes de hacer el examen final para la práctica de abogacía. En realidad, no es cierto. Es más como aquella sensación de estar hundiéndome, como cuando tuve que ponerme de pie para decir las palabras finales en el entierro de mi madre.

Peter Kane está sentado en la otra mesa, engalanado con un traje de tres piezas. Apuesto a que la corbata sola cuesta más que toda mi ropa. Grace se ve mil veces más serena que yo.

Ponte de pie, respira hondo y ofrece una expresión de tranquilidad.

Hago exactamente eso.

—Su señoría, ¿puedo pasar al frente?

—El defensor puede aproximarse al estrado.

El juez Stennis parece un poco más amigable esta mañana.

Bueno, *amigable* no es la palabra adecuada. Parece menos ofendido que otras veces ante el sonido de mi voz. Camino hacia la figura que se eleva sobre mí como si fuera Frodo mirando al monte Doom. A mi lado está Gollum. Un Gollum muy bien vestido con esa sonrisa suya tan repulsiva.

—Quisiera agregar dos testigos, su señoría.

—¿Cómo es eso? —pregunta Kane antes de que el juez pueda dar ninguna respuesta.

—Los señores Lee Strobel y James Warner Wallace.

Apuesto los mil dólares que no tengo por las palabras que están a punto de llegar. *Uno... Dos... Tres...*

—Objeción, su señoría. Estos testigos no estaban en la lista original.

—Su señoría —comienzo en mi voz más calmada a lo "Un amor" de Bob Marley—, ambos son efectivamente testigos de refutación que, debo decir, han viajado desde lejos y con considerable gasto para estar aquí.

Y muchas gracias, Roger, por afrontar provisoriamente esos costos.

—¿Sobre qué van a testificar estas personas? —pregunta el juez Stennis.

Esta mañana, hubiera apostado un 75 por ciento a favor de la admisión de esos testigos. Tal vez un 65 por ciento. No lo sé. Mirando la expresión del juez ahora, sospecho que tengo un 40 por ciento de posibilidades.

—Evidencias con respecto a la existencia de la figura histórica de Jesús el Cristo.

No es accidental que yo haya agregado ese *el*. Hay algo en ese título que lo hace sonar más oficial. Me recuerda a Pedro el Grande, otra figura histórica.

Kane tiene una sonrisa que se parece a la del Guasón.

—¿Pretende demostrar que Jesucristo realmente existió? Eso es ridículo.

—Sí.

No soy ninguna clase de buen cristiano, pero ni siquiera a mí me resulta difícil creer en el Jesús histórico.

—¿Qué es esto? ¿Algún juego? —pregunta el juez Stennis.

—No, su señoría. En su declaración inicial, el abogado demandante se refirió a la "supuesta" existencia de un tal Jesús. Si revisa el informe, estoy seguro de que verá que acusa a mi clienta de "recitar palabras *supuestamente* adjudicadas a dicha figura religiosa que *supuestamente* existió hace dos mil años". Mis testigos están aquí para discutir la naturaleza "supuesta" de esos hechos.

—No creo que tenga que revisar el registro para saber que eso está allí —dice el juez—. Señor Kane, ¿disputa la veracidad de la afirmación del señor Endler?

—No, su señoría, pero...

—Objeción denegada. Hizo una afirmación concreta, lo que significa que el defensor tiene la oportunidad de refutarla.

Lo bueno de los jueces, especialmente cuando cumplen con su trabajo, es que no tienen favoritos, y siempre pueden moverle el piso a cualquiera de las partes representadas. Miro a Kane y disfruto la furia de su rostro y el silencio de sus labios.

¿Qué tal si objetas a eso?

—La defensa llama a Lee Strobel —digo un poco más fuerte de lo necesario.

Puedo ver el desdén en el rostro de Kane cuando volvemos a nuestras mesas. Va dirigida a Grace.

El primero de mis dos testigos sorpresa pasa frente a nosotros y se ubica próximo al alguacil. El hombre de sesenta y tantos años tiene un rostro amigable y un aire despreocupado. Se ve confiable y sencillamente *agradable*. Eso siempre es bueno en un testigo.

—¿Jura decir la verdad, toda la verdad y nada más que la verdad? —pregunta el alguacil.

—Con la ayuda de Dios, sí.

Bonito detalle eso de agregarle «con la ayuda de Dios».

Si alguien va a decir la verdad, toda la verdad y nada más que la verdad, tiene que ser un autor especializado en apologética.

Camino hacia Lee y le hago una sonrisa de saludo.

—¿Podría indicarle a la corte su nombre y ocupación?

—Mi nombre es Lee Strobel. Soy profesor de Pensamiento Cristiano en la Universidad Bautista de Houston y autor de más de veinte libros acerca del cristianismo, incluyendo *El caso de Cristo*.

Esta mañana no he estado observando gran cosa al jurado, pero a medida que el profesor habla de su título, echo una mirada, y veo a uno de ellos con aspecto un poco... pálido.

El pastor.

Uy...

—¿Podría ayudarme a demostrar la existencia de Jesucristo? —pregunto.

—Totalmente —dice Lee lleno de confianza—. Más allá de toda duda razonable.

—¿Cómo así?

—En realidad, esta corte ya lo ha afirmado al abrir la sesión y mencionar la fecha. Nuestro calendario está dividido entre antes de Cristo y después de Cristo, con base en la fecha del nacimiento de Jesús. Lo cual sería muy difícil de no haber existido él.

Lee no muestra aire de superioridad por sus conocimientos ni petulancia por su seguridad. Habla más como un periodista que comparte noticias del tema con un presentador.

—Además, el historiador Gary Habermas presenta treinta y nueve fuentes antiguas sobre Jesús, de las que enumera más de cien informes de hechos de la vida, las enseñanzas, la crucifixión y la resurrección. De hecho, la evidencia histórica de la ejecución de Jesús es tan fuerte que uno de los más famosos eruditos del Nuevo Testamento en el mundo, Gerd Lüdemann, de Alemania, dijo que la muerte de Jesús como consecuencia de una crucifixión es indiscutible. Ahora, hay muy pocos hechos de la historia antigua de los cuales un historiador crítico como Gerd Lüdemann diría que son indiscutibles. Uno de ellos es la ejecución de Jesucristo.

Me quedo en silencio por un momento, dejando que todo esto surta efecto, porque pienso que puede ser mucho para que los miembros del jurado procesen. Sería interesante llevar un curso con un maestro como Lee. Tiene un modo de ser creíble y sensato. En otra vida pudo haber sido un comentarista deportivo.

—Discúlpeme, pero, ¿usted es creyente, verdad? —pregunto—. ¿Es un cristiano que cree en la Biblia?

Lee me mira con una sonrisa tranquila que abarca todo su rostro. Levanta las manos como rindiéndose.

—Culpable del cargo.

—Entonces... ¿no tendería eso a *exagerar* su estimación de la probabilidad de la existencia de Jesús?

—No —responde.

—¿De verdad? ¿Por qué no?

—Porque no hace falta exagerarla. Podemos reconstruir los hechos básicos de Jesús a partir de fuentes no cristianas, externas a la Biblia. Gerd Lüdemann es ateo. En otras palabras, podemos demostrar la existencia de Jesús solamente usando fuentes que no tienen ninguna simpatía por el cristianismo. Como dice el historiador agnóstico Bart Ehrman, Jesús *existió*, nos guste o no. Lo digo de otra manera: negar la existencia de Jesús no lo hace desaparecer, simplemente declara que ninguna cantidad de evidencia lo convencerá a usted.

—Gracias —respondo—. No tengo más preguntas, su señoría.

—¿Señor Kane? —dice el juez Stennis.

Es como despertar al muchacho aburrido de la última fila del aula. Kane parece haber estado pensando en su cartera de valores durante toda la hora.

—No tengo preguntas —responde.

Tengo la sensación de que incluso Stennis está aburrido. Ya es casi mediodía, y debe tomar la decisión.

—Haremos una suspensión para el almuerzo y tendremos un receso hasta las catorce horas.

Ese sonido del martillo del juez es lo que Kane probablemente ha estado oyendo en su cabeza toda la mañana.

Mientras observo salir a los miembros del jurado, vuelvo a detenerme en Dave. Se ve enfermo. Como si tuviera gripe o algo así. Esperemos que sea algo leve. No puedo darme el lujo de perderlo. De ninguna manera.

—Gracias —le digo finalmente a Lee al salir de la sala con Grace—. Excelente trabajo ahí adentro.

—A eso me dedico, Tom.

Yo asiento, y Grace también le agradece.

—Tal vez consiga que crea —dice ella.

Lee mira a Grace.

—¿Quiere decir, el juez?

—No. Me refiero a él. —Grace voltea la cabeza en dirección a mí.

—Eh... vamos —digo sonriendo—. Nunca dije que dudaba de que Jesús *existiera*. Es todo lo otro.

—Eso otro es muy importante —dice Lee.

—Eso he oído.

Comienzan a caminar hacia los escalones que parecen derramarse frente a nosotros.

—Yo prestaría atención a las cosas que oye. Dios puede estar hablándole.

—Tal vez —le respondo al profesor.

Miro a Grace de reojo, y veo que intenta esconder una sonrisa. Por lo visto, su intento es insuficiente. Parte de mí quiere decir que si Dios realmente me está hablando, entonces le propondré un trato. Que me permita ganar este juicio, y entonces escucharé lo que tenga que decirme.

La cosa es... que no quiero hacer ese trato.

Me aterra pensar en las cosas que Dios diría si efectivamente tuviera una linda charla conmigo.

39

«**ESTAMOS DIVIDIDOS Y** determinados a quedarnos de nuestro lado, de pie y sin ver los ojos de los otros».

Amy lo graba en su celular. En ocasiones, frases como esa le vienen a la mente en forma inesperada. Esta vez, está en los escalones del Palacio de Justicia y ve a una multitud que ha duplicado su tamaño. Tal vez más. Y los lados se han puesto en guardia, como los luchadores en un ring. Se miran con furia y se dicen frases en tono de burla, en el intento de defender su postura. Amy se pregunta si saben que el juicio está llevándose a cabo *en el interior* del Palacio de Justicia y no en esos escalones.

Los bandos se ladran entre sí. No hablan, literalmente se gritan palabras que no se entienden pero que producen un ruido ensordecedor. Amy no alcanza a ver a Marlene ni a Brooke.

—¡Fuera del aula! —grita alguien en los escalones.

—¡Dios te ama, pecador! —grita otro.

Esta sí que es una conversación sofisticada.

Hay un sonido chillón seguido por una voz en un megáfono. Amy mira hacia arriba y ve a un hombre que, apuntando su altavoz a la multitud, comienza a recitar la frase «Enseñar... No predicar», a lo que se une la mitad de la multitud. Los diversos equipos de noticias rápidamente lo rodean para obtener metraje. Amy casi no puede creer la cantidad de medios nacionales que están representados allí.

¿Cómo pudo este caso hacerse así de conocido tan rápidamente?

Ahora ha quedado inmersa entre la multitud y siente como si estuviera en un festival de música. Por un momento intenta abrirse camino hacia las puertas, avanzando muy poco, cuando una mano la toma del brazo.

—Por aquí... señorita Ryan.

Brooke está allí, y la jala en la dirección opuesta. Se deslizan y empujan hasta que llegan a un grupo de estudiantes sentados en varias hileras de escalones. Están en silencio y tomados de la mano.

—Esto es lo que estábamos estudiando —dice Brooke—. Una protesta pacífica no violenta.

Marlene hace una de esas risas contagiosas suyas.

—Y no vamos a movernos.

—¿Quieres unirte a nosotros? —pregunta otra muchacha.

Amy está de pie allí, observando a la multitud que los rodea.

—Es mejor que vuelva adentro —dice.

—¿Cómo van las cosas? —pregunta Brooke.

—No muy bien.

Les dice a las muchachas que se mantengan unidas, y se abre camino hacia la puerta principal. Es agradable estar adentro y fuera del ruido.

Amy piensa en los estudiantes, sentados y llevando adelante una «protesta pacífica no violenta». Recuerda su propia etapa cuando estaba en todo eso. Estudió a las personas como Gandhi y vio la película, y entonces decidió jugarse por completo. Fue su temporada de *satyagraha*. Siempre acostumbraba decirle a todos que ese era el término que había acuñado Gandhi para referirse a la desobediencia civil no violenta, porque «resistencia pasiva» seguía teniendo connotaciones negativas y se malinterpretaba.

Pensar en esas temporadas de su vida la hace preguntarse si no está simplemente buscando otra. Se cansa de la primavera, entonces corre a buscar el verano, irrumpe en el otoño y cae precipitadamente en el invierno.

¿Acaso mi fe es solo una temporada? ¿No es más que otro juego de disfraces como solía hacer cuando era niña?

La idea de estudiar la protesta pacífica y a Gandhi y a Jesús la hace pensar en el relato que oyó de boca de un pastor mucho tiempo atrás, del libro de Marcos. Jesús estaba con sus discípulos en la casa de un hombre, cenando con mucha gente de mala reputación, cuando los fariseos lo cuestionaron. Su respuesta fue decir que los únicos que necesitaban un médico eran los enfermos. Jesús no estaba ahí para tratar de salvar a los que se consideraban personas rectas. Vino para salvar a los que se reconocían pecadores.

Toda esa gente de pie fuera del Palacio de Justicia, todos afirmaban tener la razón.

¿También se consideran a sí mismos justos?

Hay algo en Marlene y en Brooke y en sus amigos que hace que Amy piense en Jesús. El Jesús de quien ella ha leído relatos no vino con carteles, ni amenazas, ni un megáfono. Vino a sentarse junto a uno y a tener una relación y, sencillamente, a compartir la verdad.

Es la verdad lo que asusta a tanta gente. Es el temor a la verdad lo que mantiene el nombre de Jesús fuera de las aulas. La verdad que dice que Jesús es el único camino.

Amy sabe que a ella también le atemoriza. Y mucho.

40

EL PASTOR DAVE —o reverendo Dave, todavía no estoy seguro de cómo debería llamarlo— me tiene preocupado. Desde el comienzo mismo, supe que no se imaginaba estar sentado entre el jurado, pero cuando lo metí en esto, esperaba que se solidarizara con el caso de Grace. Sin embargo, ahora parece que le está pasando algo que puede o no estar relacionado con el caso. Esta mañana, ha estado un poco pálido. ¿Será un caso de intoxicación alimenticia por una mala tanda de ensalada de atún que comió anoche? ¿O podría ser otra cosa?

Después de regresar del almuerzo, y cuando mi segundo testigo sorpresa está listo para ser citado, observo la entrada de los miembros del jurado en hilera, como niños de tercer grado. Siempre es interesante observarlos experimentando algo que generalmente es extraño por completo para ellos. ¿Será fascinante el deber civil de ser jurado? Probablemente no. Pero decididamente, es extraño. El pastor Dave es el último en entrar, y parece haber empeorado.

Ya no está pálido; está rojo. El pobre parece haber pasado el receso del almuerzo entrenándose para los próximos juegos olímpicos. Y con su ropa normal de calle. Tiene el rostro salpicado de gotas de sudor, y puedo ver aureolas en sus axilas y en el pecho. Su camisa celeste no es muy buena para un estallido de transpiración como ese.

La mujer mayor que está junto a él le dice algo mientras le echa una mirada de advertencia. Luego parece intentar sentarse lo más lejos posible de él.

—¡Todos de pie! —dice el anunciante.

El sonido parejo de un par de cientos de personas que se ponen de pie se extiende por la sala. El juez Stennis se mueve con más lentitud que antes. Me pregunto si ese bistec que comió en el almuerzo le sentó bien a su estómago.

—Pueden sentarse —dice.

Por alguna razón, el pastor Dave sigue de pie. No necesito ser médico para comprender que algo anda mal. Verdaderamente mal. Los ojos parecen saltarle.

El juez Stennis mira al jurado y espera un momento, observándolo para ver si se sienta o dice algo.

—Jurado número doce, ¿hay algo que desee decir?

El pastor mira al juez como si estuviera muy, muy lejos. Hay más sudor y más manchas de color en su rostro.

—Su señoría... no me siento muy...

Se tambalea hacia adelante y queda sostenido por la baranda frente a él al caerse. Hay gritos ahogados y exclamaciones mientras los miembros del jurado se ponen de pie y algunos se acercan a ayudarlo. Más personas hablan y se ponen de pie, y pronto la corte está dominada por el caos.

El juez Stennis golpea su martillo, pero nadie parece oírlo. Ayudan al pastor Dave a sentarse en la silla y varias personas se acercan a mirarlo, incluyendo el alguacil y un oficial de policía.

—¿Qué sucedió? —dice Grace con una mano sobre mi brazo.

Solo puedo mirar y suponer lo peor.

Nuestra mejor carta se desmejoró.

—No estoy seguro. Parece enfermo. —Detesto afirmar lo obvio, pero en este caso, no tengo ninguna idea de qué más decir.

—¿Qué van a hacer? —me pregunta.

—No lo sé.

El juez intenta poner orden en la sala, y da algunas instrucciones. A los demás miembros del jurado se les envía fuera de la sala mientras un equipo de paramédicos entra y examina al pastor Dave. La gente detrás de nosotros observa con total desconcierto.

En determinado momento, miro a Kane y su gente. Está intentando esconder su aire de suficiencia, pero no necesito verlo en su boca. Lo tiene en los ojos.

—Lo están colocando en una camilla —dice Grace con total... algo. Disgusto, quizás. Desdén. Desilusión. Desagrado.

En este momento, está sintiendo una palabra «des».

Tal vez se siente un poco desatendida por Dios.

En cuanto a mí, estoy insensible. Este tipo de cosa me ocurre todo el tiempo. *Todo* el tiempo. No soy del tipo de personas "ay de mí". Pero los ayes no captan la indirecta; por lo tanto, me siguen persiguiendo.

Una vez que se han llevado a Dave de la sala de la corte, el juez suspende por el día.

—Un momento —me dice Grace—. ¿Cómo puede dar por terminado el día?

—No sé si lo has captado, pero los jueces son básicamente un poder soberano en su corte. En lo que respecta a operaciones como suspender, pueden hacer prácticamente todo. —Recojo mis documentos y archivos, y sigo a Grace hacia la puerta.

Peter Kane parece estar esperándome. Ya puedo oír lo que se viene mientras camina junto a mí en ese traje suyo hecho finamente a medida.

—¿Qué tal *eso* como prueba de que no hay Dios? —me pregunta Kane.

Me alegro de que esté fuera del alcance de los oídos de Grace.

—No se ha ido todavía.

No obstante, ambos sabemos que el hombre se ha ido.

—Acabas de perder el único miembro del jurado con el que realmente contabas —me recuerda Kane.

—Tal vez su visible inclinación podría haber jugado en contra.

Cuando llegamos a la puerta, Kane la bloquea para poder hablar conmigo en privado.

—¿Has visto las cámaras allá afuera, Tom? ¿A los manifestantes?

Solamente sacudo la cabeza y doy la impresión de estar perplejo.

—No, no he visto nada. Unas palomas junto a la fuente. Son bonitas, ¿las has visto?

—Reserva tu ternura para tu clienta. El país está observando. ¿Sabes por qué? Porque esta será otra barrera rota y borrada en la corte de la opinión pública.

—Algunos de esos manifestantes están del lado de mi clienta —observo.

Asiente, y creo detectar algún tipo de loción para después de afeitarse para viejos, que huele a whisky y cuero de coche nuevo.

—¿Sabe tu clienta que su abogado quedó fuera de su liga? Esos nuevos testigos, ¿qué hiciste? ¿Buscaste en Google a escritores y predicadores que defienden la existencia de Dios?

Asiento otra vez, y no muestro ninguna emoción salvo total seriedad.

—Efectivamente, tienes razón. Hice exactamente eso. Eso fue después de mirar a tu héroe en la televisión.

Kane me consiente con un sarcástico:

—¿Y quién podría ser ese?

—Lionel Hutz. Tu doble en la TV.

Echa una mirada alrededor de la corte casi vacía y luego parece estirar los músculos de su cara.

—Estoy seguro de que esa es una broma muy, muy graciosa. Pero verás, en mi mundo, soy un maestro en litigios, no en cultura pop.

Antes de que pueda decirle de dónde viene el nombre, Kane se voltea y sale de la corte. Creo que no le habría resultado divertido en absoluto, a pesar de que todavía pienso que la referencia a *Los Simpson* es graciosa.

O quedas picado, o quedas tonto.

Cuando se trata del complejo de superioridad de Kane, prefiero lo último.

Me lleva algunos minutos hallar a Grace, y cuando lo hago, me detengo y la observo. Está junto a la pared de piedra y la baranda de metal que están bajo la bóveda, mirando al piso de abajo. Desde donde ella está, se pueden ver cuatro esculturas. Cada una es una figura de mujer sentada en una silla con funda de tela.

Me detengo porque veo que Grace tiene las manos juntas y los ojos cerrados. No es un misterio lo que está haciendo.

Unos momentos después, cuando los abre y continúa mirando

hacia abajo, me adelanto y me ubico junto a ella para mirar hacia abajo también.

—¿Estás bien? —pregunto.

—No.

—Qué bueno.

—¿Bueno? —pregunta Grace, sorprendida.

—Sí. Si hubieras dicho que estás bien, sabría que estás mintiendo. Y entre nosotros no podemos ser deshonestos. ¿Correcto?

—¿Y *tú* cómo estás? —pregunta ella.

—Acabo de tener una linda charla con Kane. Así que, ¿honestamente? De repente, tengo un terrible dolor de cabeza.

Eso la hace reír.

Miro hacia abajo y señalo a una de las esculturas.

—Apuesto a que sabes todo sobre ellas, ¿verdad?

Asiente. Estoy seguro de que ha dado bastantes clases sobre lo que representan las estatuas de piedra caliza.

—Bien, entonces hazme examen —digo—. La mujer que tiene algo de trigo... representa la labranza, ¿correcto?

—La agricultura —corrige.

—Es lo mismo. La que tiene el rollo sobre las rodillas, es por la literatura.

—Las humanidades —me corrige nuevamente.

—La mujer con el mazo, siempre pensé que *debía* ser la ley, pero no es eso, ¿verdad?

—Es la industria.

—Sí, claro. De manera que la última mujer, la que tiene la espada... esa es la ley, ¿verdad?

Grace la mira y dice:

—La justicia.

—Ah, algo *completamente* diferente, entonces.

Por supuesto, estoy bromeando.

—¿Crees que la justicia se hará presente en nuestro caso?

—No lo sé. Pero como no soy un sujeto de los que oran, es mejor que lo sigas haciendo tú. Todo ayuda.

—Que tú no seas un "sujeto de los que oran" no significa que no puedas orar. Las oraciones siempre son escuchadas, incluso las de un reacio como tú.

Me río y la sigo mientras bajamos los escalones.

Todavía tenemos tiempo de encontrar algo nuevo para nuestra estrategia de defensa.

Y tal vez de orar.

41

ELLA NI SIQUIERA lo sabe. Un año después de su diagnóstico de cáncer, Amy todavía no se lo ha contado a su madre. Tal vez no haya ningún motivo para que lo haga ahora. Tal vez pueda dejarlo pasar como cientos de cosas de cada día sobre las que nunca dice nada. Pero esto era algo grande. Lo ha intentado. Ha llamado y dejado mensajes. Pero las relaciones son como las plantas en verano. Si no las riegas y las cuidas, se mueren. Es así de simple. Hay que prestarles atención.

Y yo dejé de prestar atención.

Después del extraño percance con el hombre del jurado, y después de que el juicio se suspendió hasta el día siguiente, Amy se encuentra queriendo alejarse de los manifestantes que van menguando y de los apasionados estudiantes llenos de fe. No quiere ver a nadie de este caso.

Lo único que quiere hacer es hacerle unas preguntas a alguien. A alguien que la conozca.

Amy vuelve a intentar con el teléfono de su madre. Cada timbre del teléfono es como escuchar la pinchadura de una llanta de su coche. Al cuarto timbre, recibe un mensaje de voz, uno muy familiar, el mismo que ha estado ahí desde hace un año entero. Piensa en dejar un mensaje, pero finalmente corta el teléfono. ¿Qué otra cosa hay para decir que no haya sido dicha?

—*Mamá, necesito hablar.*

Jaque.

—*Mamá, por favor, llámame. Estoy en problemas.*

Jaque.

—*¿Estás ahí?*

Jaque.

—*Mamá, no lo entiendo. ¿Qué hice?*

Jaque.

Un mensaje tarde por la noche lleno de maldiciones.

Jaque mate.

Mamá sabrá que la llamó. Pero la verdad es que mamá se las arregló para seguir adelante. Tal vez tenía que hacerlo. Fueron muchas las veces que trató, y en todas esas veces, Amy no *estaba ahí*. Mamá sabe lo que se siente porque ella solía ser la que llamaba y dejaba mensajes mientras Amy pensaba que era demasiado importante y estaba demasiado atareada como para ocuparse de su neurótica y necesitada madre. Ya se habían dicho muchas palabras: algunas escritas por correo electrónico, otras como mensaje de texto, otras habladas en voz alta. Así como el tipo de palabras maliciosas que Amy solía usar todos los días como si satisficieran algún tipo de adicción. El veneno puede aparecer en muchas formas, y el tipo al que Amy era adicta se expresaba en la forma de su blog.

Tal vez su madre realmente se había hartado.

Pero así como un adicto que está limpio, Amy siente el efecto de la abstinencia. Tiene necesidad de llenar esos lugares que solían ocupar el cinismo y el odio. Había esperado, o pensado, o tal vez simplemente deseado un poco, que oír la voz de su madre tal vez podría... solo tal vez...

Entró a la gasolinera para cargar combustible antes de hacer la llamada, pero ni siquiera se ha bajado del coche. El tanque está lleno hasta la mitad. O vacío hasta la mitad, depende de cómo lo mire.

O tal vez simplemente estás atascada en el medio, como allá en el Palacio de Justicia, entre dos bandos, como siempre. Amy la entremedio.

Se pregunta si Dios la ve así. Él está allá arriba y el diablo está allá abajo, y ella está atascada en el medio sin ser de utilidad para uno ni para otro. Antes, por lo menos era una luchadora de alguno de los dos, ¿no es así? Incluso si no había estado luchando del lado correcto.

Ve a visitar al pastor del que te habló Mina.

Suena tan prosaico. Tan cliché. Tan de persona necesitada. Preferiría ir a un psiquiatra para que le dé una receta de algo.

Ve a visitarlo.

Un camión que tiene detrás toca la bocina, sobresaltándola. Enciende el coche y parte. Encuentra la dirección de la iglesia que había copiado en su correo.

¿Qué otra cosa podría hacer?

Las opciones se le cierran continuamente. Haría mejor en tomar la que aún está abierta.

La Iglesia del Redentor está pasando la avenida principal, situada sobre una pequeña loma. Es una iglesia antigua, de las que parecen ser una reliquia del pasado, con vitrales y campanario. En la actualidad, muchas iglesias parecen ser edificios conectados, ubicados alrededor de un estacionamiento que parece equipado para albergar un gran evento deportivo. Amy encuentra el pequeño estacionamiento. Es lunes por la tarde, de manera que solamente hay un puñado de coches estacionados allí.

Le lleva cierto tiempo encontrar la oficina que busca. No había nadie en la recepción, de manera que busca en un directorio y encuentra el nombre de él allí. Reverendo David Hill, oficina 204. Sube las escaleras y sigue el corredor hasta encontrar la puerta.

Está cerrada. La ventana de vidrio junto a la puerta se ve oscura. Llama a la puerta, luego intenta abrirla, pero está con llave.

Bueno, ya ves, Amy. Esto es lo que Dios te está diciendo.

—¿Puedo ayudarla en algo?

Amy se hubiera sobresaltado si no fuera por el hecho de que la voz suena reconfortante. Cuando se voltea y ve la cara oscura y amigable mirándola, reconoce que el acento suena africano. Tal vez sea de Kenia. El hombre sostiene un par de bolsas de basura en la mano.

—Estoy buscando al pastor Dave. Pero es obvio que no está aquí, claro.

El hombre sonríe y se aproxima a ella. Tiene ojos tranquilizadores que no dejan de mirarla.

—Mina, la hermana de mi exnovio, me dijo que el pastor Dave es maravilloso y que debía venir a verlo.

—Bueno, lo lamento mucho, pero no está aquí. No regresará hasta la próxima semana.

—Ah... está bien. —Repentinamente, se siente muy estúpida

en ese corredor, buscando a alguien que ni siquiera la conoce—. Gracias.

Cuando se voltea para irse, el hombre habla una vez más.

—¿Sabe? Por aquí dicen que soy un poco maniático de la limpieza. No me molesta sacar la basura cuando hace falta. Tenemos un encargado que siempre me dice que él lo hará, pero realmente no me molesta hacerlo. Ahora, si necesita conversar, soy ministro de la iglesia.

Normalmente, Amy diría que no. Pero algo en este hombre... algo en el hecho de que está con esas bolsas de basura y sonriendo y actuando como si tuviera todo el tiempo del mundo... algo le dice que debería quedarse y hablar con él. Que necesita hablar con él.

—Soy el reverendo Jude —dice con su acento pesado cuando le extiende la mano luego de dejar las bolsas en el piso.

—Amy —se presenta ella.

Bajan las escaleras, y la conduce hasta una pequeña capilla. Tiene una ventana con vitrales en el fondo, detrás del púlpito. Hay dos hileras de bancos a ambos lados. El reverendo se sienta en la hilera de atrás y le ofrece lugar junto a él.

—Es muy tranquilo aquí —dice Amy.

El hombre asiente.

—Me encanta venir aquí a esta hora y mirar los colores reflejados en la pared. Es asombroso... parece que parpadearan, ¿verdad?

Amy mira hacia el ventanal y se siente un poco mareada.

—Entonces, ¿por qué la amiga de tu ex, o la hermana de tu novio...?

—La hermana de mi exnovio —aclara Amy.

Jude suelta una risa suave y agradable.

—Bien, es mejor tener eso en claro.

—Lo lamento. Me gusta corregir a todo el mundo. Por eso detesto que mi vida sea desordenada.

—¿Y por qué está desordenada tu vida?

Amy comienza a contarle al reverendo su historia. De criarse sin ninguna fe, y de comenzar a sentirse resentida al crecer. De su madre resentida con su resentimiento. De enterarse que tenía cáncer y verse abandonada, y luego percibir a Dios de alguna manera en medio de todo eso.

—Todo esto... pasó tan rápido... y, de repente, me sentí sola, y lo único que pude hacer fue orar pidiendo la ayuda de Dios —dice.

Amy relata los últimos meses: la remisión de su cáncer, la muerte de su médico a causa de ELA, todo el vacío que la hace preguntarse si su fe es real en primer lugar.

—¿Por qué te lo preguntas?

—Es porque... estoy luchando para creer. He examinado los hechos. Sé que Jesús existió, pero mi mente mundana parece estar en guerra con el lado de fe de mi corazón.

La reprimenda que solía recibir de su madre en una situación como esta no aparece ahora. Ni la impaciencia por llegar al punto o por seguir adelante. El hombre parece muy satisfecho de estar sentado en el banco con ella por horas. Toma un momento antes de responder, luego habla clara, suave y lentamente:

—En realidad, pienso que sí crees, Amy. Y la prueba es que estás aquí. ¿Sabes cuántos hombres y mujeres se sienten amenazados por la sola idea de entrar por las puertas de una iglesia? ¿O cuántos lo postergan una y otra vez? Y eso, los domingos por la mañana. Pero tú estás aquí un lunes por la tarde, justamente. Eso es admirable.

—Tal vez no —dice Amy—. Tal vez solo estoy tratando de ocultarme de la mayor cantidad de gente posible.

Jude se ríe.

—Creo que no querrás abandonar a Dios en el cajón ahora que tu cáncer está en remisión. Él tampoco permitirá que lo olvides.

Amy asiente. Sabe que tiene razón.

Pero ¿qué pasa si efectivamente quiero dejar a Dios en un cajón?

Es como si el reverendo pudiera leerle la mente.

—Creo que parte de ti *siente* la presencia de Jesús, y a veces desea que sencillamente se retire y te deje sola —dice.

Bingo.

—Tengo que admitir —dice ella—, que he tenido ese pensamiento.

—Por supuesto. ¿Sabes qué cosa le gusta a Satanás más que una multitud que grita y vocifera?

—¿Qué?

—El silencio. Un total y completo silencio. Esa clase de silencio que se encuentra en medio de un lago, cuando uno está sentado en un pequeño bote con una caña de pescar en la mano. Ese tipo de silencio ocioso que deja pasar el mundo. Cuando deja de importarnos y dejamos de sentir esos empujoncitos que nos da Dios, ahí es donde las cosas se ponen peligrosas.

—Es que... creo que Dios estuvo ahí cuando lo necesité. Pero ahora... no sé... es como si tal vez tuviera cosas más importantes que hacer que preocuparse por mí. Tal vez sería mejor que me dejara por mi cuenta.

Jude sacude la cabeza y sonríe.

—Te ama *demasiado* para hacer eso.

Nunca lo había pensado de esa manera.

Querer tanto a alguien que no nos dejará ir.

Es lo opuesto a lo que está haciendo Marc. Se siente solo y necesitado y, por alguna razón, quiere lo que ese vacío de su corazón no puede tener. Pero ¿que Dios esté buscándola? ¿El Dios del universo... el creador del sol y la luna y las estrellas, el dador de vida y el que todo lo ve y todo lo sabe?

¿Cómo es posible que quiera tener algo que ver conmigo?

—Estoy... es como si hubiera estado flotando en medio del océano este último año —dice Amy al reverendo—. Es como... como si me hubiera salvado del accidente de un avión que cayó al mar, pero sigo perdida sin saber qué hacer a continuación.

—Eso puede ocurrir —dice Jude—. Y es bueno que estés tratando de encontrar a alguien tan estimado como el reverendo Dave.

La expresión de humor en su rostro y el tono burlón de su voz la hacen pensar que está bromeando o recordando una broma.

—Es tiempo de dejar de flotar, Amy. Es hora de dejar de esperar que Dios te sople hacia la costa. Creo que es hora de que comiences a remar y encuentres tierra firme por ti misma.

Otra cosa en la que nunca había pensado. Siempre había pensado que si Dios había hecho la primera parte, seguiría con el resto.

Me puso aquí, y me está permitiendo seguir con la obra.

—¿Sabes? Dios se complace en utilizarnos de formas que nunca imaginamos... y en darnos cosas que jamás soñamos que queríamos. Solamente debemos darle la oportunidad.

Siguen hablando durante algunos minutos, y Amy finalmente admite en voz alta que seguramente fue cosa de Dios que terminara encontrándose con Jude.

—Gracias por todo lo que me ha dicho.

El reverendo Jude se ríe.

—No sé de alguna "cosa de Dios". El reverendo Dave tenía

que cumplir su deber como parte de un jurado esta semana. Pero resulta que tuvieron que llevarlo al hospital esta tarde. Él y su apéndice decidieron divorciarse en forma fea y urgente.

Amy casi puede sentir que la boca se le abre de golpe y se queda así.

—¿Estaba en un jurado? —pregunta, pensado en el hombre que los paramédicos tuvieron que llevarse en una camilla.

—Sí. Un caso de alto perfil.

Amy se ríe. Se ríe tanto que le asoman lágrimas a los ojos.

—¿Qué pasa? —pregunta Jude.

—Eso que dijo sobre que Dios se complace. Ahora lo veo perfectamente. Creo que Dios realmente se está complaciendo con esto.

¿Confías lo suficiente en él como para darle una oportunidad?

Evidentemente, Dios le está mostrando a Amy su sentido del humor.

—Dios se complace con *nosotros*, Amy. Nos ama. Eso no cambiará nunca.

42

DADO QUE HOY recogí a Grace y la traje al Palacio de Justicia, simplemente para ahorrarle el dolor de cabeza de tener que lidiar con los reporteros, la llevo de regreso a su casa después de la salida dramática del pastor Dave. Hemos hablado sobre el caso en el camino. Ella está insegura como siempre, y se pregunta qué estarán pensando los miembros del jurado y cuál será el impacto si terminamos teniendo que elegir a otro más. No quiero precipitarme en la desesperación con ella justo ahora. Todavía soy su abogado y necesito ser positivo. Necesito confiar, por lo menos delante de ella. Esta noche, más tarde, me daré un agradable festín de autocompasión.

—No sabemos si el pastor ya no cuenta —le comento—. Pero tenemos que funcionar como si así fuera.

—¿Y qué significa eso? —pregunta ella en el asiento junto al mío.

La miro y me doy cuenta por primera vez que Grace no usa mucho maquillaje. Ella no lo necesita para verse bien; tiene una piel perfecta y pocas líneas alrededor de los ojos.

¿Y por qué estás pensando en eso?

Me concentro nuevamente en las calles que tengo por delante.

—Creo que esto significa que debemos mantenernos en el plan.

—Pensé que habías dicho que no tenemos ningún plan —dice Grace.

—Sí. Definitivamente. Por lo tanto, nos atenemos a eso.

Ella se queda en silencio por un momento.

—Ya sabes que estoy bromeando.

—Esto no es cuestión de broma, ya lo sabes.

La miro, y veo que sus ojos están llenos de dudas.

—Sé que no es así. Por eso es que traje a los dos nuevos testigos. Ellos nos van a ayudar.

—¿Pero? Parece como si tuvieras un *pero* en algún lugar.

—Sin embargo, todavía necesitamos hacer un *clic*. Los argumentos... no sé, es como si todos ya hubieran escuchado esto. La emoción más grande fue la del hombre que se desplomó hoy. Y eso no es bueno.

—¿Crees que el otro testigo nos ayudará?

—Jim Wallace será de ayuda, ciertamente. Tiene un argumento sólido y tiene un trasfondo interesante. Pero no quiero que los miembros del jurado piensen que están escuchando el parloteo de algún profesor.

—*Yo soy* profesora.

Me río.

—Sí, pero estoy seguro que nunca parloteas. O charloteas. O cotorreas. O chachareas.

—¿Ya terminaste? —pregunta.

—Garlar. Cantinflear.

Ella ignora mi humor de tercer grado cuando estamos llegando a su casa. Estaciono al frente y dejo el coche en marcha. Grace me mira y, de repente, me siento un poco perdido en cuanto a lo que debería decir o hacer.

—Tienes... ¿Tienes hambre o algo? —pregunta Grace.

La miro, el cabello rubio que acaricia sus mejillas, la incertidumbre en todo su rostro. Es algo tan obvio, este momento, y sé que tengo que admitirlo de una vez. Incluso si yo soy el único que lo siente.

—Oye, escucha... debo decirte algo.

—No, mira Tom. Yo no estaba tratando... esta invitación no tenía ninguna intención de...

—Lo sé —interrumpo—. Lo que quiero decir es esto: en un mundo normal, si yo te trajera a tu casa, te invitaría a cenar. Realmente. Si alguien lo considerara una cita o no... No lo sé. Y no me importa. Yo disfruto de tu compañía. Te ríes, al menos con algunos, de mis chistes. Y no es que vuelvo a casa y tengo a alguien, o que vaya a salir a encontrarme con alguien. Y sé...

—Vivo con mi abuelo —dice ella—. Está todo dicho.

Me río.

—¿Ves lo que te digo? Y es obvio, ya sabes. Me gustas y es normal querer pasar más tiempo con la gente que te gusta.

—Solo me estaba preguntando si tenías hambre —dice Grace en su manera directa de decir las cosas.

—Lo sé, lo sé. Y no lo tomo como algo más. Es solo que... tal vez he evitado las relaciones por algún tiempo. Todos los intentos que he hecho han terminado mal. Y no estoy diciendo... no estoy hablando por ti, solo estaba diciendo...

—¿*Qué* estás diciendo?

Miro la sonrisa en sus labios. Está disfrutando de todo esto.

—No sé, para ser honesto.

—Espero que tu argumento final sea mucho mejor que eso.

Me río y sacudo la cabeza. Ella sabe dar en el punto, incluso si me está tomando el pelo.

—Bueno, escucha, Tom. Mañana es el cumpleaños de mi abuelo. ¿Te gustaría venir a la fiesta?

—¿Una fiesta de cumpleaños?

Ella asiente con la cabeza.

—Sí. Hasta ahora asistirán dos personas. Tú serías la tercera.

—Trato hecho. En cuanto a esta noche, voy a comer algo realmente poco saludable, y luego me quedaré despierto tratando de encontrar la bala de plata.

—Bueno, si necesitas alguna idea o información o cualquier cosa, sabes cómo ponerte en contacto conmigo.

Con eso, se despide, se baja del coche y se dirige a su casa. Con mucha clase. Muy adulta. Muy madura. Nunca respondió realmente a mi parloteo/cantinfleo. En lugar de eso, esquivó toda la conversación y siguió adelante.

Tal vez solo estoy imaginando esta conexión entre nosotros.

Me marcho preguntándome si he estado tan distanciado de tener vínculos, especialmente con mujeres, que ya ni siquiera sé cómo mirarlas objetivamente. Ella probablemente se estará preguntando: *¿De qué estaba hablando?* De todos modos, no es como que estamos hechos el uno para el otro. Ni siquiera compartimos las mismas creencias. Aunque estoy defendiendo su fe, al final del día, todavía no la comparto.

No me convenzo. Entiendo de qué se trata, pero no estoy de acuerdo.

Al final, salteo la cena que me cae mal. Salteo la cena por completo. Decido ir a mi oficina, donde puedo revisar expedientes anteriores y sacar alguno de esos libros polvorientos de derecho para tratar de encontrar algún tipo de inspiración o idea. Afortunadamente, el coche de Roger no está en el estacionamiento. La tarde se convierte en noche, y para cuando comienzo a pensar en irme, la luz del sol casi ha desaparecido.

Estoy guardando en las estanterías algunos de los libros que he estado revisando cuando escucho que se abre la puerta del edificio. Entonces oigo los pasos de alguien acercándose.

Estoy cansado y no estoy de humor para ver a Roger.

El perfil que veo en la puerta abierta no es el de mi socio. Es demasiado alto y delgado, y tiene un aire malicioso. Hay demasiadas arrugas alrededor de sus ojos, y encuentran demasiadas fallas en los míos.

—¿Realmente estás leyendo esos libros antiguos que pertenecen al delincuente de tu socio? —pregunta mi padre.

—Paso casi la mitad del tiempo en la computadora.

Papá estudia mi oficina. Ha estado aquí antes, pero no recientemente. No es que el lugar haya cambiado demasiado desde que me mudé.

—Me gusta lo que has hecho en el lugar.

No heredé muchos rasgos de mi querido padre, pero el sarcasmo es uno de ellos.

Él entra y toma la revista *People* que está en una pila de carpetas sobre un archivador.

—Brad Pitt y Angelina Jolie —dice papá, mirando la portada—. Estoy seguro de que esto es muy útil para la ley de educación.

Realmente no estoy de humor para hablar con papá.

—¿Qué estás haciendo aquí?

—Bueno, solo quería saber si tenías la misma plaga que el jurado número doce tenía.

—¿Estuviste allí? —le pregunto mientras levanto la vista de los informes que estaba juntando antes de salir.

—Por supuesto.

—No estoy de humor para una crítica.

Papá sigue estudiando mi oficina. O, más bien, husmeando por ahí.

—Sabes, recuerdo a Kane de mis tiempos cuando trabajaba. Odiaba a aquel hombre. Hace que los abogados se vean mal.

Ah, la ironía.

Decido mantener la boca cerrada.

—Por supuesto, es indudable que él tiene el control de la sala del tribunal. Él sí que tiene presencia.

Meto los archivos de mi escritorio en mi maletín de cuero. Le he estado dando mucho uso últimamente.

—¿Encontraste una solución esta tarde? —pregunta, en la forma que podría hacerlo cualquier compañero.

Me froto las sienes y cierro los ojos por un momento.

—¿Qué estás haciendo aquí? —le pregunto nuevamente.

—Solo soy un padre que visita a su hijo.

Lo miro y lo estudio, y por mucho que lo intento, no me imagino qué quiere.

—Entonces, ¿tienes alguna idea brillante para ofrecerme?

Papa levanta uno de los libros que yo estaba hojeando en mi escritorio. Lo toma y hace una especie de triste sonrisa.

—Esta es la Biblia que te di cuando te graduaste de Stanford. Me sorprende que todavía la tengas.

En realidad no estoy seguro de creerle.

—¿Estás seguro?

La abre y mira la primera página.

—Sí. La página de dedicatoria sigue estando igual que cuando la llené.

—Mamá me dio dinero en efectivo. Eso me fue bastante útil.

Esos ojos —crueles máquinas que solían causar estragos en otros sujetos en la sala de audiencias— se fijan en los míos y hierven de rabia. Coloca la gruesa Biblia de cuero nuevamente sobre mi escritorio.

—Esto podría haberte sido útil cuando estabas trabajando para el juez.

Tengo que controlarme para no tomar el libro y lanzárselo a la cabeza. O al menos expresar exactamente lo que yo creo que puede hacer y adónde se puede ir.

—Tengo que irme —le digo mientras cierro la solapa de mi maletín.

—¿Crees que fue accidental que tomaras este caso?

¿Eh?

—Claro... había un puñado de abogados a quienes Len podría haber llamado. Sabe que mamá era maestra y que yo probablemente tendría debilidad por esta maestra. También sabe que me viene bien el trabajo.

—Efectivamente, así parece —dice.

Sé que a mi padre le hubiese encantado ser juez. Y como nunca tuvo el talento y la osadía de serlo, decidió que al menos podría ser el juez Endler en la corte de su familia. Resulta que en el caso de mi madre, a ella echaron de los tribunales. En cuanto a mí y a mi hermana —mi egocéntrica hermana menor, quien todavía estaba tratando de encontrarse a sí misma a sus treinta y algo— simplemente fuimos declarados en desacato.

—¿Acabas de venir hasta aquí para regodearte? Porque sé

que seguramente no viniste a ofrecerme algún tipo de consejo profesional.

—¿Lo tomarías? *¿Alguna vez* lo has tomado?

Solo quiero salir de aquí. Quiero correr antes de que esto empiece a ponerse difícil.

Ya se está poniendo difícil.

Pongo las palmas de mis manos sobre la parte superior de mi escritorio y me acerco como si acabara de terminar de correr una carrera corta y estuviera sin aliento.

—Dios está obrando en tu vida, Tom.

Aprieto los puños.

—¿Tienes que meter a Dios en esto?

—Bueno, ocurre que el caso tiene que ver con...

—Tú sabes a qué me refiero. Deja de ser tan... solo... ¿Por qué? ¿Qué quieres?

La falta de emoción y comprensión, y de cualquier cosa que un padre normal podría transmitir a su hijo, está toda a la vista como lo ha estado toda mi vida. A papá no le gusta que lo dejen de lado.

—Estoy diciendo que tal vez necesitas reconsiderar a aquel de quien has pasado toda tu vida huyendo.

Soy más alto que este hombre, pero juro que me mira desde arriba; es como si él estuviera creciendo o, de alguna manera, yo estuviera desintegrándome frente a él.

—Mira, solo porque este caso tiene que ver con Dios y la mujer que estoy defendiendo cree en él, no te da derecho de venir a predicarme. ¿Entiendes?

—No me hables con esa falta de respeto —me dice. Suena como una amenaza.

—No quiero escuchar nada más que venga de ti.

—Nunca lo has hecho. Y esa es exactamente la razón de que

te despidieran y te metieras en problemas. Porque nunca quieres oír nada.

Yo solo muevo la cabeza y cierro los ojos. Cuando los vuelvo a abrir, él todavía está allí. El coco no se ha ido.

—Simplemente, no te entiendo —le digo—. ¿Qué es lo que te da tanto miedo?

—Yo no tengo miedo.

—¿No? Porque eso es lo que yo pienso. Es lo que *creo*. Las cosas como juzgar, el cinismo, el odio y los celos, todos vienen de un cierto tipo de temor. Entonces, ¿cuál es el tuyo? ¿El miedo a ser juzgado en el más allá? ¿El miedo de no verte como un buen padre o esposo? ¿O el miedo a que yo no me convierta a tu religión?

Se queda en silencio porque le estoy apretando un nervio. Ahora voy a sacudirlo.

—Muchos de los temores que yo tengo se deben a que crecí teniendo miedo de ti. Miedo. Quiero decir: ¿qué es eso? Se supone que un niño debe sentirse *seguro* con sus padres. Nunca me he sentido así. Nunca.

—¿Terminaste? —me dice.

—No.

—Sí, lo has hecho.

—Has utilizado tu fe como un abogado, tratando de objetar todas y cada una de las cosas que he hecho en toda mi vida.

—Mírate —me dice. Luego señala mi oficina—. Mira este lugar. ¿Puedes culparme?

Niego con la cabeza.

—Creo, honestamente, que he perdido a mis dos padres. Y que la abuela es mucho más coherente que tú.

—Por lo menos yo creo en *algo*, Tom.

—Bueno, caramba. Eso me hace querer correr en busca de una iglesia. Apuntarme para *esa* clase de amor.

Él se aleja, y casi quiero seguirlo para continuar con esto. En lugar de eso, me desplomo en mi silla, todavía anonadado por sus palabras, todavía lleno de incredulidad.

Prefiero amar y no creer, que creer con tanto odio.

Tenso la mandíbula y aprieto los dientes. Es un mal hábito que tengo. Pero es mejor que otros malos hábitos. Miro la Biblia en el escritorio; la acerco y la abro en la dedicatoria.

Para Thomas William Endler
    Las leyes de este libro guiarán tu vida y guardarán tu corazón.
    «Busquen el reino de Dios por encima de todo lo demás y lleven una vida justa, y él les dará todo lo que necesiten».
—Mateo 6:33

La firma de mi padre está debajo de esta inscripción.

Así es él. Trabajo duro y logro algo que él nunca consiguió al graduarme en el tercer puesto de la Universidad de Stanford, y me da una Biblia con esas palabras.

Cree en Dios y lleva una vida perfecta, y todo será maravilloso.

Pero si no lo haces, mi querido Tommy, se desatará el infierno.

Respiro por la nariz. Todavía aprieto los dientes. Luego exhalo lentamente.

Elijo al azar una página en la Biblia. Es como estar jugando a la ruleta rusa.

Probablemente voy a dar con el pasaje sobre el hombre sabio que construyó su casa sobre la roca. O, espera, ¿no es esa una canción?

Leo el primer verso al que van mis ojos en el centro de la página.

Pero tú, oh Señor, eres Dios de compasión y misericordia, lento para enojarte y lleno de amor inagotable y fidelidad.

El pasaje es un salmo. En lugar de seguir adelante, vuelvo a leerlo.

Dios de compasión y misericordia.

Lento para enojarte.

Lleno de amor inagotable y fidelidad.

Mis ojos miran hacia la pared donde está colgado mi título de abogado. Hay una pintura enmarcada del Pacífico sobre una de las paredes. Entonces veo la fotografía donde estoy con mi madre y mi hermana en la otra pared.

No quiero creer en alguien así. Simplemente, no puedo. No después de todo este tiempo.

Lo único que he conocido es la falta de misericordia, la ira rápida y la ausencia de amor.

¿Dios el Padre?

Es un pensamiento totalmente aterrador.

Tomo mi maletín y salgo de mi oficina, dejando la Biblia todavía abierta sobre mi escritorio. Apago la luz y la dejo a oscuras.

43

La tierra seca e inestable

UN ARTÍCULO DE *ESPERANDO A GODOT*

Por Amy Ryan

De pie en medio de los dos bandos, me sentí como uno de los israelitas que seguían a Moisés, y que de repente me encontraba atrapada en medio del mar Rojo. Sabía que en cualquier momento podía ser arrastrada y me ahogaría. Y todo ese tiempo tuve este pensamiento:

¿Cómo llegué hasta aquí?

Dios está muerto o Dios está vivo. Blanco o negro. Cara o cruz. Me siento como si me estuviera sofocando porque estoy en el medio, y el medio no es un lugar para estar.

Una parte de mí dice que Dios me ama y que me ha sacado a flote por alguna razón.

Estás destinada para más, Amy.

A veces, puedo sentir esa voz acariciando mi mejilla y susurrándome al oído.

Estás hecha para importar, Amy.

Sin embargo, me despierto sola y me siento ansiosa y me enojo y miro al mundo con este sentimiento de desesperación viva y maltrecha. No me siento como si le importara a alguien. No siento que estoy destinada para alguna cosa. Y las voces... ¿no son sino las voces de una escritora loca que se engaña a sí misma?

Pero la voz de un reverendo regresa a mi mente.

«Dios se complace con nosotros, Amy. Nos ama.»

Ya no estoy nadando en el medio del mar. Estoy en tierra seca. Ya no tengo que gritar pidiendo ayuda.

Pero aún la necesito.

No es cuestión de vida o muerte. Y tal vez es por eso... por eso que han llegado las dudas; por eso me sigo preguntando y sigo luchando.

¿Escucha Dios las oraciones que no son tan importantes?

Cuando te permite vivir después de haber tenido cáncer, ¿espera más de ti?

¿Se marcharía Dios si dejaras el camino y tomaras un descanso y luego decidieras poner una tienda de campaña y permanecer allí un tiempo?

No hay nada reconfortante en esta tienda. Se siente como si uno hubiera montado la tienda en el campamento cuatro del Everest, al borde de la zona de la muerte.

¿Sigues trepando o regresas?

¿O es que simplemente necesito una metáfora mejor?

Me siento como que yo... como que todos nosotros estamos aislados por las palabras que creamos para consolarnos y protegernos y dejar afuera cualquier cosa que Dios podría estar tratando de decirnos. Estamos de un lado o del otro y gritamos en un megáfono y seguimos obstinados y ciegos.

Me pregunto cómo puedo demostrar amor a los otros con quienes no estoy de acuerdo. Primero, sin embargo, tengo que demostrarle a Dios que tengo fe en él. Y no lo he logrado todavía en esos escalones del Palacio de Justicia.

Ciertas cosas como portar un cartel, gritar a favor de los derechos y tomar cierta posición no siempre significan que hay una actitud recta en el corazón. Nadie puede ver lo que hay en el corazón. Nadie, excepto Dios mismo.

Examíname y conóceme; entonces dime lo que ves, Señor. Muéstrame las olas sobre el agua cuando lo único que siento profundamente en mí es ese lago seco.

44

EL DÍA COMIENZA CON un toque agradable.

Estoy tratando de ser generoso y comprarle un café a Grace aunque no me lo pidió. Ya sé lo que le gusta por las dos últimas veces que he estado con ella en el Palacio de Justicia y pidió un café. Lo que no tuve en cuenta es que llevar dos tazas me resultaría tan difícil. Escuela de leyes, no hay problema. No derramar el café, es imposible.

Me las arreglo para quitar un 60 por ciento de la mancha de mis pantalones. Pero en la guerra mundial entre el café y el color caqui, sabemos quién gana.

Cuando me reúno con Grace, ella no puede evitar ver de inmediato la enorme mancha.

—¿Dejaste algo para ti? —bromea.

—En realidad, fue tu taza la que derramé.

Grace, quien tiene esa manera natural de decir las cosas, no puede menos que hacer una declaración sobre mi apariencia como si fuera un jurado de *Pasarela a la fama*.

—¿Acaso todo este aspecto descuidado ha pasado a ser parte de la estrategia?

Trato de no ofenderme por su comentario.

—¿Tan mal me veo?

—No es eso, no quiero parecer grosera, es simplemente... —Se ríe.

—¿Qué?

—¿Te preparaste anoche y dormiste con esta misma ropa?

Bajo la vista y me doy cuenta de que ni siquiera me he mirado una vez en el espejo hoy.

¿Me lavé los dientes?

—Sí, es parte de mi intento de ser un abogado de la clase obrera. Nada de elegancia. Solo soy parte del conjunto. Soy uno del pueblo.

Grace se ríe de mi exageración.

—Bueno, *elegante* no eres.

—La elegancia no gana los juicios —le digo. *Al menos no aquí. Espero.*

No soy fan de la frase *cambio de juego* porque se usa en exceso. Me hace temblar, igual que cuando escucho a alguien usar la palabra *ergo*, o escribir *XOX*. Pero una hora después de recoger a Grace para dirigirnos al tribunal, descubro que tenemos un verdadero cambio de juego en el juicio.

Hay un nuevo miembro del jurado en lugar del Pastor Dave. La señorita Green se asemeja mucho al pastor, con la diferencia que ella es más joven, lleva un montón de maquillaje y delineador negro, luce una camisa de *Evanescence* y parece... está bien, no se parece absolutamente en nada al pastor Dave, y el pequeño problema que creí que podríamos tener se ha convertido en un verdadero desastre.

—Señorita Green, ¿está preparada para cumplir con su deber de suplente? —pregunta el juez Stennis.

—Sí, su señoría.

Miro hacia abajo a mis papeles.

Recuerdo cuando Kane y su equipo la pusieron como suplente. No pude objetar. Ella no tenía tanto aspecto gótico siniestro la primera vez que la vimos.

Levanto la mirada y observo la cara preocupada de Grace. Escribo algo en mi bloc de notas.

No te preocupes. Todo está bien.

Por supuesto, estoy preocupado, y nada está bien. No he intentado escribir ficción desde la universidad, así que esto es nuevo para mí.

—Señor Endler, ¿su siguiente testigo? —pregunta el juez.

Me pongo de pie.

—Nos gustaría llamar a James Warner Wallace.

Wallace atraviesa la sala y se dirige a la tribuna con toda confianza, como si estuviera muy cómodo delante de la gente.

Él tiene puesto unos jeans, una camisa blanca y una chaqueta deportiva y aun así se ve mejor vestido que yo. Wallace es esbelto para ser un hombre de cincuenta y tantos. Está en forma y bien peinado, con cabello gris muy corto y anteojos con estilo, prolijo como el mejor.

De inmediato, Kane va a la yugular.

—Su señoría, el demandante mociona que la corte excluya este testigo.

—¿Con que fundamento? —pregunta el juez Stennis.

—Testimonio perjudicial, su señoría. No probatoria. Consideramos que el valor de todo lo que pueda decir es superado por la probabilidad de confundir las cuestiones o desorientar al jurado.

Han hecho su tarea como sabía que la harían.

Gracias, pastor Dave, por dar a la defensa más tiempo y cambiar de lugar con un extra del equipo de la saga Crepúsculo.

—Su señoría, mi primer testigo habló acerca de la existencia de Jesús —digo sin esperar—. El propósito de este testigo es establecer que las cuestionadas afirmaciones de la señorita Wesley representan un informe exacto de lo que, de acuerdo con el testimonio de los testigos presenciales, Jesús realmente dijo.

El juez no tiene aspecto de haber sido persuadido.

—Todavía no veo la importancia —dice.

Asiento con la cabeza.

—Si podemos probar que la señorita Wesley limitó la discusión a declaraciones reales hechas por una figura histórica real, entonces el problema de la «predicación» desaparece... y el argumento del demandante se derrumbaría.

Me doy vuelta y miro de frente a Kane y su equipo, quienes lucen, de nuevo hoy, como un costoso arreglo de vidriera.

—A menos que, por supuesto, el señor Kane esté dispuesto a aceptar el texto de los Evangelios como testimonio válido.

Oigo su risa por lo bajo.

—Sin duda alguna, no hacemos tal concesión.

—De ahí, la necesidad de mi testigo.

—Señor Kane, su moción es denegada. El testigo puede pasar al estrado.

Después de que Wallace hace el juramento, comienzo las preguntas.

—¿Podría decir su nombre y a que se dedica para que conste?

—James W. Wallace, exdetective de homicidios del condado de Los Ángeles. Estuve en la fuerza por más de veinticinco años. Ahora soy consultor en la oficina fiscal del distrito.

Tomo un libro que está sobre mi mesa y lo sostengo.

—¿Es usted autor de este libro, *Cristianismo: Un caso sin resolver*?

Asiente:

—Así es.

Le extiendo el libro.

—¿Podría leer el subtítulo del libro para la corte?

Él no necesita mirar la tapa.

—*Un detective de homicidios investiga las afirmaciones de los Evangelios.*

Me acerco a la tribuna del jurado, y miro a la señorita Green. No muestra ninguna reacción frente a lo que está sucediendo. Me vuelvo y miro al estrado.

—Señor Wallace, ¿estaría en lo correcto si digo que su deber como detective de homicidios consistía en la investigación de los casos de homicidios sin resolver?

Asiente nuevamente.

—Así es. Esa era mi especialidad.

En el estrado, es aún mejor de cómo me lo imaginaba.

—¿Es cierto que la mayoría de esos casos se resuelven mediante pruebas de ADN?

—Objeción, su señoría. El abogado está testificando.

Ni siquiera espero a que el juez responda.

—Voy a expresarlo de otro modo: ¿cuántos de estos casos de homicidio sin resolver se resolvieron mediante las pruebas de ADN?

—Ninguno. Ni uno solo.

Finjo un total y absoluto desconcierto ante esa respuesta.

—Eso pasa mucho en la televisión. Pero mi departamento nunca tuvo la fortuna de resolver un caso así con la prueba de ADN.

—Entonces, ¿cuál *fue* la forma más común de resolver esos casos?

—A menudo, examinábamos cuidadosamente las declaraciones de testigos de años anteriores, en el momento del crimen. A pesar de que, en el momento que reiniciábamos la investigación, muchos de los testigos, y, a menudo, los oficiales que tomaron las declaraciones, estaban muertos.

Respuestas claras y concisas. Eso es bueno. Se entiende. Es lo que necesitamos.

—Disculpe mi ignorancia, señor Wallace... pero ¿cómo es posible eso? —le pregunto.

—Bueno, hay una serie de técnicas disponibles para cuando probamos la fiabilidad de las declaraciones de los testigos —dice Wallace—. Un enfoque, por ejemplo, es el uso de una técnica conocida como Análisis forense de las declaraciones. Esa es la disciplina de escrutar las declaraciones de un testigo: lo que eligen destacar... o minimizar... u omitir por completo. Sus elecciones de pronombres, tiempos verbales, descripciones de lo que vieron y oyeron, cómo comprimen o expanden el tiempo: todo esto revela más de lo que la gente piensa. Al volver atrás para investigar cuidadosamente el testimonio de diferentes testigos, tomando nota de sus correlaciones, separando las inconsistencias *aparentes* de las *reales*, a menudo podemos averiguar quién está diciendo la verdad, quién está mintiendo y quién es el culpable.

Me paro frente a él y le pregunto:

—¿Ha aplicado este conjunto de habilidades en algún momento fuera de su cargo oficial?

—Sí. Decidí enfocarme en la muerte de Jesús en manos de los

romanos, utilizando mi experiencia como detective de casos sin resolver. Y me acerqué a los Evangelios como lo haría con cualquier otra declaración forense en un caso sin resolver. Cada palabra era importante para mí. Cada particularidad que se destacaba.

—Y ¿a qué conclusión llegó?

—Un mes después de comenzar mi estudio detallado del Evangelio de Marcos, llegué a la conclusión de que el texto coincide con el testimonio de Pedro acerca de Jesús. El testimonio de testigos oculares, adecuadamente demostrado, es una poderosa evidencia en un tribunal de justicia. En cuestión de meses, analizando los Evangelios desde una perspectiva de casos sin resolver, llegué a la conclusión de que los cuatro relatos del Evangelio fueron escritos desde diferentes perspectivas, y que tienen detalles únicos que son específicos de los distintos testigos.

Comienzo a caminar de regreso a mi mesa. Siempre es agradable la sensación de estar aquí, en el punto central. Es como mirar a través de la mira de un rifle justo antes de apretar el gatillo. Es esa sensación de claridad y cálculo.

—Señor Wallace, ¿consideró la posibilidad de que los cuatro Evangelios podrían ser parte de una conspiración destinada a fomentar la creencia en una nueva fe?

—Por supuesto —afirma con un tono creíble—. Es una de las primeras cosas que se consideran con cualquier conjunto de declaraciones de testigos, y he investigado muchos casos de conspiración. Hay varias características comunes a las conspiraciones exitosas, sin embargo, y yo no encuentro que ninguno de estos atributos estuviera presente en el primer siglo en aquellos que afirmaban ser testigos de la vida, el ministerio y la resurrección de Jesús.

—¿Puede explicarnos alguno de estos atributos?

—Ciertamente. Las conspiraciones exitosas típicamente implican el número más pequeño de conspiradores. Es mucho más fácil para dos personas contar la misma mentira y guardar un secreto que para cincuenta. Las conspiraciones tienen más perspectiva de éxito cuando solo requieren mantenerse durante un corto período de tiempo. Es más fácil mantener un secreto por un día, que hacerlo por un año.

Un rápido análisis de los miembros del jurado revela que todos están escuchando y prestando atención.

—Las conspiraciones exitosas también suelen carecer de situaciones críticas y de presiones —continúa Wallace—. Si nadie te presiona para que cuentes la verdad, se puede guardar un secreto durante mucho tiempo. Pero aún hay algo más importante: los cómplices deben ser capaces de comunicarse rápidamente entre sí. Si un conspirador es interrogado, necesitará que sus declaraciones coincidan con la de los otros cómplices. Y ese es el problema con las teorías de conspiración relacionadas con los primeros cristianos. Simplemente, había demasiados, tenían que decir y mantener la mentira por mucho tiempo, separados por miles de kilómetros, sin ninguna de las condiciones modernas para comunicarse entre sí de forma rápida. Peor aún, sufrieron grandes presiones. Muchos de ellos padecieron y murieron a causa de su testimonio. Ni una sola vez se retractaron de sus afirmaciones, incluso en ese entorno tan difícil. Por lo que las teorías de conspiración en relación con los apóstoles son simplemente irracionales, y no se reflejan en la naturaleza de los Evangelios. Lo que veo, en cambio, son los atributos de los relatos de testigos fiables, incluyendo numerosos ejemplos de lo que yo llamo afirmaciones de apoyo de testigos involuntarios.

Es de los buenos. Y como el conejito de Energizer, puede seguir y seguir y...

—¿Qué es una afirmación de apoyo de testigo involuntario?

Jim acomoda la mirada, y luego responde hablando a los miembros del jurado:

—Hay momentos en que la declaración de un testigo plan-
tea más preguntas de las que parece responder. Pero cuando después hablamos con el siguiente testigo, el segundo testigo provee
involuntariamente algún tipo de detalle que nos ayuda a darle sentido a las afirmaciones del primer testigo. Las declaraciones verdaderas de los testigos incluyen a menudo este tipo de apoyo involuntario.

—Está bien —le digo—. ¿Puede darnos un ejemplo de esto en
los Evangelios?

—Seguro —dice mientras toma la Biblia del estrado del juez.

—Al describir el interrogatorio de Jesús frente al ex sumo
sacerdote Caifás la noche antes de su crucifixión, el Evangelio de
Mateo relata lo siguiente: "Entonces comenzaron a escupirle en
la cara a Jesús y a darle puñetazos. Algunos le daban bofetadas y
se burlaban: '¡Profetízanos, Mesías! ¿Quién te golpeó esta vez?'."

Jim alza la vista y me mira fijamente con ojos reflexivos enmar-
cados por los lentes. Sigue adelante con su explicación:

—Esa pregunta parece extraña, porque los que atacaban a Jesús
estaban de pie frente a él. ¿Por qué le preguntarían: "¿Quién te
golpeó esta vez?"? No parece ser un gran desafío. Es decir, hasta
que leemos lo que dice Lucas: "Los guardias que estaban a cargo
de Jesús comenzaron a burlarse de él y a golpearlo. Le vendaron
los ojos y le decían: '¡Profetízanos! ¿Quién te golpeó esta vez?'."

Miro a los miembros del jurado, y espero que todavía estén con
nosotros a pesar de las lecturas de la Biblia. Sé que crecí con una
aversión por esas lecturas. Por supuesto, esto fue debido al sujeto
que me las leía de pequeño.

—Lucas nos dice que a Jesús le vendaron los ojos —dice Jim—.
Ahora, el testimonio de Mateo tiene sentido. Así, un testigo del

Evangelio, sin querer, apoya al otro. Esto es un ejemplo de interconexión en un nivel superficial. Pero hay otros que van mucho
más profundo.

*¿Qué tal explicar cada uno de esos ejemplos y abrumar a los miem-
bros del jurado con tanta información histórica que terminen cediendo
y digan que Grace es inocente?*

—Entonces, ¿cuál sería la mejor manera de resumir los resultados generales de su investigación? —pregunto.

Mi testigo ajusta sus lentes por un momento.

—Después de años de intenso escrutinio y la aplicación de una
plantilla que utilizo para determinar si los testigos son fiables, llego
a la conclusión de que los cuatro Evangelios en este libro contienen
una serie de afirmaciones de testigos presenciales de las palabras
reales de Jesús. —Wallace levanta la Biblia como si fuera a clarificar
de lo que está hablando específicamente.

—¿Eso incluye las declaraciones citadas por la señorita Wesley
en su aula? —pregunto.

—Sí. Absolutamente.

Asiento con la cabeza y sonrío.

—Gracias, detective Wallace. —Entonces me dirijo a Kane—:
Su testigo.

Kane se levanta mostrando más rigidez y presunción. Se abro-
cha la chaqueta, probablemente sin siquiera darse cuenta de que
lo está haciendo. Imagino que hace esto tan a menudo como yo
me miro y veo las manchas en mi camisa o mis pantalones, como
la enorme mancha que estoy luciendo hoy. Kane camina hacia el
estrado con pasos parecidos a los de Napoleón.

—Detective, no voy a tratar de igualar su conocimiento de la
Biblia. Pero ¿no es cierto que los relatos de los Evangelios varían
notablemente en lo que dicen?

—Totalmente —responde Wallace—. Eso es exactamente lo que debemos esperar.

—No estoy seguro de entender.

—Los testigos fiables siempre difieren algo en sus relatos. Cuando dos o más testigos ven el mismo evento, con frecuencia lo experimentan de manera diferente, y se centran en distintos aspectos de la acción. Sus declaraciones son influenciadas en gran medida por sus intereses, trasfondos y perspectivas personales. Mi objetivo al evaluar los Evangelios era sencillamente determinar si representaban testimonios válidos y fiables a pesar de las aparentes diferencias entre los relatos.

Kane hace todo lo posible por mostrar su reacción a toda la sala, la que da un poco la impresión de que acaba de oír a un niño de cinco años de edad decir que está por volar a la luna.

—¿Cómo cristiano devoto, sintió que tuvo éxito con esta determinación?

Tu primer paso en falso, Peter.

—Señor Kane, me temo que entendió mal. Cuando empecé mi estudio, yo era un ateo devoto. Me acerqué a los Evangelios como un escéptico comprometido, no como creyente.

La expresión desinflada de Kane me dice que está aturdido y molesto. El rápido vistazo hacia Simon y Elizabeth en su mesa se asemeja a un padre fanático del deporte mirando a su hijo después de que se poncha cuando las bases están cargadas en la novena entrada.

Jim Wallace es bueno. Decide tomar ventaja del momento y seguir compartiendo:

—Ven ustedes, no me crié en un ambiente cristiano, pero creo que tengo un alto grado de respeto por la evidencia. No soy un cristiano hoy por haberme criado de esa manera o porque satisface alguna necesidad o cumple con alguna meta. Soy

cristiano simplemente porque lo que afirma es incuestionable-
mente verdadero.

—Moción de supresión, su señoría —dice Kane como ladrando.

—Concedido. El jurado es instruido a ignorar las últimas
observaciones del detective Wallace.

Tengo que ocultar mi sonrisa.

Buen trabajo.

—No más preguntas.

Kane quiere salir de ahí antes de que haya más daño. El juez
excusa a los testigos. Le hago a Wallace una inclinación, demostrán-
dole mi agradecimiento y reconocimiento cuando pasa caminando
cerca. Espero que el juez Stennis concluya por hoy y ponga la fecha
límite para los argumentos de cierre, pero el ruido de la puerta que
se abre de golpe detrás nuestro nos llama a todos la atención. No
puedo evitar mirar hacia atrás igual que el resto de gente en la sala.

Brooke Thawley avanza rápidamente hacia la parte delantera
de la sala. Se ve confiada y autosuficiente como el propio Kane.

Uh-oh.

Pensé que estábamos terminando con una nota alta. Quizás no
tan alta, pero por lo menos un buen lugar donde quedarse mientras
los miembros del jurado consideran los detalles y los hechos. *Hechos.*

Brooke se detiene en la barra para el público, y luego comienza
a hablar, pero suena como si estuviera gritando:

—Ella no hizo nada malo —grita—. Estaba tratando de ayudarme.

No creo que nada de esto vaya a ayudarme a *mí*.

45

HAY CAOS EN LA SALA, y Amy tarda un poco en darse cuenta de que es por culpa de Brooke Thawley.

¿De dónde apareció?

Amy estaba anotando algunos pensamientos sobre el último testigo cuando oyó el ruido de la puerta que se abría, pero no le dio importancia. Solo cuando escuchó la voz de la chica alzó la vista para ver qué estaba ocurriendo.

Brooke estaba frente a ella, gritando que la maestra no había hecho nada malo, que solo estaba tratando de ayudarla, que ella era inocente.

Amy mira al juez que está dando golpes con su martillo, intentando restaurar el orden. El alguacil se dirige hacia Brooke para escoltarla fuera de la corte. Todo el mundo está mirando a la adolescente con total asombro.

—Orden. Necesito orden —grita el juez Stennis—. Jovencita, su juventud no es excusa para perturbar la solemnidad de este tribunal.

—Se supone que este caso se trata de mí —grita Brooke alrededor del alguacil que le impide llegar hasta el juez—. Tengo casi diecisiete años; así que no es como que no puedo pensar por mí misma. Pero ni siquiera me dan el derecho de hablar.

Desearía haber tenido esas agallas a su edad.

—Usted no tiene permiso para hablar a menos que esté llamada a testificar, jovencita.

Amy se pregunta cuándo le dirá el juez que es una mocosa. Ella puede ver cómo Tom se inclina hacia Grace y le hace algunas preguntas.

Es probable que esté preguntándose si él debería convocarla al estrado. Probablemente esté preguntándose qué escucharía.

Cualquier cosa que Grace le haya dicho tomó la decisión.

«Su señoría, nos gustaría llamar a la señorita Brooke Thawley al estrado».

Ahora le toca reaccionar a Kane.

—Objeción, su señoría —sus palabras resuenan por toda la sala—. La señorita Thawley es una menor; sus padres son sus tutores y no quieren someterla a la presión emocional de testificar en contra de su propia maestra.

El juez parece ser el único en la sala de la corte que no ha perdido la calma.

—Señor Kane, tomaré una decisión en cuanto a su objeción en un momento. —Vuelve su gravosa mirada hacia Brooke—. Señorita Thawley, ¿está dispuesta a testificar en su propio nombre?

—Sí.

—¿Entiende que deberá responder todas las preguntas con la verdad? ¿Independientemente de sus sentimientos? ¿Y que si no lo hace, será castigada por la ley?

Amy ve que la joven asiente con su cabeza; su lenguaje corporal es fuerte y desafiante.

—No tengo miedo de decir la verdad. Mi único miedo es *que no me permitan* decirla.

—Voy a autorizar a la testigo —dice el juez—. Objeción denegada.

Kane lanza una mirada de incredulidad. Amy también la percibe.

Ella duda de que esto termine bien.

Tom se toma un tiempo para ubicarse. Le pide a Brooke que se presente y que hable de sus padres y de la escuela. Amy escribe una nota en su libreta.

Tom está dando rodeos porque probablemente está ofuscado.

Finalmente, el abogado hace una pregunta legítima que podría empezar a ayudar en su caso.

—Brooke, en la clase, ¿quién fue la primera que trajo a colación el nombre de Jesús: usted o la señorita Grace?

—Fui yo.

Brooke parece bastante madura para ser una estudiante de preparatoria.

—¿Era esto parte de una pregunta que estaba haciendo usted? —pregunta Tom.

—Sí.

—Y en ese momento, ¿sintió como si le estuviera haciendo una pregunta basada en su fe?

—No, en absoluto —dice ella, sonando sincera y genuina—. Me pareció que Martin Luther King Jr. y Jesús estaban diciendo cosas similares, por eso lo mencioné.

Amy nota que Tom se está sintiendo más cómodo ahora por la manera en que se están dando las cosas. Se detiene cerca de Brooke, hablando como si estuviera enseñando a un grupo de estudiantes de preparatoria.

—¿Le pareció que la señorita Wesley respondió de una manera razonable a su pregunta?

—Sí.

—Así que, si la estoy entendiendo correctamente, ¿usted hizo una pregunta en la clase de historia, respecto a una figura histórica, y su maestra de historia contestó de una manera sensata?

—Sí.

De eso es de lo que se trata todo este asunto. Amy sabe, al igual que todos los demás, que la clave está en estar de acuerdo en que Jesús fue, de hecho, una figura histórica.

Tom ha preguntado lo suficiente, por lo que le dice a Kane que puede interrogarla.

Cuando el abogado oponente se pone de pie, Amy se da cuenta de que hay algún tipo de energía en su andar. Es como si él acabara de beberse un Red Bull. Ella no puede ver su rostro, pero Amy apuesta a que tiene una chispa en sus ojos. Una que había desaparecido tan solo unos minutos atrás.

—Hola, señorita Thawley. Es un placer que se una a nosotros.

Brooke percibe el sarcasmo. Le responde con una sonrisa falsa.

—Por lo tanto, díganos, señorita Thawley: le agrada la señorita Wesley, ¿verdad?

Ella responde con un sí confiado.

—¿Diría que ella es su maestra preferida?

—Sí... absolutamente.

No me gusta esto. Kane sabe algo aquí.

De repente, Amy quiere que Brooke se baje del estrado. Ahora.

—¿Y usted cree que le cae bien a la señorita Wesley?

Tom se levanta y se opone a la pregunta:

—Especulativa —dice.

—Su señoría, la pregunta se refiere al estado de ánimo de la testigo, y no al de la señorita Wesley.

El juez Stennis asiente y frunce la boca con el aspecto de una rana pensante.

—Lo permitiré. Objeción denegada. Usted puede responder a la pregunta.

Brooke mira al juez y asiente con la cabeza.

—Sí... creo que le agrado.

—¿Cree que hay alguna posibilidad de que a la hora de responder a su pregunta, la señorita Wesley podría haber estado buscando compartir sus ideas acerca de su fe: la fe que ella más aprecia?

—No, no en ese momento —responde Brooke.

Una mirada como de escuchar un *ding* aparece de pronto en el rostro de Brooke.

¿No en ese momento?

Amy sabe que si ella está viendo esa mirada, también la ve Kane. Ella escucha cómo aclara lentamente su garganta.

—¿No en ese momento? ¿Quiere decir que hubo otros momentos en los que la señorita Wesley quiso compartir con usted acerca de su fe?

La joven de repente no parece estar tan contenta de hablar. Sus ojos miran hacia abajo. Amy solo puede imaginar lo que estará pensando Tom.

—¿Señorita Thawley? —dice Kane, con su tono más amenazante desde que comenzó el juicio.

La combinación de la edad y la experiencia y la actitud de qué me importa y el cabello engominado son demasiado para Brooke. Parece hundirse en su asiento, mirando al juez como esperando de él alguna salida, pero, obviamente, no encuentra ninguna.

—Debe *responder* la pregunta, señorita Thawley —le dice Stennis a ella.

Amy sabe que es una forma de decir: *¿Cómo se atreve a interrumpir en mi sala de audiencias, usted jovencita?*

Brooke mira a Tom y a Grace con una sensación de pesar.

—Sí... pero afuera de la escuela... y fue solo una vez.

—Petición de anular —dice Tom en voz alta después de ponerse de pie—. Su señoría, esto es irrelevante. Las acciones fuera de la escuela no están en discusión aquí.

—Denegado. El señor Kane parece haber encontrado un hilo suelto. Me inclino a dejar que tire de él y ver cómo lo desenreda.

Amy solo puede pensar en dos palabras. Es una canción que recuerda desde cuando era joven, por una banda llamada *Garbage*.

«*Stupid Girl*».

Y sí, esto es basura. Esta chica actuó de manera insensata y, repentinamente, ha cambiado toda la línea del relato en este caso.

Amy ve que Tom se inclina hacia Grace, pero esta vez no parece que le esté haciendo una pregunta, sino más bien que le está hablando. Ambos deben preguntarse qué es lo que está sucediendo.

La pobre adolescente que está en el estrado parece que fuera a llorar. Kane hace algo inteligente. En vez de continuar el ataque, parece dar marcha atrás con un tono y comportamiento más amables, como si se hubiera vuelto un consejero amigable.

—Brooke, es muy importante que diga la verdad aquí. ¿Usted lo entiende, cierto?

—Sí.

—Bien —dice Kane, hablando como un profesor de jardín de infantes—. Ahora, ¿podría explicarme lo que quiso decir cuando dijo que hablaron de la fe fuera de la escuela?

—Mi hermano murió en un accidente seis meses atrás. La señorita Wesley se dio cuenta de que yo no me estaba sintiendo muy bien, y después de la clase me preguntó si todo estaba bien. Yo le dije que no me pasaba nada, pero luego me fui y me encontré con ella en la cafetería.

Amy sabe a dónde va esto. *Exactamente* adónde va.

—¿La refirió la señorita Wesley a una orientadora psicológica?

Brooke parece sorprendida por la pregunta.

—No.

El abogado se acerca.

—¿Le sugirió que tal vez no era ella la persona indicada para estar analizando ese tema con usted?

—No. Fue amable. Hablamos durante un largo tiempo. Me di cuenta de que ella estaba preocupada por mí. Yo le pregunté cómo hacía para mantenerse siempre tan bien, y ella me dijo que Jesús la ayudaba.

Kane asiente con cuidado, luego se acerca a ella para asegurarse de que se enfoque en él.

—Así que ella fue la que primero introdujo a Jesús. ¿Hizo eso que usted se interesara por explorar el cristianismo?

Brooke mira a su alrededor, primero a sus padres y luego a Grace y a Tom.

—Sí, al principio. Pero cuando el Ejército de Salvación vino a recoger las cosas de mi hermano hace unos días, uno de los trabajadores encontró su Biblia y me la dio.

Esto debe haber sucedido hace muy poco tiempo.

Amy puede ver a los padres de Brooke mirándose el uno al otro como si esto fuera una noticia nueva para ellos también.

—Entonces, ¿habló con la señorita Wesley acerca de esta Biblia?

—No —dice Brooke—. Esto ocurrió después de todo lo que pasó. Quiero decir... yo ni siquiera sabía que Carter tenía una. Solo sé que empecé a leerla y, una vez que lo hice, me di cuenta de que no quería detenerme. Lo que la señorita Wesley había estado hablándome simplemente me había causado curiosidad.

Kane asiente con la cabeza, y luego se acerca a los miembros del jurado, tal vez para conseguir su atención, o para hacer que alguno de los que están aburridos se despierte. Amy puede decir que ninguno de ellos parece estar aburrido.

—Entonces, señorita Thawley, si la estoy entendiendo correctamente, sin la influencia directa de la señorita Wesley, usted nunca se hubiera hecho la pregunta que nos trajo a todos a este lugar en primera instancia, ¿verdad?

—No, no es eso lo que digo. Es que... como acabo de decir, me encontré con la Biblia de mi hermano y comencé a leerla...

—Y con base en sus lecturas, ¿usted se considera ahora una creyente?

Brooke parece nerviosa, pero no duda en contestar.

—Sí.

—¿Entonces incluso se considera una cristiana?

El rotundo sí parece flotar alrededor de la habitación por un momento. Una vez más, Amy está impresionada por la fuerza de esta joven.

—Por lo tanto, Brooke, a riesgo de parecer redundante, ¿es probable que *nada* de esto... su pregunta acerca de Jesús, su lectura de la Biblia o su reciente compromiso con el cristianismo... es probable que nada de esto hubiera ocurrido sin la participación directa de la señorita Wesley?

Brooke solo puede sacudir la cabeza. Ella tiene que decir la verdad, ahora más que nunca.

—No, no hubiera ocurrido.

—Gracias por su honestidad —dice Kane—. No más preguntas, su señoría.

Amy se siente incómoda en su asiento de madera. El ruido de Kane cuando se sienta... el sordo «No, su señoría» de Tom, tras haber sido preguntado si quiere volver a interrogarla... el ánimo silencioso en la sala... la palidez de la vergüenza en el rostro de Brooke...

Amy cierra los ojos, y quiere irse de esta sala. Pero sabe que necesita hablar con Brooke. Quiere hacerle algunas preguntas y, tal vez, animarla.

Sus padres ciertamente no lo harán.

46

UNOS MOMENTOS después de que Brooke hizo su confesión ante Kane, Grace mira al jurado, y luego se inclina hacia mí.

—¿Por qué se ven tan enojados?

Si yo no tuviera que ocultar mi expresión, sería la misma que la de ellos.

—Piensan que les mentimos —susurro.

—Pero no lo hicimos —me dice.

—No importa.

La verdad está sobrevalorada en la sala. Pero lo que cuenta es la percepción.

Todo el mundo está fuera de la sala antes de que yo empiece a recoger mis carpetas para ponerlas en el maletín. Grace está esperando que yo diga o haga algo.

—Tienes que estar preparada, Grace. Vamos a perder este caso.

Ella asiente con la cabeza.

—Ya sé. Tenías razón. Voy a perderlo todo.

Quiero decir algo, decir lo *correcto*, para no sonar sarcástico ni despreocupado acerca de esto; estoy tratando de buscar las palabras correctas, y termino no diciendo nada. Acabo de escuchar su suspiro. Un largo y exhausto suspiro de frustración.

—Al final del día, tal vez esto no valió la pena, después de todo —dice Grace.

Pero sí vale. Tiene que valer. Yo sé que era lo que había que hacer.

—No, escucha Grace. Lo que dije antes... yo estaba equivocado. Sí vale la pena.

La confusión invade su rostro. Ella se levanta antes de que yo pueda decir nada más.

—Entonces tal vez simplemente debas pedirle al jurado que me condene y acabar con todo esto de una vez.

Escucho el taconeo de sus zapatos mientras se va. Me levanto y pienso en alcanzarla, pero me doy cuenta de que no quiere eso, y nadie necesita verlo.

No importa qué esté pensando en este momento; está equivocada. Repito lo que dije.

—Sí *vale la pena.*

Trato de pensar en lo que ella pudo haber interpretado de mis palabras. ¿Pensó que estaba siendo condescendiente, como si estuviera diciendo: «*¡Buen intento!*»? ¿O tal vez pensó que yo estaba tratando de impresionarla? «*Esto nos dio la oportunidad de conocernos*». ¿O tal vez pensaba que le estaba diciendo algo como suelen hacer los hombres, tratando de arreglar algo que no se puede reparar?

Esta sala de pronto se siente cavernosa. Por alguna extraña razón, pienso en Jonás. Atrapado en el vientre de una ballena. Esa fábula siempre me ha hecho reír. Siempre me ha hecho pensar en el inicio de *El Imperio contraataca*, cuando Han Solo tiene que poner a un herido Luke Skywalker en el vientre de un tauntaun muerto para que pueda sobrevivir en las temperaturas bajo cero.

Ese es mi problema, en pocas palabras. Escucho una historia de la Biblia, y luego empiezo a pensar en *Star Wars* o algo por el estilo.

Pero ¿y si las historias de Jonás y Noé y Moisés fueran hechos verdaderos?

¿Qué pasaría si *todas* las historias, incluyendo las de Jesucristo, son verdaderas? No solo la parte del nacimiento y la parte de la predicación y la llegada a Jerusalén en un burro. No solo ser colgado en una cruz para morir.

¿Qué pasaría si Jesús realmente resucitó de entre los muertos de la manera que la Biblia dice que lo hizo?

Estaría muy entusiasmado si pudiera creer realmente en algo así.

Algo así significaría... significaría todo. Eso lo cambiaría todo. El aire se sentiría diferente, la imagen del espejo a la que algunas veces le echo un vistazo en la mañana se vería diferente y el cielo arriba se vería como algo muy diferente.

Es como si el mundo en blanco y negro de repente pudiera convertirse en una pintura de Matisse.

Si pudiera creer...

Comienzo a dirigirme a la salida, sabiendo que el mundo no es blanco y negro, sino que está lleno de grises. El color intenta rellenar las grietas y los sitios rotos, pero nunca parece capaz de hacerlo. Al menos, no conmigo.

Quería creer que íbamos a ganar. Por un corto tiempo, creo que incluso lo creí.

Ahora, mientras camino por el pasillo hacia las escaleras del Palacio de Justicia, me doy cuenta de que creer es una tontería. Ya sea que se trate de creer en tus padres o en un puesto de trabajo o en el amor de tu vida o en la esperanza de que tal vez la vida vaya a mejorar.

Creer es algo peligroso porque toma solo un enfrentamiento con la realidad para que todo desaparezca exactamente como sucedió hace unos momentos.

47

ES HORA.

En este mundo lleno de inmediatez, es una pena que tanta gente todavía posponga las cosas acerca de la fe. Las conexiones y que todo sea instantáneo tal vez hacen que la situación sea aún peor.

Amy sabe que ha postergado esto durante demasiado tiempo. Ha apretado el botón de pausa en esta canción demasiadas veces.

Esta tarde, es hora de actuar. Es hora de ir y hacer y decir y *creer*.

La voz del pastor con acento keniano resuena en su mente.

«Es tiempo de dejar de flotar, Amy. Es hora de dejar de esperar que Dios te sople hacia la costa. Creo que es hora de que comiences a remar y encuentres tierra firme por ti misma».

En la penumbra de su Prius, Amy ve iluminarse la pantalla de su celular. El nombre *Brooke Thawley* aparece. Ella levanta el aparato y contesta.

—¿Cómo estás, Brooke? —pregunta.

No esperaba tener noticias de ella tan pronto. Brooke desapareció antes de que Amy pudiera encontrarla en el Palacio de Justicia.

—Lo arruiné todo, ¿verdad?

Se produce una pausa porque sí, en cierto modo, la muchacha sí arruinó todo. O, al menos, casi todo. Pero Amy no va a decir nada de eso.

—Está bien —dice Brooke—. No tienes que responder. *Sé* que lo hice.

—Estabas siendo honesta —dice Amy—. Eso es admirable. Eso es lo que hay que hacer.

—Ni siquiera me permiten hablar con ella. ¿Cómo le digo a la señorita Wesley que lo siento sin empeorar más las cosas?

A Amy le encantaba estar en el centro, yendo de un lado al otro, como alguien que corre encima de un subibaja. Pero ahora, ya no le gusta eso. Ya no quiere correr y no quiere hacer rebotar a nadie.

Quiere ser fuerte y sólida: ocupar su lugar.

—Brooke, estoy como caminando sobre la cuerda floja en esto. Éticamente, como periodista, se supone que estoy *cubriendo* la historia, y no debo formar parte de ella.

—Entonces no me respondas como periodista —dice Brooke—. Respóndeme como Amy.

—No puedo decirte qué hacer —dice a través del teléfono—. Sin embargo, sea lo que sea, debes hacerle saber que te importa.

Brooke no dice nada, entonces Amy entiende que necesita explicarse más.

—Escucha, ¿sabes lo que vi en la corte hoy? Vi a una muchacha que tiene... dieciséis años, ¿verdad?

Brooke pronuncia un débil y suave sí.

—¿Sabes lo que yo estaba haciendo cuando tenía tu edad? Estaba enojada con Dios y con el único padre que tuve en mi vida. Una madre soltera que hacía todo lo posible para cuidar a una chica rebelde que solo le daba dolores de cabeza y lastimaba su corazón. Mi mamá estaba tratando de ser un ejemplo para mí, y yo no quería nada de eso. Porque... bueno, ¿quieres saber por qué? ¿Por qué, en última instancia, me rebelaba? ¿Por qué odié tanto tiempo a mi madre?

—¿Por qué? —pregunta Brooke.

—Porque estaba enojada. Estaba enojada con Dios porque mis padres estaban divorciados, mi padre desaparecido y mi madre era muy inconsistente y estaba mal preparada para ser madre. El enojo vino porque estaba herida y tenía la sensación de que no podía hacer nada al respecto. Me sentía completamente impotente. Pero eso solo hizo que la ira creciera.

—Lo siento —le dice la voz en el teléfono a Amy.

—Brooke, escúchame. Hoy vi a una mujer joven subir a un estrado, *exigir* que le permitieran subir y dar su testimonio, y decir la verdad.

—No debería haberlo hecho —dice ella.

—Tal vez no. Quizás fue la peor decisión que podrías haber tomado. Pero fue inspirador verte, Brooke. Necesitamos más gente como tú en este país. Adolescentes que hagan las preguntas correctas, que busquen y encuentren finalmente la fe y hablen a favor de ella.

—No lo sé...

—No, Brooke. *Yo* lo sé. Lo *sé*. Dios me dio muchas

oportunidades con mi madre. Yo las ignoré todas. Entonces pensé que ya era demasiado tarde. Pero hoy en la corte te observaba, y me di cuenta de que nunca es demasiado tarde. Nunca.

—¿Por qué? —pregunta la adolescente—. Quiero decir, ¿por qué pensaste eso?

—La historia que me contaste sobre tu hermano. ¿Recuerdas cuando te pregunte si él tenía fe, y me dijiste que no lo sabías? No estabas segura. Y luego te escucho decir que encontraste la Biblia, y hay una esperanza. Lo pude escuchar en tu voz. En tu fe. La misma fe que yo encontré hace un año, pero que de repente empecé a dudar.

Brooke deja escapar una especie de risita triste.

—Yo fui la que te llamó porque probablemente hice que la señorita Wesley pierda este juicio.

—No pienses ni por un segundo que lo que hoy hiciste fue menos que ponerte de pie para tu Señor —dice Amy—. Un pastor me dijo esto ayer: "Dios se complace en utilizarnos de formas que nunca imaginamos... y en darnos cosas que jamás soñamos que queríamos". No le creí ayer cuando me lo dijo. Pero ahora lo creo, gracias a ti.

Brooke pronuncia un agradecimiento poco seguro.

—Voy a compartir esto con la señorita Wesley la próxima vez que la vea. Mantente fuerte. Ora para que las cosas salgan bien mañana. Haz que otros oren también.

—Está bien, gracias —dice Brooke—. Suena como que estás conduciendo tu coche.

—Sí, estoy en él.

—¿Adónde vas? —pregunta Brooke.

—A un lugar que hace mucho tiempo necesitaba ir.

48

LLAMO A LA PUERTA, esta vez llevando una bolsa de sánd-wiches y papas fritas. Grace abre la puerta y no parece tan contenta de verme como la otra noche.

—¿Qué estás haciendo? —pregunta.

Se ve cómoda con sus jeans y una blusa de rayas ligera y holgada con las mangas enrolladas.

—Obtuve muchos puntos la otra noche con la sorpresa de la comida china, así que pensé que podría probar mi suerte de nuevo.

—¿Más comida china?

—No, tengo sándwiches. Seis tipos diferentes, en realidad. Para que tú y tu abuelo puedan elegir.

—Acabamos de cenar —dice Grace.

—Pero... ni siquiera son las seis.

—Tiene ochenta y dos.

Asiento con la cabeza.

—Está bien. Bueno, voy a estar comiendo sándwiches por algún tiempo.

Grace se mueve a un lado de la puerta y se frota el cuello.

—¿Ya empezó la fiesta de cumpleaños? —pregunto.

El comentario capta su atención y parece aliviarla un poco.

—No, todavía no. Los *cupcakes* se están enfriando.

Asiento con la cabeza.

—Me doy cuenta de que has dicho *los cupcakes*. En plural.

—Podría estar hablando de dos.

Yo sonrío.

—Sin embargo... no es así —dice ella—. ¿Te gustaría unirte a nosotros para celebrar el cumpleaños?

—¿Soy bienvenido?

Ella actúa como si lo estuviera pensando, luego se voltea para que la siga hasta el interior. Saludo a Walter, quien está mirando las noticias en la sala con un volumen tan alto que apenas puedo hacerme oír.

—Feliz cumpleaños —digo casi gritando.

Él dice algo que imagino será un agradecimiento. Sigo a Grace hasta la cocina, donde no terminaremos sordos.

—Por lo general, comemos a las cinco, y luego se pasa las siguientes horas escuchando lo mal que está nuestro mundo. Déjame darte un plato.

Ella me alcanza un plato junto con una servilleta.

—Está bien, no tengo que...

—¿Ya has comido un sándwich? —pregunta Grace.

—No.

—Entonces come. Probablemente no almorzaste gran cosa.

Tiene razón. Coloco los sándwiches en la isla de la cocina, y luego escojo uno marcado como *italiano*. Esto bien vale un ataque al corazón con toda esa carne y queso, junto a una guarnición de cebollas de mal aliento. El sándwich perfecto para no comer el día de una cita.

No es que esto se parezca a algún tipo de cita.

—Lamento lo que pasó hoy —le digo.

Grace asiente con la cabeza y abre la puerta del refrigerador, moviendo su cola de caballo hacia un lado.

—¿Qué quieres tomar?

—Refresco. Cualquier cosa con cafeína.

La observo mientras llena el vaso con hielo y Coca Cola light, y comento algo sobre su servicio completo. Le doy las gracias. Entonces trato de ofrecerle un poco de aliento:

—No sabemos qué están pensando los miembros del jurado, por lo que no debemos preocuparnos por nada todavía.

—¿Me veo preocupada?

—En realidad, no —digo—. Lo cual es genial. Es solo que... No sabía cómo te estabas sintiendo. Sé que te sentías frustrada cuando te fuiste del Palacio de Justicia.

—Creo que *estupefacta* sería la palabra correcta. Todo esto, desde el momento que la directora Kinney me llamó a su oficina hasta ahora, lo he sentido como si fuera una especie de sueño. Ya sabes, del tipo que te despiertas y no puedes recordar. Solo sabes que no fue particularmente bueno.

—Aún no han emitido un fallo, Grace.

—El apéndice del pastor decide que es hora de irse. Ahora, Brooke entra sin invitación a la fiesta y decide compartir todo y hacernos... hacerme a *mí*... quedar como una mentirosa.

—No eres una mentirosa —le digo.

—Lo sé. Pero como bien dijiste, perdimos el caso.

—No fue mi intención decir eso. Solo... se me escapó.

—Estabas siendo honesto —me dice—. Así que me estoy preparando para que me declaren culpable.

La observo, y su calma me fascina.

—¿Y cómo te estás preparando?

Levanta uno de los *cupcakes* que acaba de hacer. Parece ser de vainilla. Es del tamaño de una pelota de béisbol.

—Estoy lidiando con eso haciéndole a mi abuelo sus favoritos: unos *cupcakes* acaramelados con crema suiza.

Tengo que reírme. En realidad, creo que me quedo sin aliento.

—Eso suena como un tipo de experimento de química.

—Cada *cupcake* de vainilla tiene dentro una cucharada de caramelo fundido con algo de sal. Voy a ponerles el glaseado en unos minutos. ¿Quieres ayudar?

Asiento con la cabeza. De repente, pienso en pasar por alto el sándwich y pasar directamente a los *cupcakes*.

—El glaseado de crema es de caramelo suizo que está cubierto con crocante de nuez y coco —dice Grace.

Casi le digo que si el asunto de la docencia no se arregla, ella ya tendría una segunda carrera. Afortunadamente, por una vez, mantengo la boca cerrada antes de decir algo ridículo.

Después de engullir el sándwich italiano y comenzar a poner el glaseado en los *cupcakes*, Grace me hace una pregunta que he estado esperando por mucho tiempo. Estoy un poco sorprendido de que ella no me lo haya preguntado antes.

—¿Te importaría decirme qué es lo que te pasó en California? ¿Cómo terminaste aquí? Sé que dijiste que trabajaste para un juez, ¿verdad?

El glaseado que estoy tratando de colocar en el *cupcake* se está corriendo y estoy haciendo un desastre.

Grace me mira y sacude la cabeza.

—¿Será mejor que yo termine el resto?

—Yo era el secretario de un juez de la Corte del Noveno Distrito. Un trabajo prestigioso para alguien que recién había terminado sus estudios de Derecho. El futuro era prometedor. Tenía una novia estable... Pensé que íbamos en serio. Era arrogante, pero también lo eran el resto de mis amigos, muchos de ellos abogados. Pensaba que la última cosa que haría sería volver a Hope Springs. Honestamente.

Grace deja de trabajar con el glaseado y me mira.

—Entonces, ¿qué pasó?

—Al juez... le llevó una semana empezar a odiarme. Por muchas razones diferentes. No le gustaba mi sarcasmo. Él no usaba el sarcasmo. Y no es que yo fuera impertinente o algo así, pero así soy yo. Y ese fue el comienzo. Pero, honestamente, el sujeto es un cerdo racista. Lo desafié una vez, y por eso me despidió.

—¿Eso hizo? ¿Te despidió por haberlo confrontado?

—No, no de ese modo. —Me apoyo en el mostrador de la cocina y siento como si me hubieran enterrado un cuchillo en un costado. No me gusta pensar en esto y mucho menos hablarlo—. Hice algunos comentarios en privado, y tuvimos una discusión. Fue más bien que yo dije algunas cosas, y se molestó, y lo siguiente que pasó fue que hubo repetidas preguntas sobre mi ética de trabajo y mi actitud y todo. Con el tiempo, logró obtener suficientes quejas contra mí como para poder despedirme.

Grace esperaba escuchar el *¿Entonces qué?* de la historia.

—Luego tuve un doble golpe —le digo—. Mi madre falleció y, al mismo tiempo, mi novia... que era del tipo "amor de mi vida", "mi alma gemela"... me dejó. Volví a Hope Springs bien destrozado. Bueno, no *bien* en absoluto, solo destrozado.

—Lo lamento —dice Grace.

—Entonces me enganché con mi socio, Roger, y tomé unos cuantos casos. En el primero, terminé siendo declarado en desacato a la corte. Por ningún otro que el propio juez Stennis.

—Nunca me contaste eso.

—No fue gran cosa, solo mi estúpida boca que me mete en problemas como de costumbre. Tuve una objeción denegada y no me gustó y se lo dije al juez. No con tantas palabras. En realidad, usé muchas palabras, algunas de ellas bastante... coloridas. Me declaró en desacato, perdí el caso y la siguiente vez que lo vi fue en la selección del jurado para tu juicio. Pero no creo que siga recriminándome. Voy a mantener mi ánimo, y mi boca, bajo control.

Grace no dice nada.

—Creo que la conversación mientras decoramos los *cupcakes* no debería ser tan pesada.

El bulto pegajoso en mis manos ya ni siquiera se asemeja a un *cupcake*.

—Y *yo* no creo que a eso se refiera la palabra *decoración* —dice riendo mientras hace una mueca al ver mi postre desarreglado.

Hablamos un poco más sobre mi regreso a la ciudad y mi intención de iniciar un nuevo negocio y volver a ponerme en pie después de mi desastroso primer caso.

—Lo único que sé es que la vida es dura —dice Grace—. El abandono de mis padres. Mi incapacidad total para encontrar a alguien que acepte una segunda cita conmigo. Mis cuentas. Y ahora esto.

Su tono no suena miserable. Es como si estuviera transmitiendo los detalles de un evento de la historia.

En cierto modo, es lo que acaba de hacer.

—Entonces, ¿todavía crees que Dios se preocupa por ti? ¿Que incluso está allí?

—Sí —dice Grace—. Y puedo seguir adelante porque él me trae oportunidades y personas que me ayudan. —Ella me expresa reconocimiento con una sonrisa.

—Ah. Estoy pensando que tal vez el diablo me trajo.

—¿Quién dijo que estaba hablando de *ti*? —me pregunta, finalmente tomando mi *cupcake* y alejándolo de mí.

De repente, no parece que este caso y este momento y este lugar sean lo principal. Lo más importante tal vez es más grande que eso.

Entonces, díselo.

—Grace, mira... Tengo que decirte...

—Tom, ahorra las palabras para mañana ¿Está bien?

Vaya cortada de rollo.

Asiento con la cabeza.

—No te estoy diciendo que no lo digas o que te olvides de eso. Solo estoy diciendo... no agregues un epílogo a una historia que no ha terminado todavía.

Eso es bueno. Necesito escribir eso y usarlo en la corte algún día.

—Está bien —le digo—. Mañana termina. Entonces lo sabremos.

—Sí. El veredicto del caso *Thawley vs Wesley.*

Tomo otro *cupcake.* Me pregunto si debo probar mi suerte de nuevo.

—¿Y el caso *Tom vs Grace*? —le pregunto.

—¿Lo ha presentado, señor defensor? —dice con una voz que se asemeja a la del juez Stennis.

—Aún no.

Esas joyas azul topacio me miran.

—Creo que te prefiero defendiéndome, Tom.

Con esas palabras, ella sale de la cocina por un momento. Oigo que está hablando con su abuelo. Sonrío, y luego raspo parte del glaseado del recipiente.

Mientras descanso contra el mostrador, mirando alrededor de la cocina y sintiéndome cómodo y relajado, de repente me doy cuenta de algo.

Me siento como en casa.

49

NADIE MÁS PODRÍA CAPTARLO. Podrían ver el juguete y reír y preguntarse por qué tiene un muñeco Batman *Caballero Oscuro* en una bolsa de regalo. Pero Amy sabe que su madre no se lo preguntará. Especialmente después de leer la nota en la bolsa.

En realidad espera poder ver a su madre en persona para decirle las palabras que quiere decirle, en lugar de tener que escribir un resumen de ellas en una nota.

Conduce quince minutos fuera de la ciudad de Hope Springs hasta donde la casa sigue en pie. El lugar donde Amy creció y de donde estaba ansiosa por irse.

Ha pasado demasiado tiempo.

El mensaje es claro, a pesar de todos los intentos por recuperar la relación. Dios obra de maneras misteriosas, como dicen, y Amy sabe que todavía pueden haber bastantes misterios por resolver. Lo único que puede hacer es tratar de comunicarse como lo está haciendo.

Conduce el coche hasta el borde de la vereda mientras la luz de la tarde se va desvaneciendo, luego toma la bolsa con el muñeco tonto y se baja del coche. A pesar del tenue resplandor de la puesta del sol, Amy puede ver las rajaduras en la casa. La pintura está desteñida y las grietas en el pórtico más pronunciadas. Los escalones de madera crujen bajo sus pies. Pronto está llamando a la puerta, sabiendo que el timbre probablemente aún no funciona.

Golpea otra vez. Otra. Luego prueba con el timbre.

Está en casa. Sé que está en casa.

El coche en la calzada y las persianas abiertas demuestran que su madre está en casa. Pero al menos habría mirado para ver quién estaba en la puerta. Amy sabe que si su madre la vio, probablemente haría lo que está haciendo.

Nada.

Amy intenta una vez más, esta vez hablando en voz alta.

—Mamá, yo sé que estás ahí. Quiero que hablemos. Necesito que hablemos.

Espera. Su corazón late una vez. Una vez más.

Amy coloca la bolsa de regalo justo frente a la puerta, luego comienza a caminar de regreso al coche. Si hubiera sido una película, la puerta se abriría, y su madre estaría allí de pie; las lágrimas correrían por sus ojos, y tendría una mirada de pesar y añoranza en toda la cara. Correrían a abrazarse, y comenzaría el «felices para siempre» con los reconocimientos y la maravillosa melodía de cierre.

La única puerta que se abre es la de su coche. Amy se sube y pone en marcha el motor. Mira atrás hacia la entrada y la puerta principal. La bolsa de regalo todavía sigue allí, frente a la puerta de entrada. Se aleja.

Una voz comienza a susurrarle, poniendo en duda la idea del muñeco. Sin embargo, Amy se niega a volver.

Tenía dieciséis años y era testaruda.

Hoy vio a una chica de dieciséis años defender algo que ella creía. Lo único que Amy hizo cuando tenía dieciséis años fue hacer volar el puente flojo y roto que la conectaba con su madre. Por algo muy tonto.

Las cosas pequeñas son probablemente las mismas cosas que el diablo elige utilizar para crear los agujeros grandes en nuestra vida.

Amy piensa en el ridículo muñeco de George W. Bush que su madre recibió en su trabajo, más como una broma que cualquier otra cosa. Otra vez la discusión. Cada día tenía una nueva discusión, y esa fue una grande, y Amy empezó a hablar sobre el huracán Katrina y la obvia realidad de que Dios no existía porque no podría ser que ningún Dios permitiría tal cosa. Como su madre no tenía un muñeco de Dios en el estante, Amy solo pudo encontrar el de Bush para lanzárselo a la cabeza.

Falló, y el muñeco se reventó contra la pared.

Ese fue el verdadero comienzo del fin. El momento en el que Amy dijo «basta» y quiso alejarse de su madre y sus creencias y sus esperanzas y sus sueños, cuando todos ellos se asemejaban a Nueva Orleans en medio de ese desastre devastador.

Amy conduce hasta su casa y enciende la radio, preguntándose qué tipo de canciones reproducirán en la radio cristiana. Es una canción lenta que ella no ha escuchado antes; sube el volumen y escucha que están cantando sobre el Príncipe de Paz.

—Escuchaste mi oración —dice el cantante.

Amy sabe que no ha orado muchas veces. Solo ha orado cuando

las cosas estaban en su punto más sombrío. Todavía no sabe, es decir *cree*, que Dios las está escuchando. Que Dios escucha esas oraciones.

El cantante dice lo contrario.

Amy piensa en la nota que escribió, y luego le pide a Dios que permita que su madre la lea. Que esté abierta a ella. A aceptarla. Y para que, de alguna manera, repare la relación.

—Por favor, hazle saber que lo digo en serio —ora Amy.

Ha pasado demasiado tiempo y ha sido demasiado silencioso y ha sido demasiado.

Pero tal vez su madre pueda entender cuando lea la carta.

Querida Madre:

Lo siento.

Lo siento por haber pensado que sabía más cuando sabía mucho menos.

Perdóname por haber cortado el cordón y ni siquiera haberme molestado en decir adiós.

He escrito miles y miles de palabras, pero nunca seré capaz de escribir lo suficiente para recuperar el tiempo y los recuerdos que he guardado de ti. Lo sé, y espero que Dios nos permita un poco más de tiempo para crear un poco más de recuerdos en esta vida.

Hoy vi a una chica de dieciséis años defender lo que ella creía. Me hizo pensar en otra de dieciséis años enfrentando a su madre. La diferencia, sin embargo, fue que una lo hizo por amor y la otra lo hizo por odio.

Yo no sabía la libertad que podía tener al creer que Jesús había muerto por mí. Que él es real y que vino a morir por nuestros pecados. En mi mente, Dios había desaparecido, igual que mi padre. Y en mi mente, cualquier cosa que representara la fe que tú tenías debía permanecer lejos de mí.

El huracán Katrina no fue solo un terrible desastre natural que causó estragos entre esa pobre gente en Nueva Orleans. Fue un símbolo de la inundación de mi fe. No pude encontrar un muñeco de George W. Bush para darte, así es que te tendrás que conformar con uno de Batman.

La juventud se desperdicia en los jóvenes, según dicen. A veces, creo que la fe se desperdicia en los jóvenes también. Conmigo fue así. Y lo lamento.

Pero sí sé esto:

Dios no está muerto, y tampoco ha terminado contigo y conmigo todavía.

Tu hija quiere aprender cómo se siente comenzar a amarte, mamá.

Sinceramente,
Amy

50

EL GRAN *CUPCAKE* OCUPA la mayor parte del pequeño plato en el que está. Hay una vela encendida en la parte superior de la misma. Grace coloca el plato en la mesa delante de su abuelo.

—Feliz cumpleaños, abuelo —dice ella—. Disculpa que no sea una gran celebración.

—Y yo lamento haber irrumpido a participar de los *cupcakes* —le digo yo a él.

Las arrugas se le ondulan cuando sonríe.

—Cualquier ocasión en la que me dejes acercarme al glaseado, esa es una celebración.

Walter apaga la vela, y luego Grace le da una cuchara mientras ella toma otra. Mi *cupcake*, que se asemeja al cachorro feo que nadie quiere sacar de la jaula, está en el plato frente a mí.

—¿Dónde está el tuyo? —le pregunto.

—Estos *cupcakes* tienen como mil calorías cada uno. Y aunque no sea la señorita fanática del gimnasio ni nada por el estilo, decido ser cuidadosa con lo que como. A menos que sea comida china, por supuesto.

A pesar de su aspecto lamentable, mi *cupcake* está absolutamente delicioso. La pruebo mientras Grace y su abuelo hablan del día que acabamos de tener y de cómo se siente ella en cuanto a mañana.

—¿Sabes lo que estaba haciendo en mi habitación antes de la cena? —le dice a Walter—. Estaba orando. Es curioso, es como si Jesús no me dejara sentir su presencia últimamente. Por lo general, es como si casi pudiera extender la mano y *tocarlo*, pero ¿en este momento? Es como si estuviera a millones de kilómetros de distancia. Y no puedo entender una sola palabra de lo que me está diciendo. Es decir, si es que está diciéndome algo al respecto.

La sabiduría a menudo se muestra en las pausas cuidadosas y en los silencios, y esta es una de esas ocasiones. Walter termina su bocado mientras reflexiona en las palabras de su nieta.

—Grace, entre todas las personas, tú deberías darte cuenta de algo que ocurre cuando estás pasando por tiempos muy difíciles. Recuerda: el maestro *siempre guarda silencio* durante la prueba.

Se necesita una milésima de segundo para llegar a una respuesta ingeniosa. Se necesita toda una vida para llegar a una respuesta sabia.

Hablamos por un momento más, antes de escuchar algo afuera. Supongo que es cháchara de la televisión. Grace parece darse cuenta de que es otra cosa; va hacia la entrada principal y mira a través de una ventana lateral.

—Ay, vaya...

Se dirige a la sala y abre las cortinas mientras Walter y yo la seguimos.

—¿Qué está pasando allá afuera? —pregunta Walter mientras se inclina hacia la ventana y mira hacia afuera en la noche oscura.

Grace parece demasiado sorprendida para decir algo. Miro, y veo a un grupo de siete u ocho estudiantes parados allí, cada uno llevando una vela encendida. A continuación, algunos de ellos levantan pancartas escritas a mano. Las leo en orden.

No tenemos permitido
Hablar con usted
Pero nadie dijo
Que no podíamos cantar

Me doy cuenta de que Brooke es una de las adolescentes que sostiene una pancarta. Sus amigos están con ella.

Alguien comienza a cantar en voz alta. Los otros se suman. Hasta yo sé la canción: «Cuán grande es él».

Grace no se mueve, tiene la mirada fija y se limpia las lágrimas de los ojos con su mano. Es un poco surrealista, este pequeño coro brillando en la oscuridad y dándoles a Grace y a su abuelo un poco de aliento. Estos adolescentes están cantando con el alma a su Salvador y Dios y diciéndole lo grande que es.

Me pregunto qué hago yo aquí. De verdad, honestamente. La sensación de ver a estos estudiantes de pie por algo que creen es surrealista.

Walter se acerca y pone su brazo alrededor de Grace.

—¿Ves? —dice—. Parece que el Maestro decidió no seguir en silencio.

Ella asiente y se ríe, y se apoya en el pecho de su abuelo.

—Esta es tu recompensa de este lado del cielo —le dice Walter—. El resto quizás tenga que esperar.

—Es suficiente —dice Grace.

Cuando termina el mini concierto y se acaban los *cupcakes*, y ya he tomado dos tazas de café, le deseamos buenas noches y un feliz cumpleaños a Walter antes de que se vaya a la cama. Esa es mi señal para irme también.

Recuerdo lo que me dijo Grace sobre guardarme mis palabras para mañana, sobre no actuar como si tuviera un epílogo para presentar aquí mismo. Lo entiendo. Lo que todavía no logro comprender es por qué estoy aquí y por qué a ella no parece molestarle y lo natural que se siente y cómo apenas hemos hablado sobre el juicio.

Grace me da mi bolsa llena de sándwiches. No hay mejor manera de terminar la noche que recibiéndolos de regreso. Hablamos durante unos minutos sobre Brooke y los demás estudiantes y sobre el agradable gesto que le demostraron a Grace. Lentamente, me dirijo hacia la puerta.

—Tienes una expresión divertida —dice Grace.

—¿La tengo?

Grace lo confirma.

—Sí... y no la he visto antes. Y eso que tienes varias para elegir.

—¿Es una expresión que cae bien?

—Creo que sí, pero... no estoy segura.

—*Nunca* debes sentirte demasiado segura con los abogados.

Ella se ríe. La entrada se siente muy callada con los dos solo parados allí.

—Tom, mira, yo no...

—Un momento —le digo mientras levanto una mano para detenerla—. Mira, solo déjame hablar por un segundo, ¿de acuerdo? Déjame hablar como Tom y no como el estimado procurador judicial Thomas Endler.

—Oh, ¿se supone que ese sujeto es "estimado"?

—No, espero que no. Mira, es simplemente... Tuve una novia hace años, de la que te hablé. Parece que fue hace unos cincuenta años, pero no fue hace tanto. Recuerdo que... le encantaba pasar un buen momento. Ella era como una de esas fiestas locas a las que asistes en la universidad y de la que vas a estar hablando por años más tarde. Excepto que ella la revivía demasiadas veces. Era... para ser honesto, era un buen desastre. Pero yo la amaba. De verdad. Ella me rompió el corazón. Pero habiendo dicho esto... y no estoy buscando compasión, de modo que no me mires así... recuerdo que le hice una promesa. La hice cuando comenzamos, antes de que las cosas se pusieran mal. Le prometí algo.

—¿Qué fue? —Grace me mira, y puedo ver delineada su cara bonita, inocente.

—¿Has oído hablar de un grupo llamado Bloc Party? —le pregunto.

No veo ningún gesto de reconocimiento en su expresión mientras niega con la cabeza.

—Era una de nuestras bandas favoritas. Mi ex amaba todo tipo de grupos alternativos, y fuimos a un montón de conciertos. Una de sus canciones decía: "Hice la promesa de arrastrarte a casa". Se lo dije. Esa era nuestra canción, la cual, en realidad, es bastante triste. Pero ella era la fiesta y yo el conductor designado. Al menos por un tiempo. Y la arrastré a casa muchas noches.

El rostro que me mira se ve triste y empático.

—No me hiciste a mí esa promesa, ¿sabes? —dice ella.

—Lo sé. Es solo que... no sé. Siento como que le fallé.

—Pero no fuiste tú quien terminó con ella —dice Grace.

—No.

—Fue su decisión.

—Sí. —Echo un vistazo a la escalera, casi esperando que Walter nos esté mirando—. Pero sé qué pude haber hecho más.

—¿Esta muchacha no era para ti como una especie de caso con el que estabas trabajando?

Niego con la cabeza.

—Por supuesto que no.

—¿No me dijiste que no te gusta perder?

—Sí, claro, pero esto no se trataba de ganar o perder —respondo.

—¿No lo era?

¡Vamos! ¿Cómo es que ella me conoce tan bien? ¿Soy tan fácil de interpretar?

Hace unos minutos, Grace se soltó el cabello. La forma en que este cae sobre su hombro me hace sentir como si estuviera en algún tonto estado de estupor masculino. Su sonrisa parece envolverme como un lazo.

—Mencioné la canción porque he estado pensando lo mismo con este juicio. Es como... es raro, pero siento como si estuviera tratando de hacer lo mismo, ¿sabes? Arrastrarte a casa. Y tengo miedo...

—Eres un buen hombre, Tom —interrumpe.

De repente, me doy cuenta de que esta mujer es bella porque es sensible. No tiene que actuar una pose. Es real. Es genuina. Es la que muestra la bondad. Y Dios sabe que yo no podría mostrar ni remotamente una fracción de eso.

—Tú eres la buena. No tendría que estar defendiéndote, Grace.

—Todos estamos en la corte. Toda nuestra vida es un gran juicio.

—Eso es alentador —digo con una risita—. ¿No podría nuestra vida ser más como fabricar esos *cupcake* acaramelados de coco y nuez?

Ella me sonríe como si le estuviera dando permiso a mi sarcasmo de preparatoria en su salón de clases.

—Me parece alentador reconocer que estamos bajo juicio a diario. De eso es de lo que se trata esto. Es lo que *no puedo* compartir abiertamente en mi aula. Sí, estamos en la sala de la corte, pero nosotros no somos el demandado. Él ya fue juzgado culpable y condenado por nosotros. Solo tenemos que aceptar la sentencia y saber que gracias a él podemos ser libres.

Me río.

—¿Qué ocurre?

—Es que, normalmente, yo diría algún tipo de chiste ingenioso, porque en el fondo me mantendría cínico acerca de todo lo que dices.

—¿No lo estás siendo? —pregunta Grace.

—No. Porque tú lo crees con mucha sinceridad. Y... francamente, me siento inspirado.

—Yo también, Tom. Y precisamente por eso es que *no* puedo dejar de decir la verdad.

51

Más allá
UN ARTÍCULO DE *ESPERANDO A GODOT*
Por Amy Ryan

A veces pienso que este mundo es como un centro comercial con tiendas de primera categoría lleno de puertas y ventanas. Tienda tras tienda, tenemos tantas opciones, alternativas, deseos y necesidades. Las marcas de nombres que conocemos, amamos y deseamos. Muy a menudo, demasiado a menudo, atravesamos la puerta y nos perdemos. Quedamos atrapados entre los pasillos de ropa y mercadería. Tal vez no podemos decidir, entonces nos quedamos atascados. O nos sentimos abrumados, así que, tratamos de ocultarnos.

El propietario del centro comercial no se encuentra en ninguna parte del mismo. Hay solo un camino de un solo carril con instrucciones sobre cómo encontrarlo, pero hay que atravesar e ir más allá de todas las maravillosas tiendas y tentaciones. Es fácil distraerse o desviarse o simplemente olvidarlo.

Hace apenas un año, yo estaba perdida, rondando a esas tiendas. Entonces vino alguien, y me dijo que yo ya no estaría aquí como para ir de compras. Así que lo primero que hice fue ir a buscar otra cosa. Intenté encontrar ese camino de un solo carril, para experimentar algo más significativo. Y lo encontré.

Pero la cosa se pone difícil cuando las puertas vuelven a abrirse y te dan una nueva tarjeta de crédito y más tiempo para ir de compras.

Más tiempo.

Tengo solamente veintisiete años, pero sé que mi tiempo, que todo nuestro tiempo en la tierra, es limitado.

Hoy... esta noche... tomé una decisión.

No quiero recorrer más las tiendas. No quiero mirar más por las ventanas, solo contemplando. No quiero preguntarme si ese camino trasero me conducirá finalmente hasta el propietario de la tienda. Quiero recorrer el camino sin volver nunca a mirar hacia atrás.

No necesito comprar nada más ni curiosear; ni siquiera necesito mirar vidrieras con antojo. Necesito ir más allá de donde la gente está ocupada recorriendo y comprando. Tengo que caminar entre los que están en la periferia, los que no pueden o no quieren encontrar el camino del propietario. Tengo que ayudarlos en todo lo que pueda.

Dos veces he visto probada mi fe. La fe genuina que ha sido atacada. Esta es la segunda vez que he estado allí, de pie, en la primera fila.

Pase lo que pase mañana, sé algo: es hora de que consiga un lugar en el escenario. Quiero que las luces me den en los ojos y sentir el sudor en la frente y saber que me observan. Y entonces... voy a decirles que se acerquen. A todos los que estén viendo o escuchando, voy a invitarlos a que tomen un paseo conmigo. A que recorran este camino. Este camino de tierra, un poco fangoso y lleno de baches.

Les aseguraré que conduce a un lugar mejor.

Luego, a medida que caminemos juntos, uno al lado del otro a lo largo de este camino, les compartiré las razones por las que creo.

52

DIOS, ¿QUÉ ES LO QUE QUIERES? *¿Las cifras negativas y las cuentas vencidas representan cuánto valgo?*

Camino por una vereda a varias cuadras de mi casa. Llegué a casa después de salir de la casa de Grace, pero luego me sentí encerrado y preso sentado en un sofá. Así que saqué a Resi de paseo, y sigo caminando. Pensando. Haciéndome preguntas. Quizás, posiblemente, orando, si es que esto es una oración. Si hay un Dios al cual orar.

¿Estás ahí? ¿Has estado siguiéndome toda la vida?

¿Y por qué aquí y por qué de repente ahora me encuentro teniendo que defenderte?

Tal vez debería retirar la pregunta. Reformularla.

¿Por qué aquí y por qué ahora has decidido hablar conmigo?

Escucho jadear a Resi. Está seriamente fuera de forma. Tal vez debería sacarla a pasear un poco más. Tal vez debería orar más.

Volteo en una calle y veo un resplandor en la distancia. Entorno los ojos y distingo el letrero de una iglesia. Veo el nombre de la iglesia y los horarios del servicio, pero, de repente, pienso en Grace contándome acerca de ese viejo letrero con una única bombilla eléctrica que iluminaba una pregunta simple, inquietante.

«*¿Quién dices que soy?*»

Me encamino en una dirección diferente porque no quiero una respuesta. Pero la pregunta me sigue, firme como un niño sin miedo a través de la oscuridad.

Sin embargo, sé que si me diera la vuelta, no sería un niño el que corre detrás de mí, sino mi padre.

Dime, Tom, ¿quién soy? ¿Quién crees que soy?

Veo su cara, y lo odio. Desprecio a ese hombre que ha hecho que me sienta disminuido toda mi vida. Pero la voz que oigo no es la de mi padre.

Así que, ¿por qué debería permitirte que hagas lo mismo? Dime por qué... ¡dime!

Tengo escalofríos y piel de gallina. No sé lo que fue, esos sentimientos y esos pensamientos y ese rumor.

Escucho, pero no oigo nada. Al menos no en forma audible.

Pero el silencio no comprueba nada.

No.

El silencio me recuerda que esto no es una conversación con mi padre. No hay nada en este momento que tenga que ver con mi viejo y querido papá.

Él no está aquí. Si lo estuviera, ya habría empezado a discutir o a juzgar o a insinuar o a decir algo. Pero todo lo que puedo oír es el silencio. Una sombría quietud sopla la misma pregunta sobre la parte posterior de mi cuello.

¿Quién dices que soy?

Me duele el corazón. Esta no es una sala de la corte, y no hay ningún punto que deba probar. Tengo solo un dolor agobiante y esa voz interior y quiero que se vaya.

«Él trae oportunidades y personas que ayudan».

Oportunidades...

Personas que ayudan...

Grace. Ni siquiera es una especie de ironía sutil.

Me encanta esta mujer, no porque ella es el tipo que me gusta, sino porque ella es el tipo de mujer que puede hacerme más querible en la vida. Y tal vez ella esté en lo cierto; tal vez se nos puso juntos por alguna razón.

¿Es para esto? ¿Para este momento, ahora mismo?

Los argumentos llenan mi cabeza de nuevo. Me gritan. Los oigo todos. Hacen que me detenga donde estoy en la acera.

—Por favor, ayúdame —le pido a Dios.

Si tuviera que ser honesto, completamente honesto, diría que hay un Dios y que yo lo he sabido toda mi vida, y no es por mi padre o mi madre, sino por esta cosa estremecedora llamada gracia que hierve dentro de mí.

Y sí, una mujer con ese mismo nombre podría haber ayudado a remover mi olla a fuego lento.

53

LA MAÑANA LE RONDA SUAVEMENTE, besándole la frente, luego diciéndole que se levante y se ponga en marcha. Amy mira el reloj y sabe que es demasiado temprano para despertarse, pero eso no importa. Sabe que no hay manera de que vuelva a dormirse.

Después de su trote matutino, un trote *verdaderamente* matutino, prepara el café, se ducha y desayuna una tortilla de huevo con tomates, champiñones y pimientos verdes. Pasa tiempo en su computadora, luego más tiempo leyendo la Biblia, luego, finalmente, enciende la televisión para ver las noticias matutinas. Mira varios canales, y luego ve una imagen de Grace Wesley en uno de ellos.

Espera... ¿qué?

Son las noticias de Fox. Pudo haber cambiado el nombre del blog y sus puntos de vista, pero todavía no ha cambiado sus preferencias de usuario, por lo que le resulta extraño estar viendo de repente un canal que una vez despreció abiertamente. No hay odio en su interior, pero todavía hay un genuino recelo.

El comentarista está hablando de Grace y de su juicio. Amy sube el volumen, todavía un poco pasmada por la forma en que el juicio ha obtenido ese grado de atención nacional.

—Ella debería tener el derecho de responder una pregunta legítima, siempre y cuando no haga proselitismo —dice la mujer de la pantalla—. Lamentablemente, supongo que va a perder. En las escuelas públicas, Dios ya está del lado de afuera de la puerta; y la izquierda progresista hará *cualquier* cosa para asegurarse de que siga siendo así. Pero tal vez me equivoque; veremos cómo sigue esto. Soy su anfitriona, Susan Stone. Todavía hay mucho por delante en el programa.

Amy apaga el televisor. No quiere, ni necesita, ver más.

Espero que estés equivocada, Susan. Espero que Grace demuestre que todos están equivocados.

Mira el reloj, y sabe que aún dispone de una hora para llegar a la corte. Pero eso no importa. Ya es la hora. Toma más café y se prepara para salir.

Amy puede quedarse a mirar la especulación en la pantalla, o puede dirigirse al lugar donde se tomará la decisión.

No hay mejor lugar para sentarse y esperar y orar.

Todos están esperando al juez, igual que todas las mañanas. Los miembros del jurado, Kane y su equipo, los Thawley y los demás. Grace está sentada a la mesa, elegantemente vestida con su traje de chaqueta y falda. Sin embargo, Grace está haciendo exactamente lo mismo que Amy está haciendo, mirando a su alrededor y observando con atención las puertas cerradas.

Seguramente, se está preguntando lo mismo también.

¿Dónde está Tom?

De todos los días, este es el peor para llegar tarde.

Amy puede ver la expresión de preocupación y miedo en la maestra.

Desde la vez que habló con Tom esa primera noche, y observándolo y escuchándolo en la corte, ha tenido la sensación de que en cualquier momento se marchará a Tijuana para escapar y ocultarse.

Entonces escucha la voz del alguacil que llama a todos a levantarse, y Amy siente que la invade una ola de pánico. El juez Stennis llega a la corte y se sienta, haciendo un rápido escaneo de su sala. *Su* sala de audiencias y de nadie más.

—Señorita Wesley, ¿nos falta alguien? —le pregunta.

En ese preciso momento, como planificado y ejecutado a la perfección, la puerta se abre y aparece Tom, como un Marine recibiendo una medalla al valor. Inmediatamente Amy se desconcierta. Su primer pensamiento es un poco aterrador.

Marc...

Tom luce como que ha conseguido cierta ayuda profesional para vestirse. No solo para vestirse, sino para sacarle lustre a cada pulgada de su apariencia. La mente de Amy revisa los puntos de los que Marc solía estar tan orgulloso.

El traje oscuro parece un Armani. Los zapatos de vestir, de un negro reluciente, se ven como Sutor Mantellassi. Ella logra ver los gemelos de oro y un reloj que se asemeja a un Bell & Ross. La corbata de seda roja podría ser de Turnbull & Asser.

Todos los artículos de los que Marc solía jactarse; son todos del tipo que se consigue en el centro comercial del que escribí un blog anoche.

No es solo lo que Tom lleva puesto, sino la forma en que se ve usándolo. Está bien afeitado y su cabello está recién cortado y se ve bien despierto y alerta y con energía.

¿Qué está pasando aquí, y donde está el desaliñado que todos conocíamos y amábamos?

Tom pasa la baranda y se dirige hacia el juez.

—Lo siento, su señoría. Mis disculpas a la corte.

El juez no parece dispuesto a comenzar la mañana con una reprimenda verbal. Solo asiente con la cabeza, aceptando la disculpa con un ademán.

Tom se acerca a su mesa, mirando a Grace con una sonrisa.

No es el tipo de sonrisa confiada que se puede tener cuando uno sabe que está a punto de ganar.

Es más el tipo de sonrisa que tienes cuando estás a punto de cometer una locura.

54

—¿CONFÍAS EN MÍ?

Eso es lo único que le pregunto a Grace. Ella se ve perpleja, seguramente se pregunta por qué llegué tarde y por qué, repentinamente, decidí presentarme al estilo *GQ* para la corte de hoy.

—¿Confías? —le susurro nuevamente.

La noche anterior es a la vez como si hubiera pasado hace un mes o solo unos pocos minutos atrás. Su expresión es de completa confusión. Pero ella asiente con la cabeza lentamente sin decir nada, su cara de preocupación diciendo todo.

—¿Completamente? —le pregunto.

Esta vez, solo me dirige una mirada de curiosidad.

Espero que esto vaya en la dirección que imagino que podría hacerlo.

Me vuelvo hacia el juez.

—Su señoría, tengo un último testigo para llamar: Grace Wesley.

Unas voces detrás de mí en la multitud hacen algo de ruido; es la sorpresa. Miro a Grace y veo su desconcierto total junto con un rubor que puede ser una combinación de vergüenza e ira. Sus ojos simplemente me preguntan qué locura estoy haciendo.

—¿Señorita Wesley? —dice el juez Stennis—. Por favor, acérquese al estrado de los testigos.

—¿Debo hacerlo? —me pregunta.

—Me temo que sí —le respondo.

Una mujer maravillosa y recatada y, sin embargo, tan enérgica. *Me encanta.*

Grace no es la única que está en shock. El juez parece sentir curiosidad, y Kane parece un poco alarmado. Grace todavía no ha dejado su asiento.

Vamos. Tú puedes hacer esto, Tommy.

—Su señoría —digo en voz alta con la expresión más autoritaria posible—, dada la renuencia de la testigo, ¿me daría permiso el tribunal para tratarla como una testigo hostil?

Ni siquiera me molesto en mirar a Grace. De ahora en adelante, tengo que concentrarme en *una* cosa, y en solo *una*. El juez Stennis entrecierra los ojos y me mira como si estuviera tratando de ver detrás de mí para discernir lo que está sucediendo. Sin embargo, yo sé cuál debe ser su respuesta.

—Sí, puede.

Procede a tu propio riesgo.

Grace pasa junto a mí, pero no la miro. Puedo escuchar cómo el alguacil le toma juramento y, mientras lo hace, yo me dirijo a la mesa y repaso mentalmente las preguntas.

No cedas. No des marcha atrás. Solo tienes que preguntar y seguir con el plan.

Luego camino hacia ella y la miro de la misma manera que lo hice anoche. O, al menos, intento mirarla de la misma manera. Le ofrezco una sonrisa.

—Grace, quiero que haga algo por mí, algo para todos en esta sala. ¿Cree que podrá hacerlo?

Su mirada muestra un interés cauteloso. Ella asiente con la cabeza; todavía no tiene la menor idea de lo que está a punto de suceder.

—Quiero que se disculpe. Quiero que le diga a los Thawleys y a la junta escolar y a todo el mundo que se disculpa. Dígales que cometió un error.

—¿Tom...? —pregunta en una voz débil y aturdida.

No me molesto en mirar al jurado. Estoy seguro de que están un poco confundidos.

—Su señoría, ¿qué está pasando aquí? —dice Kane detrás de mí.

—Adelante, Grace —digo—. Discúlpese.

No estoy hablando como alguien que alienta a una amiga que tiene miedo de hacer algo. La estoy reprendiendo como un guardia que le dice a alguien que permanezca en su coche.

—Tom, no entiendo...

La interrumpo:

—Ya oyó lo que dije, ¿verdad?

Está pálida y conmocionada.

—Me gustaría que se disculpe con esta corte y con todas las personas involucradas en esto.

—No puedo hacer eso —dice finalmente.

Por supuesto que no puedes. No pudiste hacerlo en aquel primer encuentro que tuvimos, ¿verdad?

—¿Por qué? —pregunto—. ¿Por qué no puede hacer eso, Grace?

—Porque... porque considero que no hice nada malo.

Hasta ahora, ha dicho exactamente lo que esperaba que dijera.

—Como su abogado, señorita Wesley, le estoy aconsejando que lo haga de todas maneras. Al menos *finja* que lo siente, y apele a la misericordia de la corte...

—Pero eso sería decir una mentira —dice, interrumpiéndome.

Solo me encojo de hombros.

—¿Y qué? Todo el mundo miente.

—No todo el mundo —dice Grace.

Tengo que armarme de valor para darle una mirada cínica de duda. Pero, después de ser cínico y de dudar durante tanto tiempo, creo que puedo lograr una actuación convincente.

—Grace, ¿está buscando convertirse en una mártir?

—Por supuesto que no —dice ella.

Me acerco a ella sin ningún tipo de emoción, buena voluntad o humor en mis ojos. Estoy tratando de mostrarme como una hoja en blanco.

—Entonces, ¿qué es lo que quiere, Grace? Dígamelo. Díganos a todos qué es lo que quiere.

—Yo quiero —comienza diciendo, su voz indecisa, apagándose—, quiero ser capaz de decir la verdad.

—¿La verdad? ¿La verdad de quién? ¿De qué verdad está hablando?

Porque como todos los abogados sabemos, ¡no puedes manejar la verdad!

—¿Hay alguna verdad que usted sepa, y que nadie más sabe?

Sé que la estrategia del demandante que está en su mesa detrás de mí se centra en una conversación acerca de este asunto.

—No —dice Grace, de un modo más inseguro que hace un minuto.

—Espere un momento —digo—. Oh, es cierto. La otra noche, ¿no me dijo usted que Jesús le *habló* personalmente?

Todo su cuerpo se ve como si alguien la hubiera golpeado y estuviera tratando de tomar un poco de aire. Ella sacude la cabeza un poco; sus ojos ya me están haciendo la pregunta que tiene en la mente, la que ahora sale de sus labios.

—¿Por qué me estás haciendo esto? —sus palabras son tan débiles que casi nadie más que yo las puede oír.

Me aclaro la garganta.

—Señorita Wesley, yo soy el que hace las preguntas. ¿No me dijo usted que Jesús le habló personalmente?

—Sí.

—¿Y qué le dijo?

Se queda callada porque sabe exactamente cómo sonará una respuesta como esta.

—Bien, de acuerdo. Se lo haré más fácil. ¿No me dijo usted que Jesús le hizo una pregunta?

Su cara es el retrato de un niño herido. Las lágrimas asoman en sus ojos, y tiene que secárselas. Sigue sacudiendo la cabeza con incredulidad, la cara todavía carente de color.

—Tom, eso fue personal. Se suponía que no...

—No me importa. La otra noche, usted me dijo que Jesús le preguntó algo.

En el centro de la sala, entre la tribuna del jurado y la mesa de Kane y el juez y Grace, la miro de frente, y hablo tan fuerte como puedo.

—¿Cuál fue la pregunta que le hizo, Grace? Dígame. Dígales a todos. Creo que todos merecemos saberlo.

Una línea clara se derrama por su mejilla. Un rápido vistazo hacia el jurado me dice que ellos tampoco se sienten bien con nada de esto.

Grace habla, pero su voz es débil.

—¿Por qué me está haciendo esto?

—Responda la pregunta —le digo.

Ella comienza a hundirse en su asiento.

—No me van a creer.

—Eso no tiene importancia. Lo que importa es que usted lo cree. Cuéntenos, Grace. Bajo juramento: ¿cuál fue la pregunta que usted cree que Dios le hizo personalmente esa noche en el campus?

El sonido de acordes de piano parece ir *en crescendo* en la sala silenciosa. Grace no dice nada y no me mira, y parece inclusive que ya no está aquí. Así que, camino hasta ella y me aseguro de que me vea.

—¿Cuál fue la pregunta? —le digo.

Ella está llorosa; se siente débil y con miedo.

—Me preguntó: "¿Quién dices que soy?".

Siento que me arden la piel y el alma, pero sigo adelante. Tengo que hacerlo.

—¿Y cuál fue su respuesta?

Una vez más, una pausa.

—Señorita Wesley, creo que es obvio que...

—Tú eres el Cristo, el Hijo del Dios viviente.

Ahora, el silencio hace eco a su declaración. Espero antes de hablar. Grace ya ha dicho lo suficiente.

—Bueno, ahí lo tienen, miembros del jurado. Su señoría, creo que hemos oído *más* que suficiente.

El tren de la confusión ya ha salido de la estación. Grace está atónita en su asiento. Kane no parece estar siguiendo el argumento. Hasta el juez se da cuenta de que *algo* está sucediendo aquí.

—Señor Endler... ¿se propone modificar la declaración de su clienta? —pregunta el juez Stennis.

—No, su señoría —lo digo con total grandilocuencia como si él hubiera insultado a mi único hijo—. Yo digo que ella es inocente de toda maldad, pero le estoy pidiendo al jurado que de todos modos la declare culpable.

Algunos murmullos y jadeos se escuchan detrás de mí. Tal como lo esperaba.

—Seamos realistas: la señorita Wesley tiene la *audacia* de creer no solo que hay un Dios, sino que ella tiene una relación personal con él. Eso influye en todo lo que dice y hace. Es hora de que dejemos de fingir que se puede confiar en una persona así para servir en una institución pública. En nombre de la tolerancia y la diversidad, tenemos que destruirla. Entonces todos podremos irnos satisfechos a la tumba, sabiendo que pisoteamos la última chispa de fe que se exhibió en el ámbito público. Digo que hagamos de esto un ejemplo.

Ya no miro a Grace. No puedo. Solo miro de frente al juez, con los miembros del jurado a mi derecha, viendo como si fuera el espectador de un choque de trenes.

—Suficiente, señor Endler —dice el juez Stennis.

Está molesto, pero también piensa que acabo de hacer un discurso ingenioso, fuera de serie.

Pero apenas he comenzado.

—Propongo establecer un nuevo precedente de que al ser designados en un cargo por el gobierno federal, se *exija* al nuevo empleado que declare cualquier sistema de creencias que tenga.

—Señor Endler, suficiente. Usted está fuera de lugar.

El volumen y el tono de su expresión están al máximo. Ya no está molesto. Me doy cuenta de que siente ira.

Sigue adelante.

—Y si parece que alguien está a punto de deslizarse a través de las grietas y ocultar sus creencias, los arrestamos y los multamos. Y si no pagan, expropiamos sus bienes...

A la vez que golpea con su martillo, el juez Stennis grita mi nombre.

—Y si se resisten, bueno... no nos engañemos. La intimidación culmina en el extremo de una pistola.

El martilleo parece volar contra mi cabeza.

—Señor Endler, usted está fuera de lugar, y en este acto lo acuso de desacato —me ladra Stennis.

Grace me mira de frente, y se ve como alguien que está observando una escena de espanto en una película de terror. Esos ojos, por lo general tan confiados, están muy abiertos y se están ahogando de una preocupación que bordea el pánico. Stennis es una sombra que anuncia venganza; se inclina hacia mí con los brazos cruzados y los puños firmemente apretados.

—Acepto la acusación porque no tengo otra cosa *sino* desacato por estos procedimientos.

También tengo una frecuencia cardíaca de alrededor de 250.

—Si vamos a insistir en que el derecho de un cristiano a creer está subordinado a todos los demás derechos, no es un derecho en absoluto. Alguien siempre saldrá ofendido.

El juez llama mi nombre una y otra vez.

—Dos mil años de historia de la humanidad lo demuestran. Sugiero que le pongamos fin a esto. Cite la ley, convoque al jurado y envíelo a deliberar.

La mandíbula de Stennis parece estar bloqueada, sus ojos están cargados. Está sacudiendo la cabeza en completa incredulidad. No me sorprendería que bajara de su asiento y empezara a golpearme. Sin embargo, simplemente mira al jurado.

Él está de acuerdo conmigo.

—En vista del exabrupto del señor Endler y de su total falta de respeto por los procedimientos, vamos a pasar por alto los argumentos de cierre habituales, a menos que el señor Kane vea la necesidad de dirigirse al jurado.

Echo un vistazo hacia atrás a Kane, quien se pone de pie; ya no tiene una expresión engreída, ni parece estar al mando. *Desconcertado* sería la palabra que usaría para describirlo.

—No, su señoría, no añadiremos nada.

—Bien —dice el juez, dirigiéndose todavía a los miembros del jurado—. Mi instrucción para ustedes es simple: cumplan la ley. Sin prejuzgar arbitrariamente su decisión ni arriesgar el juicio a una apelación, creo que puedo decir con certeza que el defensor de la acusada los ha desafiado a condenar a su clienta. El jurado ahora se retirará a deliberar.

El golpe del martillo desata un torbellino de conversación y pone en movimiento la sala más que nunca antes. Yo estoy de regreso en mi mesa, de pie y recogiendo mis notas. Estoy tratando de recuperar la compostura y respirar y hacer que se detenga el bombeo de adrenalina. Sé que Grace todavía está sentada en la silla de los testigos, pero no puedo mirar hacia ella. Todavía no.

Una amplia sonrisa se precipita hacia mi lado. Kane se encuentra allí con su equipo detrás de él.

—Recuérdame que te envíe una nota de agradecimiento —dice, y se marcha con el resto de los participantes del circo.

Finalmente levanto la mirada y veo que Grace está acercándose a mí. Respiro hondo y me preparo para explicarle todo y disculparme y decirle exactamente por qué...

Su palma rígida se estampa sobre el costado de mi cara. Grace ni siquiera espera a ver mi reacción o a escuchar lo que yo pudiera decirle. Se dirige a paso vivo hacia la puerta mientras yo me sostengo la mandíbula.

Eso dolió.

No solo la bofetada. Claro, eso dolió. Hay algo de fuego en ella. Pero no es solo eso. Es todo el asunto. Es todo. El testimonio de esta mañana junto con todo lo demás. Detesto que Grace haya tenido que soportarlo. Y detesto haber tenido que darle una sorpresa con esta estrategia desesperada.

—Lo lamento, Grace —digo en voz alta.

No hay nadie alrededor para escucharme.

En realidad, no camino hasta la puerta de la sala. Es como si estuviera avanzando centímetro a centímetro. No estoy seguro de lo que acabo de hacer. No sé si fue valiente o simplemente tonto. Sin embargo, sí sé que acabo de quemar cualquier cosa que hubiera comenzado con esta mujer.

Creo que estoy acostumbrado al desprecio. Tal vez simplemente no puedo sino atraerlo.

55

EL COMENTARIO QUE escucha después de la impresionante y *asombrosa* crisis que acaba de ocurrir en la corte le da una idea a Amy. Uno de los reporteros comparte un pensamiento. Un simple cliché.

«Ella no tiene esperanzas ni rezando».

Amy piensa en eso por un momento, y no está de acuerdo. Tiene más que una sola esperanza. Tiene muchas esperanzas.

A veces, la oración es más que suficiente.

Amy consigue pasar entre la multitud que parece haberse duplicado desde la mañana. Más carteles y cantos y equipos de reporteros y camarógrafos. Ella piensa en el lío en que se ha convertido todo esto. ¿Y a causa de qué? Porque alguien mencionó el nombre de Jesús en un aula.

Camina hasta el parque al otro lado de la calle y encuentra un banco.

Su celular tiene un 70 por ciento de batería. Eso es bueno. Sabe que le va a hacer falta.

Lo primero que ve es un correo electrónico de su amiga Mina, con quien habló ayer, contándole las últimas novedades del caso y pidiéndole que orara. El asunto que encabeza el correo electrónico es: «Algo de ánimo».

Amy comienza a leer la nota.

> Hola, Amy. Estoy pensando y orando por ti esta mañana. Encontré algunos versículos de la Biblia que me han ayudado a través de este último año, así que pensé que sería bueno compartirlos contigo. Espero que sean reconfortantes. Por favor, hazme saber qué sucede hoy. Te quiere, Mina.

A continuación de las palabras de Mina, hay varios pasajes de las Escrituras. Amy lee cuidadosamente cada uno.

> «¡Socorro, SEÑOR!», clamaron en medio de su dificultad, y él los salvó de su aflicción. Calmó la tormenta hasta convertirla en un susurro y aquietó las olas. ¡Qué bendición fue esa quietud cuando los llevaba al puerto sanos y salvos! (Salmo 107:28-30)

> No se preocupen por nada; en cambio, oren por todo. Díganle a Dios lo que necesitan y denle gracias por todo lo que él ha hecho. Así experimentarán la paz de Dios, que supera todo lo que podemos entender. La paz de Dios

cuidará su corazón y su mente mientras vivan en Cristo Jesús.
(Filipenses 4:6-7)

Al orar a nuestro Dios y Padre por ustedes, pensamos en
el fiel trabajo que hacen, las acciones de amor que realizan
y la constante esperanza que tienen a causa de nuestro Señor
Jesucristo. (1 Tesalonicenses 1:3)

Les digo, ustedes pueden orar por cualquier cosa y si creen
que la han recibido, será suya. (Marcos 11:24)

Cada verso se aplica a Amy y a Grace y al juicio y a ese preciso momento.

Dios calma la tormenta con un susurro.

Así que, clamemos a él.

Puedes recibir paz ahora mismo si oras y le das gracias a Dios por todo.

Entonces, dile a Dios qué es lo que necesitas.

El trabajo fiel, los actos de amor y la esperanza en Cristo son bendecidos.

Entonces, ora por Grace, quien ha demostrado todas estas cosas.

Las oraciones serán contestadas si creemos.

Entonces, ora.

Amy cierra los ojos y hace exactamente eso. De repente, ya no está en este banco cerca de una fuente en un hermoso día de abril. Está otra vez en la sala; y está junto a Grace, donde sea que esté; y está junto a los miembros del jurado en la sala, deliberando; y está con Tom y Brooke y los padres de Brooke.

Ora por todos y le pide a Dios que brille sobre ellos. Le pide que se haga su voluntad y que su nombre sea glorificado.

Cuando abre los ojos, comienza a ir en busca de los demás. Mina es a la primera a quien le envía un mensaje.

¡Gracias por tu correo! Qué bendición. Yo necesito —necesitamos— oraciones ahora mismo. Ora por Grace y por el juicio.

Luego, Amy empieza a enviar otros mensajes. A todo el que ella piensa que podrá orar. Incluso a un puñado de los que probablemente no lo harían, pero quizás les dé curiosidad o se sientan inspirados a ver de qué se trata todo el asunto. Llama y deja un mensaje en la iglesia para el reverendo Jude, para que ore. Y a otro, y a otro.

Luego, recuerda aquella ocasión cuando la rodeó un grupo en el momento menos esperado, y dejaron lo que estaban haciendo para ponerse a orar. No cualquier grupo, sino una banda musical. Una banda que oró por ella:

«Señor, permite que Amy sepa que tú le das la fuerza para soportar la prueba que enfrenta... y que estarás con ella cada paso del camino».

Las oraciones no tienen una fecha de caducidad o de vida útil. No son cronológicas o visibles o cuantificables. Pero son reales, y siempre son escuchadas.

Tal vez las oraciones del año anterior todavía están volando por allí arriba, ayudándola a levantar la mirada. Incluso si vuelan lejos, o cuando lo hagan, como los pájaros para el invierno, es bueno saber que todavía permanecen vivas y activas. Tal vez incluso en formas que ella jamás podría imaginar.

Así que Amy le escribe a Michael Tait, el cantante de Newsboys, pidiéndole que ore. Una oración que se necesita mucho. Comienza simplemente resumiendo lo que ha ocurrido, pero termina escribiendo varios párrafos para compartir la historia de Grace.

Yo aún recuerdo las oraciones que ustedes hicieron por mí una noche. No solo significaron algo para mí, sino que fueron escuchadas. Creo que Dios las escuchó y las respondió. Así que les estoy pidiendo que levanten una oración por Grace, si pueden. Dondequiera que se encuentren. ¡Gracias!

Amy finalmente apaga la pantalla de su celular, cierra los ojos otra vez y le pide a Dios que se mueva en las próximas horas. Entonces decide ponerse en movimiento, después de escuchar el estruendo de su estómago y darse cuenta de que no desayunó.

Un par de horas más tarde, Amy recibe un mensaje de texto mientras está trabajando en Evelyn's Espresso. Ha estado allí desde que pidió un sándwich y un café helado.

El mensaje es de Brooke, quien le dijo que la iba a mantener al tanto de lo que sucedía en el Palacio de Justicia.

Parece que han llegado a un veredicto.

Amy se levanta de un salto y pone su laptop en su bolso.

Estaré allí en diez minutos.

Debería tomarle solo cinco minutos caminar de regreso al Palacio de Justicia, pero con toda la gente que va a tener que esquivar, podría tomarle más tiempo localizar a la adolescente.

Con sus tacones resonando tan rápido como sus dedos pueden teclear, Amy siente el zumbido de su teléfono en su mano.

Es Michael Tait.

—¿Amy? —grita él.

—¡Sí!

Suena como si estuviera en un túnel de viento o tal vez colgado en el ala de un avión.

Misión imposible 10, protagonizada por los Newsboys.

—Qué bueno haberte conseguido. Espera... quiero que escuches algo.

—¿Dónde estás? —le pregunta.

—Son las ocho aquí. Estamos en Irlanda, en una presentación.

El trepidante ruido de una muchedumbre se puede oír en el fondo. Amy sigue caminando, y se esfuerza por escuchar lo que está ocurriendo.

Michael comienza a hablar nuevamente.

Debe estar literalmente de pie en el escenario en este momento.

—Mis amigos, en este momento, tengo en la línea a una amiga que se llama Amy... ella está en Estados Unidos, donde hay una mujer que ha sido llevada a juicio por su fe. Esta mujer ha arriesgado todo por amor a Jesús. Señor, sabemos que perder algo por ti es un honor que recibe una recompensa eterna. Pero si es tu voluntad, ¿puedes hacer que esta mujer recupere la esperanza, y que su fe sea un ejemplo para los demás?

Ahora, Amy solo puede escuchar la voz del cantante. Parece que los aplausos y las aclamaciones han sido silenciados.

—Señor, muestra tu poder a un mundo caído. Sabemos que tienes el poder para hacer cualquier cosa. Por eso te pedimos, clamando como cuerpo de Cristo, "Hágase tu voluntad, así en la tierra como en el cielo". Conmueve el corazón de esas personas, de ese juez y del jurado, para que vean la belleza de tu majestad. Oramos todos como oraba tu Hijo... Padre nuestro que estás en los cielos, santificado sea tu nombre...

Pronto, la multitud se une. El sonido amortiguado, ruidoso, entrecortado del Padre Nuestro llena su teléfono.

«Venga tu reino. Hágase tu voluntad, así en la tierra como en el cielo. Danos hoy el pan nuestro de cada día. Y perdónanos nuestras deudas, como también nosotros hemos perdonado a nuestros deudores».

Amy ahora está sentada en un muro de piedra, escuchando y secándose las lágrimas. Repite con ellos las palabras de la oración.

Son reales, y siempre son escuchadas.

Y en este momento, miles de voces oran al unísono.

«Y no nos metas en tentación, mas líbranos del mal. Porque tuyo es el reino y el poder y la gloria para siempre jamás».

Entonces Michael termina con un grito de:

«¡Amén!»

La multitud estalla de nuevo, y la música empieza a sonar.

Amy se seca los ojos y vuelve a caminar, escuchando la música. La llamada finalmente termina, probablemente debido a que el cantante necesita seguir adelante y llevar a cabo la presentación.

Ella no necesita escuchar la letra de la canción. Ya las conoce de memoria, y puede oírlas en su cabeza.

«La más pequeña chispa puede iluminar la oscuridad».

Las canciones pueden ser oraciones, lo mismo que las historias y las fotografías, las películas y las pinturas.

E incluso los blogs.

Pronto ve el Palacio de Justicia y camina hacia él.

—Por favor, Señor, ilumina la oscuridad.

56

ESTE SERÍA UN MOMENTO perfecto para que mi padre apareciera inesperadamente. Sería una oportunidad ideal para que se diera el gusto de patear cuando uno está caído. Pero no se le ve por ninguna parte. Estoy tentado de ir a lo Paul Newman en *El Veredicto* y buscar un bar y tomarme unos cuantos tragos antes de que el jurado se reúna nuevamente. Pero me quedo en mi coche, con la puerta abierta, en el estacionamiento que está casi vacío. Estoy a pocas cuadras del Palacio de Justicia.

Me siento un poco como cuando, después de una fuerte discusión, uno se queda repitiendo las palabras que ha dicho. Yo sabía lo que iba a decir esta mañana, pero quizás fue demasiado. Tal vez debí haber sido más sutil y luego dejarlo hasta ahí. Pero me sumergí demasiado.

No estoy seguro de qué pensar ahora.

Si no supiera que fumar es un hábito terrible y peligroso para la vida, este sería el momento perfecto para sentarme, contemplar la nada y fumar un Marlboro. Podría ser el hombre Marlboro, perdido en sus pensamientos y fumando.

Sí, qué gran motivación, Tommy.

Enciendo la radio. Taylor Swift está cantando de que me lo quite de encima, y cambio la emisora de inmediato. Los Beatles me dicen que tengo que «llevar la carga mucho tiempo». Cambio de nuevo. Bono está recordándome que «todavía no he encontrado lo que busco». Intento una vez más. ¡Bien! Es Céline Dion.

Sí, claro, mi corazón podrá seguir adelante, pero mi carrera no está yendo a ninguna parte.

Apago la radio justo cuando recibo una llamada telefónica.

Es la hora del veredicto.

Sentado a la mesa de la defensa, me siento como un marginado en la escuela. He recibido un par de miradas desagradables del juez, algunas miradas un poco altivas de Kane y de su equipo, todo mientras Grace está sentada a mi lado en silencio y mirando a otro lado. Apenas le he dicho hola. Supongo que lo eché todo a perder con ella. Al menos por hoy.

Cuando entran los miembros del jurado, no tengo idea de lo que están pensando o sintiendo. Es típico, aunque por lo general capto algo en el ambiente. No percibo nada.

—Damas y caballeros del jurado, ¿han llegado a alguna decisión? —pregunta el juez.

—La tenemos, su señoría —responde la presidente del jurado, una mujer llamada Doris.

—¿Cuál es la decisión?

Contengo la respiración y pongo en pausa mi vida por un momento.

—Nosotros, el jurado, fallamos a favor de la señorita Wesley.

Se oye un alboroto detrás de nosotros, mientras Grace cierra los ojos y se lleva las manos entrelazadas a la cara. Este es un momento que yo anhelaba; sin embargo, ahora no se ve ni se siente como lo imaginaba.

Hay una súbita conmoción cuando Brooke y varios más se acercan hasta nosotros para abrazarnos. Recojo mi maletín y sonrío. Grace es inocente, y yo estoy acusado de desacato tanto por el juez como por parte de la acusada.

—Has tenido que mantenerte en silencio mucho tiempo —escucho que Grace le dice a Brooke—. ¿Por qué no sales y compartes las buenas noticias?

La joven sonríe y se dirige hacia las puertas y sale a los escalones del Palacio de Justicia. Otros están hablando con Grace ahora, felicitándola. Sus ojos me miran. Ya no es una mirada hostil.

Ahora entiende lo que hice.

Mientras espero a Grace, veo a Kane susurrándole algo a uno de sus compañeros de equipo. Pareciera que los está regañando. Cuando se voltea y se abotona la chaqueta, no puedo evitar una sonrisa. Realmente no puedo. Sé que me estoy regodeando.

Dudo que este hombre mayor me dé algo de crédito. Su equipo recoge sus diez mil páginas de notas, y luego se prepara para seguirlo fuera de la corte.

—Oye, Kane —le digo mientras pasa.

Hace una pausa por un momento para mirar hacia atrás.

—Me gustan tus zapatos —le digo.

Kane está totalmente por encima de mi afirmación, al igual que de toda mi existencia. Kane se voltea y camina por el pasillo.

Es agradable verlo salir definitivamente. Los sujetos como él son parte de la razón por la que quería ser abogado. Porque creo que los odio. De alguna manera, de muchas maneras, nunca quise convertirme en uno de ellos. Hasta que me di cuenta de que me encaminaba en esa dirección.

Tal vez caer en desgracia fue algo bueno.

Siento una mano sobre mi hombro.

Hablando de gracia, Grace...

—Lo siento —dice ella cuando me volteo a mirarla.

Niego con la cabeza.

—No, está bien. Me lo merecía.

Es agradable verla sonreír. Y que el alivio le baña el rostro.

—Es solo que... no me di cuenta de lo que estabas haciendo.

—Sí, lo sé —le digo—. No podía decírtelo. Tenía que ser una sorpresa porque de lo contrario tus reacciones no hubieran hecho impacto en el jurado.

—Entonces tenías un plan después de todo.

—No, tú lo lograste. Te jugaste por lo que creías. Y te mantuviste fiel. No sé si conozco a otra persona que lo hubiera hecho. Esperaban lograr un fallo ejemplificador, pero, en lugar de eso, te has convertido en una inspiración para los demás. Incluyéndome a mí.

—Gracias —dice Grace—. Por todo.

Me da un abrazo. Como todo en ella, se siente sencillamente bien.

57

EN ALGÚN PUNTO MIENTRAS Brooke está diciéndole a gritos a la multitud que Grace ha ganado, y la multitud de repente está celebrando y dispersándose al mismo tiempo, y Grace y Tom salen y están saludando a todo el mundo, es cuando Amy siente el impacto. No es inusual para ella tener momentos como este; le han pasado durante toda su vida. Son momentos en los que está en un evento familiar o en una reunión de negocios, o en un aula o en una fiesta y, de repente, experimenta algo como estar fuera de su cuerpo, y se ve a sí misma mirando a todo el mundo desde arriba. Siente que es la artista que hay en ella, la parte de ella que siempre está observando y preguntando y buscando el sentido.

El sentido está aquí en cuatro palabras en mayúscula.

Lo irónico es que no son las cuatro palabras que todo el mundo está gritando a su alrededor, como los hinchas de fútbol ante un partido de desempate.

«¡Dios no está muerto!».

Amy se encuentra pensando en ese testigo, James Wallace, a quien Tom llamó a declarar. El exdetective de homicidios, un ateo que finalmente llegó a la fe al aplicar métodos de la lógica a las Escrituras. Recuerda su declaración acerca de la conexión entre los Evangelios.

«Esto es un ejemplo de interconexión en un nivel superficial. Pero hay otros que van mucho más profundo».

Escribió la cita y comenzó a pensar en ella para un futuro blog. Ahora, en medio de las sonrisas, la celebración y el canto, Amy comienza a escribir ese blog en su cabeza. Sabe las cuatro palabras que resaltará. Y no son: *Dios no está muerto*. Aunque tal vez comience por ahí.

Dios no está muerto.

Así es, por supuesto. No lo está. Pero esa es solo la mitad de la historia.

Cuatro pasajes de las Escrituras destacan a una mujer llamada María Magdalena, y se entrelazan de una manera muy linda.

De todas las personas que hubieran podido anunciar su resurrección, Jesús escogió a María Magdalena. Una mujer de quien había expulsado demonios. No era exactamente la antorcha de una prolongada vida de fe.

Pero de eso se trata, ¿verdad?

Ese es *precisamente* el punto.

Todos los Evangelios cuentan la misma historia.

En Mateo 28:6: «¡No está aquí! Ha resucitado tal como dijo que sucedería. Vengan, vean el lugar donde estaba su cuerpo».

Marcos 16:11: «Sin embargo, cuando les dijo que Jesús estaba vivo y que lo había visto, ellos no le creyeron».

Lucas 24:6: «¡Él no está aquí! ¡Ha resucitado! Recuerden lo que les dijo en Galilea».

Juan 20:17: «No te aferres a mí —le dijo Jesús—, porque todavía no he subido al Padre; pero ve a buscar a mis hermanos y diles: "Voy a subir a mi Padre y al Padre de ustedes, a mi Dios y al Dios de ustedes"».

La otra mitad de la historia, ¿la mitad que nos hace plenos?

Ha resucitado.

Jesús está vivo.

Ha resucitado.

«Voy a subir».

Resucitado, vivo y ascendiendo.

Amy se siente acogida y sacudida y conmovida. Demasiados pensamientos. *Dios no está muerto.* Algo con lo que finalmente llegó a enfrentarse hace un año. *¿Crees?* Una pregunta que se ha estado haciendo durante los últimos meses.

Ahora sabe algo. No por la multitud ni por el veredicto, sino por ver la fe innegable expresada en la vida de otros en las últimas semanas.

¿Las cuatro palabras que definen el significado de todo esto?

Dios verdaderamente está vivo.

58

DECIDO TERMINAR el día celebrando mi victoria con alguien que no tiene idea de quién soy. Pero después de ver la alegría de todo el mundo allá en el Palacio de Justicia, esto es lo que me parece apropiado. No puedo explicárselo a nadie, ni siquiera a Grace. Algún día, tal vez, seré capaz de ponerlo en palabras. Pero todavía lo estoy procesando.

Allá, al ver la sonrisa en el rostro de Grace, en lo único que podía pensar era en mamá. Ver a todos esos estudiantes cantando y riendo me hacía pensar en los estudiantes de la clase de mi madre. Los que asistieron al funeral, algunos ya cerca de los veinte años o, incluso, casi de mi edad. Grace y su clase de la escuela preparatoria me llevaron otra vez al recuerdo de mi madre.

Lo cual me trae aquí.

Tengo que pasar junto al Capitán. Asiento con la cabeza y sonrío diciendo:

—Buenas tardes.

Sorprendentemente, me devuelve el saludo con una inclinación de cabeza. No sonríe, pero obtuve una inclinación.

Este es mi día. Debería comprar un billete de lotería.

No me imagino que la ganaré dentro de un momento.

Entro y me acerco a mi abuela con cuidado. Está sentada en una silla en la esquina de la habitación, con un libro en el regazo.

—Hola, señora Archer. Soy Tom Endler, su abogado.

Lo he dicho tantas veces que suena como si estuviera en la televisión, promocionando algo.

—Tom.

La voz animada me dice todo. Dice mi nombre y, de repente, lo sé.

—¿Desde cuándo necesito un abogado? —pregunta mi abuela riendo—. Mírate, te estás volviendo cada vez más apuesto.

Me quedo sin aliento; las piernas se me aflojan repentinamente. En realidad, se me afloja todo el cuerpo. Me apoyo en la puerta que acabo de abrir.

—Bueno, ven aquí y dale un abrazo a tu Nana.

Dejo caer el tonto maletín que traigo, y luego me acerco y me inclino y la abrazo.

—Bueno, bueno, vas a asfixiarme —dice en voz alta.

—Lo siento —le digo.

—¿Qué pasa, Tom? ¿Tienes malas noticias?

Niego con la cabeza y me limpio los ojos.

—No, no es nada. Solo que... es bueno verte.

Bueno *es el eufemismo del siglo.*

—Bueno, siéntate. Hay una silla allí.

—La cama está bien —respondo, sentándome frente a ella.

Es tan bella. La forma en que las arrugas circundan sus ojos y sus labios como una media luna cuando sonríe. Los ojos son como bombillas encendidas.

—Entonces, ¿cómo has estado? —me pregunta.

Trago saliva. Ha sido un día largo y estoy cansado y emocionalmente agotado, y esto es demasiado. De la mejor manera. Es como encontrar regalos adicionales en tu cama después de la noche de Navidad.

—He estado bien. Fantástico, en realidad. Hoy... fue un gran día. Por eso estoy aquí.

—¿De veras?

Se alegra por mí.

¿Que alguien que realmente me importa se alegre por algo que hice? Es imposible cuantificar lo bien que se siente.

—Gané un caso importante hoy —le digo.

—Bueno, cuéntame. He necesitado escuchar alguna historia emocionante.

Asiento con la cabeza y empiezo a contarle.

He necesitado que pudieras oírlo.

Le cuento sobre el caso, sobre Grace Wesley y lo que ocurrió en su clase de historia, sobre la suspensión y cómo obtuve el trabajo, cómo fue el juicio. Incluso le hablo de mi último argumento, lo que terminó en desacato pero, al final, me hizo ganar el caso.

Con cada detalle, mi abuela escucha con una expresión animada que muestra mucho orgullo. Le hablo del festejo en los escalones del Palacio de Justicia, sobre el estribillo de «Dios no está muerto», de todo eso.

—¿Y tú crees en eso, Tom? ¿Lo crees?

Yo sonrío, mirando hacia abajo, preguntándome cuánto

recuerda mi abuela. Si recuerda todo, sabrá que el Tom de años atrás negaría con su arrogante cabeza y diría un no rotundo.

—Tal vez —le digo.

Se me ha dado una oportunidad, tal vez una breve oportunidad. Así que no voy a perder tiempo mintiendo ni tratando de refrenarme. Es verdad. En este momento, es un tal vez. He visto algunas cosas extrañas y he visto cuán *normal* se ve la fe en gente como Grace y Brooke.

—Tu madre solía decirme lo preocupada que estaba por ti. Preocupada por tu ira. Le parecía que era una barrera enorme entre tú y Dios. Como la Gran Muralla China.

Creo que la abuela sabe más sobre mí y el asunto de mi fe de lo que jamás imaginé.

—Tu madre oraba cada noche y cada día por ti, Thomas. No solo cuando eras joven, sino más todavía cuando ya eras mayor. ¿Sabías eso?

Asiento con la cabeza, mirando al suelo otra vez, tratando de que mi abuela no vea mis lágrimas.

—La gente se pregunta si sus oraciones serán contestadas o no, pero ¿sabes?... Dios no promete que las responderá. Y cuando lo hace, es a su propio tiempo y manera.

Levanto la mirada, y veo a la abuela que siempre recordaba, y me hace reír. Me limpio los ojos.

—Sí, tienes razón en eso.

Él decidió responder a la mía aquí en esta habitación, esta noche.

—Ella solía decir que no le importaba qué tipo de éxito pudieras tener. Si llegabas a ser un abogado exitoso e influyente. Ella oraba para que Dios te protegiera y te guardara el corazón. Una vez, dijo que habías huido de Dios. Que habías huido hacia el occidente tratando de que el sol eclipsara su Espíritu. Ella oraba todos los días, pidiendo que regresaras.

Pienso en el juez Nettles. Es un nombre que ni siquiera he pronunciado mentalmente durante algún tiempo. Pienso en todo lo que sucedió en California. Era tan arrogante como para creerme más grande que un juez, más grande que el sistema. Pienso en cómo me echaron y cómo quedó mi mundo al revés. Pienso en los tiempos oscuros que siguieron. Y entonces, finalmente, mi regreso después de la muerte de mamá. *Debido* a su muerte.

El pasado se te puede presentar como una tarjeta postal con una fotografía de cada cosa importante que ocurrió alguna vez. Los recuerdos no tienen formas, contornos o límites y, a veces, pueden quedar comprimidos en una habitación y en un momento en el tiempo. Como ahora.

—Tu madre nunca se dio por vencida contigo. Ese espíritu que tenía... la forma en que solía ser con aquellos niños a los que enseñaba. Veía su alma gentil, y me causaba envidia. ¿Sabes eso? Mucha envidia. ¿Y sabes otra cosa, Thomas Endler? Cuando te veo, veo a tu madre dentro de ti.

La cara me pesa y tengo los ojos vidriosos, y hago lo posible para tragar a pesar de mi boca seca. Tengo que limpiarme los ojos de nuevo.

—Gracias por decirme eso.

Mi voz es muy débil.

—Ella se habría sentido muy orgullosa de ese gran caso judicial que tuviste. Muy orgullosa.

—Sí.

Todo este tiempo, he estado viniendo a este lugar con la esperanza y el deseo de hablar con esta mujer, deseando poder hacerlo y que ella sepa con quién estaba hablando. Ahora estoy aquí, y ella lo sabe, y a duras penas puedo pronunciar una palabra.

—Debes poner tu confianza en el Padre celestial. No importa lo que suceda. No importan los malos tiempos que vengan. "También nos alegramos al enfrentar pruebas y dificultades porque sabemos que nos ayudan a desarrollar resistencia. Y la resistencia desarrolla firmeza de carácter, y el carácter fortalece nuestra esperanza segura de salvación. Y esa esperanza no acabará en desilusión. Pues sabemos con cuánta ternura nos ama Dios, porque nos ha dado el Espíritu Santo para llenar nuestro corazón con su amor". Así dice Romanos 5:3 al 5.

Yo solo muevo la cabeza.

—Buena memoria, abuela.

Ella asiente.

—Sí, a veces me sorprendo a mí misma.

Por un segundo, pienso en este pasaje, y luego recuerdo a Grace hablando de él con Amy y conmigo en el estacionamiento, después del primer día del juicio. Supongo que este libro de Romanos debe ser uno muy popular de la Biblia. Tal vez le eche un vistazo. Me dará algo bueno para hablar con la abuela.

Una enfermera entra para ver cómo estamos, y le da a mi abuela unas píldoras.

—¿Se quedará un rato más? —me pregunta.

—Seguro, ¿si se puede?

—Por supuesto.

Estamos en una habitación que huele a tercera edad, llena de juguetes que la hacen parecer a una habitación de infantes. Y yo estoy en el medio, con recuerdos que quiero olvidar y con un futuro en el que no quiero pensar.

—¿Te importaría compartir más historias conmigo? —le pregunto a mi abuela.

Su mano pecosa, que parece solo huesos, baja el vaso temblante en la mesita de luz junto a ella.

—¿Qué tipo de relatos te gustarían?

—Acerca de mi madre. O de ti. O de cuando yo era pequeño.

Entonces la abuela comienza a contar algunas historias, y yo las escucho, y cada frase hace que me sienta un poco mejor. Incluso si ya he oído estas historias antes, o si se va por alguna tangente que no tiene sentido.

La abuela conoce las historias. Pero hay algo mucho más importante.

Me conoce a mí.

59

HAN ESTADO ALLÍ EN la cafetería durante una hora, hablando de las secuelas del juicio y de la última semana en la escuela. Brooke ha estado casi sin aliento, contando una historia tras otra. Todo el tiempo, Amy ha estado esperando para llegar a la razón principal del encuentro.

—¿Puedo decir algo? —pregunta finalmente.

Brooke se disculpa, un poco ruborizada.

—Lo siento, lo sé. Estoy hablando sin parar.

—Está bien. Es solo que... hace algún tiempo quiero darte algo.

Le entrega a Brooke una caja. La muchacha la toma con curiosidad, y luego abre la parte superior y desenvuelve el papel de seda.

Abre grandes los ojos y la boca, y por un momento, actúa como si no pudiera tocar lo que hay adentro.

—Sácalo —le dice Amy.

Lo hace. Amy puede ver la mano temblorosa de la joven.

—¡Oh! No puedo... ¿Qué es esto? Amy, ¿por qué me estás dando esto a mí? ¿Esto es real?

Amy asiente con la cabeza.

—Es un collar con un colgante de diamantes y oro blanco. Algo muy caro, extravagante, exclusivo, cualquier adjetivo que te guste.

Brooke intenta devolvérsela a Amy mientras niega con la cabeza.

—No, Brooke, es tuyo. De veras.

—No puedo.

—Escucha. Alguien me lo dio como un regalo hace un tiempo. Es alguien que, gracias a Dios, literalmente, no está más en mi vida. Me he preguntado qué hacer con él. Pero en los últimos días, se me ocurrió esto.

—¿Qué?

—Tú me diste un regalo —dice Amy—. Al hacer una pregunta y poner en marcha todo este proceso en un efecto dominó mientras tú mantenías tu posición. A pesar de tus padres y de la escuela. Compartiste tu historia, y eso fue un regalo. No solo para mí, sino para muchos otros. Y esto... esto es lo menos que yo podía hacer. Quiero decir, después de todo, lo estoy *re-regalando*.

—Esto parece valioso.

Amy se ríe.

—Sí que lo es. Y es tuyo. Pero... escribí algo también. Quiero que veas por qué. Siempre hay un por qué, al menos en el mundo loco de Amy Ryan.

Amy le alcanza la nota, Brooke la abre y comienza a leerla.

La verdad es que a veces hay algo mágico en las palabras escritas. Se dicen muchas, y se escriben y comparten demasiadas en las redes sociales. Estas han sido escritas de puño y letra por Amy. Llevan su firma única.

Querida Brooke:

Este es un regalo para ti, porque tú eres un regalo. Ver a alguien tan joven defendiendo aquello en lo que cree es algo realmente inspirador. En ti he visto la fe hecha realidad. Ha sido algo sorprendente, impresionante, y ha ayudado a que el Espíritu se mueva en mí.

Hay una canción que escuché hace mucho tiempo por una cantautora llamada Christa Wells. Tú me has hecho pensar en ella. Se llama «Shine» (Brilla), y eso es exactamente lo que has hecho en todo lo relacionado con la señorita Wesley y el juicio.

Este regalo, es solo una joya elegante. Muy elegante. Eso es todo. Pero esto representa tu fe. Es solo una pequeña representación de tu fe, y de cómo Dios brilla a través de ti.

La canción lo dice mejor que yo. Escúchala alguna vez. La mejor parte es la del coro, donde dice: «Devolvemos lo que se nos da, para dar color a este mundo. [...] Sé el amigo que nunca tuviste. Sé el que toma una posición. Di las cosas a tu manera».

Brooke, espero que a medida que continúes creciendo, sigas siendo ese tipo de amiga, que tomes esas posturas necesarias para dar color a este mundo y que lo digas a tu manera. Tal como lo hiciste para la señorita Wesley.

Nunca dejes de brillar, Brooke.

Tú amiga,
Amy

60

ALGUIEN LLAMA A LA PUERTA de mi oficina. Me hace pensar que mi socio está afuera con alguna mala noticia. En lugar de eso, me encuentro con una persona mucho más preciosa y adorable que Roger.

—¿Qué estás haciendo aquí? —le pregunto a Grace.

—Vi las luces encendidas. ¿Empezaste a trabajar en otro gran caso?

Me río. Ha pasado una semana desde que le dije adiós. Nos hemos comunicado a través de correos electrónicos un par de veces, pero solo eso.

—En realidad, estoy trabajando en el nivel 275.

—¿Nivel qué? ¿Para qué es eso?

—Candy Crush, la saga de videojuegos.

Grace pone los ojos en blanco y deja asomar una leve risita.

—Eso es triste —dice Grace.

—¿Es esto una intervención? ¿Estás repartiendo tratados?

—Veo que estás otra vez descuidando lo de afeitarte.

—Sí, hice el papel de abogado pulcro por un día. He vuelto a ser lisa y llanamente yo.

—Bien por ti.

—¿Cómo estás? —le pregunto.

—Bastante bien. Los estudiantes me hicieron una gran fiesta de bienvenida. La directora Kinney me ha evitado tanto como ha podido.

—He visto bastante de ti en las noticias.

—Me alegro de que todo esto haya terminado —dice ella—. Solo quería volver a mi clase. Eso es todo.

—Yo lo hice por los $333 millones que iba a ganar —digo—. Pero dicen que ese era otro caso.

—Siempre haciendo bromas.

—Sí, lo sé.

La invitaría a sentarse, pero la única silla de huéspedes que tengo está llena de carpetas apiladas, de mis buenos tiempos. He estado haciendo limpieza. Es tiempo de dejarlo ir.

¿Y tal vez dejar a Dios actuar?

De acuerdo, es solo un dicho. Pero me ha dado vueltas en la cabeza de vez en cuando.

Me acerco a mi escritorio. Solo para no sentirme incómodo a su lado junto a la puerta. Tal vez me siento mejor si hay algo oficial entre nosotros. Es agradable ver a la Grace informal de jeans y camiseta. Pero no se ve descuidada ni como alguien que se queda en casa un viernes por la noche.

Efectivamente es *viernes por la noche. Y son solo las nueve.*

—¿Puedo hacerte una pregunta? —dice Grace.

—Por supuesto. Pero si se trata de los rumores de que me convertí en socio de Peter Kane, son absolutamente falsos, por el momento.

Ella niega con la cabeza.

—Juro que pareces uno de mis alumnos. ¿Alguna vez hablas en serio?

Pongo las manos sobre mi sillón imitación de cuero.

—Más de lo que piensas —le digo.

—Dime: Lo que dijiste en tu loco arrebato final... ¿crees todo eso que dijiste?

Me río y miro el desastre de mi escritorio. Una década de papeles que cuentan la historia de mi vida.

—Me estaba dejando llevar —le digo—. Creía en algunas de esas cosas. Otras eran solo teatro.

Grace se acerca a la mesa, luego toma un pisapapeles de piedra pesada en forma de martillo de juez.

—Me gusta —dice.

—Fue un regalo de cumpleaños.

De otro tiempo y otro lugar.

Grace parece entender y lo pone donde estaba.

—Tom, sé algo. Sé que ni todos los argumentos de cierre en el mundo necesariamente cambian la manera de pensar de alguien.

Asiento con la cabeza.

—Entonces, básicamente, ¿estás diciendo que mi trabajo no tiene sentido?

—No, sabes que no me refiero a eso.

—Entonces, si los argumentos no cambian la manera de pensar de alguien, ¿qué cosa puede hacerlo? —pregunto.

—Estar ahí —dice ella—. Hablar, escuchar.

—Como lo hiciste con Brooke, ¿verdad?

Esos ojos se posan en los míos, y esta vez no se mueven.

—Como lo estoy haciendo ahora.

Yo asiento, sin saber qué decir.

—¿Puedo ser tan audaz como para invitarte a salir? —dice Grace—. No una especie de cita con el abuelo Walter. Una de verdad. Cena. Conversación de adultos. Nada de cosas de abogados.

Mi corazón repentinamente ha decidido hacer esquí acuático y, en su primer intento, ya despegó del agua turbia.

—¿Sin hablar de cosas de abogados? —exclamo—. Eso suena como la mejor cita del mundo.

Entonces, de repente, vuelvo a ser un niño; la miro, miro mi escritorio y, finalmente, le hago una pregunta tonta. No puedo evitar preguntarle:

—Entonces, cuando dices una cita... ¿quieres decir...?

—Esta noche —responde Grace—. Ahora.

—Está bien. Bueno... grandioso. Eso es lo que pensé.

—Todavía me estoy preguntando cómo es ese asunto de que te graduaste en el tercer puesto de mérito en Stanford.

Tomo mi billetera, el celular y las llaves.

—Yo me lo pregunto cada día de mi vida.

No está lejos de la verdad.

Unas horas más tarde, salimos de Sweeney's Grill. La conversación no se ha detenido ni un momento, ni se ha tornado extraña o incómoda. Me siento lleno, con esos tacos de camarón y guacamole. Pero más que eso, me siento lleno de hablar, reír y ser auténtico frente a esta maravillosa mujer.

Caminamos hacia nuestros vehículos, y ya me estoy preguntando cómo terminar la noche. Quiero ser apropiado y no quiero pasarme de la raya, pero también estoy pensando en un beso de buenas noches. ¿Será pasar la raya? ¿Una pequeña cosa como esa? Lo sé, pero al mismo tiempo no lo sé... estoy suponiendo... no estoy seguro.

¿Puedes comportarte como si tuvieras más de quince años?

Nos estamos acercando a su coche cuando la oigo decir algo.

—Ya lo entendí.

La miro con curiosidad y diversión.

—¿Qué entendiste?

—Hice una promesa.

Asiento otra vez. Todavía no me doy cuenta de qué está hablando.

—¿Ah, sí...? —digo.

—Arrastrarte a casa.

De pronto, lo entiendo. Igual que un abogado oponente, está utilizando mis palabras en mi contra. No podría estar más impresionado. Ese comentario al azar sobre la canción que compartía con mi ex...

Ella lo recordó.

Entonces recuerdo que Grace es profesora de historia. Una muy buena profesora de historia.

Recuerda un montón de cosas.

—Yo peso más que tú —digo.

—Bueno, sé que tal vez no lo parezca, pero soy fuerte.

—Sé perfectamente lo fuerte que eres, pero... ya sabes... mi casa no está tan lejos de aquí.

El perfil de su rostro se recorta contra la luz del farol de la calle. Estamos en la acera junto a su coche. Ella solo levanta la mirada, sonriendo.

—Esa no es la casa de la que estoy hablando.

Hay algo agradable entre nosotros ahora. Podemos hablar de un tema tan personal como la fe porque es el motivo por el cual nos conocimos. Surgió de vez en cuando esta noche, pero nunca en la forma de ella versus yo. No hay oponentes aquí. Solo hay dos amigos. O dos personas que son amigas y podrían ser algo más que eso algún día.

—¿Qué? ¿Vas a halarme allá arriba contigo? —digo con una media sonrisa.

—No —dice ella—. Solo quiero ayudarte a ver el camino.

Asiento, miro la acera en dirección a mi casa, luego a ella, de pie delante de su coche.

—Ya lo has hecho —le digo—. Más de lo que crees. Es solo que... yo sé cómo es ese camino. Está lleno de baches. Es como un niño que tiene una experiencia aterradora en una montaña rusa y se promete no subir nunca más a una.

Grace me mira, y parece entender. Siempre con esa mirada de sincera empatía.

—Lo extraordinario acerca de la fe es que no tiene pasado. Los recuerdos no la abruman y no tiene sombras. La luz de Dios es demasiado fuerte para eso.

Ella se acerca más a mí.

—Cada uno tiene su propio camino por delante, un camino que solo uno ha transitado antes. Depende de nosotros decidir si lo seguimos.

Se inclina hacia mí y me da un suave beso en la mejilla, luego sube a su coche y se va.

Miro a Grace alejarse, y me prometo no dejarla ir.